THOMAS ENGSTRÖM
EAST OF INFERNO

THOMAS
ENGSTRÖM

EAST OF INFERNO

EIN LUDWIG-LICHT-THRILLER

Aus dem Schwedischen von
Lotta Rüegger und Holger Wolandt

C.Bertelsmann

Die Originalausgabe erschien 2017 unter dem Titel *Öster om avgrunden*
bei Albert Bonniers Förlag, Stockholm

MIX
Papier aus verantwortungsvollen Quellen
FSC® C083411

Verlagsgruppe Random House FSC® N001967

1. Auflage

Published by agreement with Salomonsson Agency
Umschlag: semper smile, München
Umschlagmotiv: © Shutterstock / QtraxDzn;
Oleksii Lishchyshyn; My Portfolio;
GeoArt; ginger_polina_bublik; monticello; brickrena
Satz: Greiner & Reichel, Köln
Druck und Bindung: CPI Books GmbH, Leck
Printed in Germany

ISBN 978-3-570-10304-3
www.cbertelsmann.de

Für meine geliebte Mitausreißerin Margit

Mit besonderem Dank auch an
Mutter und Vater
Davit Maghradze
Nino Inasaridze
Paul Rodzianko
Jan Richard Baerug
Alexander Hay
Maurice Wolf & Helene Veilleux
und das Volk der Swanen

Der Weltuntergang kommt unausweichlich, aber nicht von allein.
Er ist eine Aufgabe und keine Selbstverständlichkeit.
Er ist aktive Metaphysik. Etwas Auszuübendes.

Alexander Dugin

PROLOG
KIEW, IM FEBRUAR 2014

Hotel Ukrajina
Maidan, Kiew
So., 23. Februar 2014
[7:15 MEZ+2]

Wenn eine Revolution siegt, dann stirbt sie, aber es dauert eine Weile, bis sie selbst es merkt. Also schlägt sie noch eine Zeitlang wie wild um sich. Zu guter Letzt will sie die Erinnerung an sich selbst auslöschen – und jetzt behaupten Sie bitte nicht, dass ihr das nicht gelingen könne.

Kiew badete in rosarotem Morgenlicht. Die Fassaden aus Kacheln und hellen Ziegeln wurden von einem violetten Glanz überzogen, der Himmel färbte sich von Weiß im Osten zu Taubenblau im dunkelsten Westen. Der enorme Dnjepr, den nur die eigene rastlose Kraft zu bewegen vermochte, schlängelte sich funkelnd südwärts.

Über dem Maidan thronte, eigentlich schon immer, das Hotel Ukrajina: ein hellgrauer Koloss, durchdrungen vom Machtanspruch alter Zeiten. Auf dem leicht abschüssigen Balkon der Suite in der zwölften Etage war eine einzelne Silhouette zu erkennen.

Sie war einundsiebzig Jahre alt und färbte schon des Längeren ihre Pagenfrisur leuchtend rot. Ihre zarte Gestalt stand in seltsamem Kontrast zu der massiven Energie, die ihre graugrünen Augen ausstrahlten. Kein Tag war in den letzten fünfundvierzig Jahren verstrichen, an dem sie nicht andere Menschen befehligt hätte. Manche Leute, darunter offenbar auch Frauke Koch, waren einfach nicht für das Rentnerdasein gemacht.

Die Stadt stank nach nassem Brennholz, Smog und verbranntem Müll. Kleinlaster und große Pick-ups standen kreuz und quer um den Platz herum, auf dem sich reguläre Armee-Einheiten, schwer bewaffnete Milizionäre und politische Aktivisten mit Spruchbändern und Baseballschlägern drängten. Vereinzelte Demonstrantengrüppchen drehten immer wieder aufs Neue ihre Runden, mehr um sich miteinander auszutauschen, als um zu demonstrieren, denn so früh morgens wurde ohnehin nicht gefilmt.

Es war etwas geschehen. Hier in Kiew herrschte kein Krieg mehr, aber etwas anderes war entstanden.

Frauke Koch hatte so etwas schon früher erlebt. Vom Embryo bis zum ausgewachsenen Monster hatte sie schon alles gesehen.

Wie der Mangel an Einsicht, Disziplin und Geduld bei manchen Menschen einen unreifen Trotz heraufbeschwor, der seinerseits die verfehlte Sehnsucht nach einem Aufruhr hervorbrachte. Wie verführerisch es den Leuten doch erschien, ihre eigenen Interessen zu verraten und sich destruktiven Impulsen hinzugeben, nur um ein falsches Gefühl von Macht zu erleben. Wie mühsam es war, etwas aufzubauen, und wie einfach, wie fürchterlich einfach, es wieder zu zerstören.

1989 hatte sie mit eigenen Augen die Mauer fallen sehen. Die Massen – die Massen! – hatten sich auf der Suche nach sich selbst durch die Absperrungen gedrängt. Bis heute drängten sie sich voran, ohne etwas gefunden zu haben.

Und dann Kiew. Hatte sie auch hier versagt? Es war, wie die Chinesen zu sagen pflegten, zu früh für eine Prophezeiung. Wahrscheinlich würde sie nicht lange genug leben, um das Resultat ihrer Bemühungen zu erleben.

Hinter ihr wurde die Balkontür geöffnet. Karl, seit Ewigkeiten ihre rechte Hand, räusperte sich und sagte:

»Der Präsident ist geflohen. Es ist vorbei. Genau wie du vorhergesagt hast.«

Frauke Koch nickte. »Vielleicht, mein Lieber. Vielleicht.«

»Die Angaben wurden von verschiedenen Seiten bestätigt. Er ist weg. Die Demonstranten haben gesiegt. Die Schweine haben die Macht ergriffen.«

»Aber ist es deswegen auch wirklich vorbei?«

Bei den Kriegern und ihren Groupies, die sich dort unten versammelt hatten, handelte es sich in den wenigsten Fällen um Neonazis, sondern um etwas viel Gefährlicheres: junge Männer ohne eine vernünftige Aufgabe. Junge Männer, die sich nach einem richtigen Krieg sehnten. Und dieser Traum würde garantiert in Erfüllung gehen. Sie würde dafür sorgen, dass man sie als Neonazis hinstellte. Die jüngsten Ereignisse brachten bei näherer Betrachtung enorme Vorteile mit sich. Der ukrainische Präsident war schwach und von eingeschränkter Auffassungsgabe gewesen. Ohne ihn würde man eine Propagandaoffensive einleiten können, die die Revolutionäre anschwärzte und in der Verlängerung ein massives Eingreifen der Russen zur Wiederherstellung der Ordnung rechtfertigte.

Sie fröstelte im Wind und kehrte dem Spektakel den Rücken zu. In der Suite, in der sie seit fast drei Jahren wohnte, standen bereits die gepackten Taschen mit ihren Habseligkeiten: Eine Makarow-Pistole mit Munition, zwei verschlüsselte Satellitentelefone und ein Laptop. Dazu zwei Regalmeter Bücher, vor allen Dingen Marx, Engels, Lenin und Stalin, aber auch sämtliche Schriften jenes Mannes, der als Einziger ihrer Helden noch lebte: Alexander Dugin, der russische Chefideologe, der einzige Denker des Universums, dem sie noch immer vertraute, der Mann, der die eurasische Ideologie in eine messerscharfe Waffe verwandelt und ein Warnfeuer gegen den USA-Imperialismus entzündet hatte.

»Das Taxi wartet«, sagte Karl, während er ihr ins Arbeitszimmer folgte.

Im Schlafzimmer, dessen Tür nur angelehnt war, schlummerte noch das Objekt von Frauke Kochs Begehren, aber auch tiefster Enttäuschung. Auf dem Fußboden stand ein Schachbrett. Die Partie hatte verfrüht abgebrochen werden müssen.

Und das wegen ein paar mickriger Rohypnol in einem Weinglas! Koch schüttelte den Kopf. Wenn es doch nur immer mit so harmlosen Waffen getan wäre.

»Na dann«, sagte sie nach einem letzten Blick auf den Schlafenden. Dann ergriff sie Karls Hände. »Wir sehen uns auf der anderen Seite des Schwarzen Meers, Genosse.«

AUF DEM BALKON EUROPAS: TIFLIS 2016

Rustaweli-Boulevard
Tiflis, Georgien
Fr., 1. Juli 2016
[7:20 MEZ+4]

Tiflis war dafür wie geschaffen.

Die Wellblechdächer schüttelten den nächtlichen Regen ab. Im Osten stieg die Sonne zentimeterweise in einen sich zusehends aufhellenden türkisfarbenen Horizont über den Bergkämmen.

Zeit für die schlagartig erwachten Hähne in den Gärten Tausender kleiner Häuser, die sich an den Steilhängen festklammerten, zu krähen. Zeit für die hungrigsten Taxifahrer dieses Tages auf den Prachtstraßen beidseits des Flusses, zwischen Wolkenkratzern und Hotels zu hupen.

Einer von ihnen befand sich gerade vor dem Marriott Hotel am Rustaweli-Boulevard. Er war größer und blonder als seine Kollegen und saß in einem schwarzen BMW X5. Das Lederpolster knarrte unter seinem khakifarbenen Trenchcoat, während er sich zurechtsetzte, ein paar Brotkrümel aus dem Bart klaubte und die zusammengeknüllte Serviette unter den Sitz warf. Er zog einen Flachmann aus der Manteltasche und trank ein paar Schlucke. Das Funkgerät knisterte.

»Sind Sie vor Ort?«

Der Amerikaner, der diese Frage stellte, klang nicht neugierig und eigentlich auch nicht ungeduldig. Er hielt sich nur an seine Vorschriften.

Ludwig Licht betrachtete den einstweilen noch spärlichen Verkehr auf der Prachtstraße der georgischen Hauptstadt. Er drückte die Sendetaste, räusperte sich und murmelte: »Schwer zu sagen.«

»Wieso?«

»Weil jemand«, antwortete Ludwig bedächtig, »diese verdammte Operation in der Annahme zusammengeschustert hat, dass Google Maps und die Wirklichkeit in diesem Teil der Welt irgendetwas miteinander zu tun hätten. Regionale GPS-Karten wären schlauer gewesen. Die Leute müssen einfach mal das Alphabet lernen. Sogar ich hab's geschafft, und Ihre Leute sind ja ein gutes Stück jünger. So schwer kann das doch wirklich nicht sein!«

»Verstanden«, entgegnete Almond.

Jack Almond, ehemaliger Berliner CIA-Chef und jetziger Chef der EXPLCO-Niederlassung in Tiflis, war offenbar nicht in Laune, sich Kommentare über sein Personal anzuhören. Trotzdem konnte sich Ludwig eine weitere Bemerkung nicht verkneifen:

»Es gibt schon so genug Unwägbarkeiten, und da sollte man sich zumindest …«

»Ich habe *verstanden*«, wiederholte Almond.

Und damit basta. Aber die Zeit verstrich. Ludwig genehmigte sich noch einen Schluck und plauderte weiter.

»Also, erst schickt mich mein Handy den ganzen Weg bis zum Freiheitsplatz. Da ist auch ein Marriott. Manchmal frage ich mich, wie viele halb leere, gespenstische Hotels diese Stadt eigentlich braucht. Steckt Geldwäsche dahinter? Ich habe das sowieso nie kapiert, Geld ist doch nicht gratis, bloß weil man … Moment, da kommt sie.«

»Sind Sie sich da ganz sicher?«

Die Frau, die aus der Drehtür trat und dabei auf ihr Handy schaute, war Anfang sechzig, breitschultrig und groß gewachsen, bestimmt eins achtzig. Sie trug ein schwarzes Kleid, das ihr bis zu den Knien reichte – das Einzige an ihrer Garderobe, was an die ortsübliche Kleidung erinnerte. Dazu hatte sie beigefarbene Militärwanderstiefel an und zog einen gelben, kompakten Rollkoffer hinter sich her. Ihr weißes Haar war zu einem Knoten zusammengefasst. Ihre schrägen, dunklen Brauen verliehen ihr das Aussehen eines Waldkauzes.

Pauline Hollister, ohne jeden Zweifel. Ludwig hatte Dutzende Fotos von ihr gesehen.

»Das ist sie«, sagte Ludwig. »Dann lege ich los. Ab jetzt herrscht Funkstille.«

Er startete den Motor und ließ die getönte Scheibe auf der Beifahrerseite nach unten gleiten.

»Ich bin dieses Wochenende als Vertretung eingesprungen«, rief er auf Russisch.

Die Frau warf einen flüchtigen Blick auf die übrigen rostigen und klapprigen Gefährte, alte elfenbeinweiße Ladas aus den siebziger Jahren und dunkelgrüne Opel, die sich in dem Land, in dem sie hergestellt worden waren, nicht einmal an eine Kiffer-WG verschenken ließen. Nein. Die Zeiten, als sie illegale Taxis benutzt hatte, waren endgültig vorbei. Ludwig hatte herausgefunden, dass sie ihren Privatchauffeur auf Monatsbasis bezahlte und daher keinen Grund hatte, sich auf andere Weise fortzubewegen. Sie nickte, öffnete die rechte Hintertür und nahm in dem BMW Platz.

»Meinetwegen«, sagte sie. »Und was ist mit Dato?« Für eine Amerikanerin sprach sie ganz passabel Russisch.

»Familiäre Probleme«, erklärte Ludwig, während er Richtung Norden fuhr.

»Ich dachte, er sei unverheiratet?«

»Genau das scheint das Problem zu sein. Wohin soll es heute gehen?«

»Zum Flughafen«, antwortete Pauline Hollister, »glaube ich.«

Ludwig wartete.

»Wissen Sie«, sagte sie auf Englisch. »Ich habe die Tendenz, mich in allerletzter Sekunde zu entscheiden.«

Typisch Amerikaner, dachte Ludwig. Immer müssen sie einen mit ihrer Persönlichkeit und ihren Überzeugungen vollschwafeln.

»Privatjet«, dachte die Amerikanerin laut nach. »Es besteht also kein Grund zur Eile. Sie warten. Aber ist das nicht die falsche Richtung?«

Ludwig blieb nichts anderes übrig, als ebenfalls die Sprache zu wechseln. Das war die große Schwäche des Plans: Mit seinem Aussehen und seinen lausigen Georgischkenntnissen konnte er keinen einheimischen Kollegen spielen. Die Sicherheitsfirma EXPLCO beschäftigte zwar einige Georgier, denen Almond aber nicht vertraute, also musste es so gehen.

»Alles dicht hier. Die Bullen sind um diese Tageszeit auf Zack, solange sie noch die Gelegenheit haben.« Er deutete auf einen der unzähligen dunkelgrauen Ford Interceptors, die die Polizei vermutlich im Zuge eines Entwicklungshilfe-Deals mit den USA an Land gezogen hatten. Die gedrungene, längliche Form und die aggressiven Stoßstangen erinnerten an Schwertwale.

»Nein«, fuhr Ludwig fort, »ich muss brav bis zur Philharmonie fahren. Erst dort kann ich wenden. Wie lange wohnen Sie schon in Georgien?«

»Wie bitte?«

»Wie lange haben Sie …«

»Weiß nicht. Zwölf Jahre, glaube ich.«

»Herrliches Land«, fuhr Ludwig fort. »Und Tiflis. Was für eine Stadt! Haben Sie schon mal in den Schwefelquellen gebadet? Ganz unglaublich. Und wohin fliegen Sie?«

»Nach Armenien.«

»Aha. Ich dachte, dass Leute wie Sie hauptsächlich zwischen Tiflis und Europa hin- und herpendeln.«

Natürlich gehörte Georgien auch zu Europa – zumindest nach Auffassung der örtlichen Politiker. Bei der übrigen Bevölkerung war mit diesem Wort etwas anderes gemeint: Westen, Weltläufigkeit und unerreichbarer Reichtum. Eine Welt, in der die Leute in ihren Häusern auf elektrisch geheizten Steinfußböden herumliefen. In Europa lebten alle Menschen wie kleine Oligarchen – obwohl sie nicht so genannt wurden, sondern *bewusste Konsumenten.*

»Leute wie ich?«, murmelte Hollister.

»Ach, Sie wissen schon. Leute, die beispielsweise nach London reisen.«

»Waren Sie schon mal dort?«

»Nein.«

Das stimmte tatsächlich.

»Eine blöde Stadt. Voller Russen, Araber und Schwarzer.«

»Ich mag Araber«, erwiderte Ludwig fröhlich. »Und Schwarze auch. Ich liebe sie.«

Wenige Herzschläge später brach Hollister in raues Lachen aus.

»Ich will mich abseilen«, sagte sie dann fast ausgelassen.

»Wie bitte?«

»Ich will mich abseilen. Darum spielen Sie mir doch dieses Theater vor, oder? Sie wollen mich für sich gewinnen, nicht wahr? Ich weiß nicht, woher Sie kommen, ob Sie Skandinavier oder Holländer oder was auch immer sind. Aber eines ist klar. Sie sind kein verdammter Fahrer. Selten haben die Buchstaben CIA so hell geleuchtet.«

So erstaunt war Ludwig Licht schon lange nicht mehr gewesen.

»Abseilen … wovon?«, fragte er schließlich.

»Gute Frage.«

Eine halbe Minute verging, vielleicht mehr.

»Interessant«, bemerkte Ludwig dann.

»Rufen Sie Ihre Vorgesetzten an und teilen Sie ihnen mit, dass ich gern die Seiten wechseln würde. Vielleicht hatten Sie ja andere Pläne für mich, aber so ist es besser. Ich könnte Ihnen nämlich einiges erzählen.«

»Ich komme nicht ganz mit«, meinte Ludwig versuchsweise.

»Rufen Sie Ihre Chefs an. Sonst nehme ich mir ein Taxi und marschiere direkt in die amerikanische Botschaft. Das wäre aber ziemlich indiskret.«

Nachdem er einige Sekunden an einer roten Ampel gezögert hatte, griff Ludwig zu seinem Funkgerät, drückte die Sendetaste und sagte:

»Die Situation hat sich verändert, ich wiederhole, veränderte Situation.«

»Wieso?«, fragte Almond sofort.

»Sie ist uns auf ihre alten Tage plötzlich wohlgesonnen.«

Fünf Sekunden verstrichen.

»Na dann«, murmelte Almond schließlich.

»Wie?«

»Bringen Sie sie vorbei.«

»Zu uns oder in die Botschaft?«

»Halten Sie die Botschaft bloß raus.«

Diese Aussage erinnerte Ludwig sehr an Almonds alten Lehrmeister GT. Ja, ja. Die Leute waren nur jung, solange sie davon profitierten.

»Verstanden.«

Die Fahrt ging weiter – allerdings in die andere Richtung.

»Sie haben sich gerade ganz schön viel Ärger erspart«, sagte Ludwig und warf der Frau einen kurzen Blick im Rückspiegel zu.

Ohne Vorwarnung warf sich ein kleiner gelber Marschrutka-Bus in den Verkehr. Ludwig musste mit einem halsbrecherischen Manöver, das von einem wütenden Hupkonzert begleitet wurde, auf die benachbarte Fahrbahn wechseln.

»Das wird sich zeigen«, erwiderte Hollister reserviert, als der BMW wieder seinen rechtmäßigen Platz im Verkehrsfluss eingenommen hatte.

Ludwig nickte. »Stimmt. In dieser Branche weiß man nie, was der nächste Tag bringt.«

Weiter nach Norden, dann schräg hinunter zum braunen, schäumenden Fluss. Die Ufer waren von Platanen gesäumt, die zwar immer als Letzte austrieben, aber jetzt, da der Sommer wirklich begann, sehr viel dringend benötigten Schatten spendeten.

Sie fuhren über eine der vielen Brücken, die sich auch über der Seine in Paris gut gemacht hätten.

»Was hatten Sie mit mir vor?«, erkundigte sich Pauline Hollister.

»Wollen Sie das wirklich wissen?«

»Obwohl mein verstorbener Mann immer das Gegenteil behauptet hat, bin ich ein unendlich neugieriger Mensch.«

»Okay. Wir wollten uns in den kommenden Monaten an Ihre Fersen heften, ohne dabei Ihren mutmaßlichen Bewachern aufzufallen. Mit etwas Glück wären wir auf einen Liebhaber oder eine Liebhaberin gestoßen, gerne auch auf etwas noch Schlimmeres. Dann hätten wir versucht, Sie durch Erpressung dafür zu gewinnen, für beide Seiten zu arbeiten. Oder für alle drei, sollte man in Ihrem Fall vielleicht sagen.«

Hollister lachte leise. »Allmählich beherrschen Sie das Spiel ganz gut, wie ich höre.« Sie zog eine Schachtel Zigaretten aus ihrer Tasche, zündete sich eine an und fragte: »Kann ich auf den Knopf drücken, um das Fenster zu öffnen, oder fliegt dann das ganze Auto in die Luft?«

Ludwig erfüllte ihr mit der Zentralsteuerung ihren Wunsch.

»Wir haben das Spiel schon immer beherrscht«, bemerkte er nach einer Weile. »Aber Ihre Seite hat in der letzten Runde Unterlegenheit vorgetäuscht, was uns ganz schön demoralisiert hat. Es hat eine Weile gedauert, bis uns aufging, dass Sie wie gehabt weitermachen. Aber jetzt sind wir wieder am Ball.«

»Aber zu spät, wie Ihnen sicher klar ist.«

»Durchaus. Aber so ist es eigentlich immer. Man gewöhnt sich daran.«

»Dieses ganze Gerede über Seiten. Sie scheinen nicht zu wissen, wer ich bin.«

»Das könnte auf Gegenseitigkeit beruhen.«

»Hören Sie zu. Ich gehöre keiner Seite an. Oder vielleicht tue ich das ja, aber das wäre dann … die georgische.«

»Gibt es die überhaupt?«

»Wenn die Lage es erfordert, schon.«

Auf der Ostseite abwärts, rechts aufs andere Flussufer zu und dann Richtung Süden.

Ludwig konnte sich nicht mehr erinnern, wann er zuletzt den fünften Gang benutzt hatte. Die Stadt war zu eng für solche Exzesse. Zu viele Autos, Fußgänger, Straßenhunde und Schlaglöcher.

Oft trat er zu fest auf die Kupplung, weil er ein altmodischeres Fahrzeug gewohnt war. Er schaltete ständig zwischen dem dritten und vierten Gang hin und her. Dann eine Notbremsung vor einem Autowrack, das einfach dort stehen geblieben war, wo es seinen letzten Einsatz zum Nutzen der Menschheit geleistet hatte. Runter in den zweiten Gang. Rückspiegel, toter Winkel. Blinken. Ausscheren, überholen. Gas geben. Wieder in den dritten.

Es war eine billige und gesunde Methode, sich lebendig zu fühlen, indem man in dieser chaotischen Aneinanderreihung von Dörfern Auto fuhr. Und Tiflis war nun einmal nichts anderes, darüber konnten auch die vereinzelten Wolkenkratzer nicht hinwegtäuschen. Die Stadt sah aus, als wäre ein Gletscher durchs Land gezogen und hätte Tausende von Siedlungen vor sich hergeschoben und zu einem heillosen Durcheinander zusammengestaucht.

Im Rückspiegel sah er, dass die Amerikanerin den Kopf schüttelte. Dann geschah etwas mit ihrem Blick: ein kurzes Entsetzen, eine aufflammende Panik, die sofort wieder verschwand.

Die Witterung. Zum ersten Mal seit Ewigkeiten nahm Ludwig wieder Witterung auf. Jetzt war er sich sicher, dass sich seine friedliche Büroexistenz einem abrupten Ende näherte. Die Augen der Frau hatten Bruchstücke unausweichlichen Grauens preisgegeben. Das Grauen der Zukunft.

Die Zukunft war ein Dämon mit der Tendenz, stets die Gegenwart einzuholen.

Wieder in den dritten Gang. Weiter. Die Witterung.

Dafür war er wie geschaffen.

WER DIE BLICKE DES WOLFS SPÜRT

Avlipi-Zurabaschvili-Straße
Avlabari, Tiflis, Georgien
Fr., 1. Juli 2016
[7:55 MEZ+4]

Am Rand des alten Stadtteils Avlabari, vier Straßen vom Ziel und einen halben Kilometer von seiner Wohnung entfernt, hielt Ludwig bei einer Autowaschanlage, die aus zwei Garagen bestand. Die Angestellten waren gerade damit beschäftigt, zwei frisch gewaschene Perserteppiche über die gelben Gasleitungen zu hängen. Dort würden sie in der Sonne trocknen, was mehrere Tage in Anspruch nahm, weil die Kostbarkeiten nachts zusammengelegt und im Haus aufbewahrt wurden.

Ludwig stellte den BMW auf einen der Autowaschplätze. »Bitte warten Sie«, sagte er zu seinem Fahrgast.

Die Amerikanerin zündete sich eine weitere Zigarette an.

Ludwig stieg aus und ging auf den Besitzer zu, dessen Dienste er schon früher privat in Anspruch genommen hatte.

»Ich sehe, dass Sie sich was Besseres zugelegt haben«, sagte der korpulente Eigentümer, der hohe Gummistiefel und eine Plastikschürze trug, und deutete auf den schwarzen SUV.

Wie die meisten anderen Georgier über fünfundvierzig sprach der Mann russisch, sobald er es mit Touristen oder anderen Zugereisten zu tun hatte.

»Das ist nicht meiner«, erklärte Ludwig. »Was mich aber nicht davon abhält, auf Sauberkeit zu achten.«

Der Eigentümer der Waschanlage nickte. »Natürlich. Aber dieser Wagen ist doppelt so groß. Also wird es etwas teurer. Zehn Lari, wenn Sie wollen, dass wir ihn auch innen reinigen.«

»Kein Problem. Wenn ich noch fünfzig Lari drauflege, stellen Sie mir vielleicht in der Zwischenzeit einen Leihwagen zur Verfügung?«

»Fünfzig?« Der Mann lachte. »Ausländer sind wirklich lustig. Wann gewöhnen Sie sich endlich an die georgische Denkweise? Einen Leihwagen hätten Sie gratis bekommen. Wenn Sie ihn mir aufgetankt zurückgebracht hätten. Sie müssen lernen, besser mit Ihrem Geld umzugehen.«

Fünfzig Lari waren ungefähr zwanzig Euro und entsprachen dem, was die Angestellten der Autowaschanlage an zwei bis drei Tagen verdienten.

»Falsch, Sie müssen lernen, wie die Westler zu denken«, meinte Ludwig. »Erst sagen Sie, ein Leihwagen würde fünfzig Lari kosten. Wenn der Kunde wegfahren will, fügen Sie noch hinzu, dass der Wagen vollgetankt zurückgegeben werden muss. Geld wird mit dem Kleingedruckten verdient, wenn man sich bereits handelseinig ist.«

»Das ist eine Unsitte.«

»Die freie Marktwirtschaft ist kein Zuckerschlecken. Aber ich kann den Wagen auch volltanken, weil sowieso mein Arbeitgeber zahlt.«

»Sagen Sie bloß nicht, dass Sie auch noch eine Quittung wollen.«

»Nein, wer will sich schon mit solchem Unsinn abgeben?«

»Sie lernen ja doch!«

Ludwig reichte dem Mann drei Zwanzig-Lari-Scheine und die Schlüssel des BMW. Im Gegenzug erhielt er die Schlüssel zu einem silbergrauen Mercedes aus den neunziger Jahren. Dieses Modell war auf den Tifliser Straßen oft zu sehen, denn es war bei den mehr oder minder arbeitslosen Unternehmern der Stadt sehr beliebt.

»Es könnte ein paar Stunden dauern«, meinte Ludwig. »Eventuell länger.«

Der Mann streifte ein Paar grüne Gummihandschuhe über. »Ich habe ja den BMW als Pfand. Das Beste, was mir passieren könnte, wäre, dass Sie gar nicht wiederkommen.«

Ludwig kehrte zu dem schwarzen SUV zurück, öffnete eine der hinteren Türen und sagte:

»Lassen Sie Ihr Handy hier liegen.«

Hollister lächelte, zog ein goldenes Sony aus der Tasche und legte es neben sich auf den Sitz.

Sie zogen in den Mercedes um. Ludwig stellte sich den Sitz und die Rückspiegel neu ein, ehe er anfuhr.

»Das Auto Ihres Privatchauffeurs kann schließlich nicht vor unserem Hauptquartier parken«, erklärte er.

»Elegante Lösung.«

»Mein Spezialgebiet, könnte man sagen.«

»Apropos Chauffeur: Was haben Sie mit ihm angestellt?«

»Ich habe gestern den Betrunkenen gespielt« – wobei »gespielt« vielleicht ein wenig untertrieben war – »und ihm ein paar schöne Gutscheine für das Casino Adschara geschenkt.«

»Ach so.«

»Man kann nie wissen, was einem so alles in den Drink gekippt wird. Vielleicht wacht er jetzt einige Tage lang nicht auf. Und verheiratet ist er schließlich auch nicht.«

»In dieser Branche könnte man mehr Leute wie Sie gebrauchen.«

Ludwig massierte sich die Schläfe, während er einen uralten Lastwagen überholte, der aus Gusseisen gemacht zu sein schien.

»In dieser Branche«, erwiderte er leise, »kann man wirklich alles gebrauchen.«

*

Ludwigs Arbeitsplatz lag seit einem guten Jahr an der Ausfallstraße zum Flughafen in dem schäbigen Grenzland zwischen der Stadt und den südöstlichen Vororten. Die Ausfallstraße hieß George-W.-Bush-Straße. Den Beginn markierte ein großes Bild des amerikanischen Expräsidenten, der einem unsichtbaren, begeisterten Publikum mit einem optimistischen Hyänengrinsen zuwinkte.

Das zweistöckige rosa Gebäude mit limettengrünen Fensterläden erinnerte an ein halb fertiggestelltes Hotel im Süden New Mexicos, wozu auch die auf immer erloschene Neonreklame beitrug:

URBAN MYSTERY HOTEL

Nur zwei Autos standen auf dem kleinen Parkplatz hinter dem Gebäude. Die meisten der fünfzehn Angestellten der EXPLCO-Kaukasus-Niederlassung kamen mit dem Taxi und selten vor neun Uhr.

»Willkommen bei den Spitzenkräften der Spitzenkräfte«, sagte Ludwig zu der Amerikanerin und zog die Handbremse an.

»Ich wusste zwar, dass die CIA hierzulande nicht im Geld schwimmt, aber so schlimm …«

Ludwig stieg aus und öffnete ihr die Tür. »Wir sind auch nur ein bescheidenes Subunternehmen, allerdings laut der New Yorker Börse das wichtigste.«

Mit einem Mal war Hollister auf der Hut.

»Kommen Sie einfach mit«, fuhr Ludwig fort, »dann wird sich Ihnen dieses Wunder strategischen Unternehmertums bald offenbaren.«

Im Entree standen drei uniformierte Angestellte eines örtlichen Sicherheitsunternehmens. In ihren Holstern verwahrten sie neben den Dienstwaffen auch Zigaretten und Feuerzeuge. Jeden Abend musste irgendein armes Schwein den Kippenberg vor der Tür wegräumen. Ludwig war zu dem Schluss gelangt, dass die Wachmänner abwechselnd rauchten, hatte aber noch nie einen von ihnen dabei erwischt. Sie mussten ein ausgeklügeltes Frühwarnsystem besitzen.

»Gamarjoba«, grüßte Ludwig, und die drei nickten ernst.

Ludwig erklomm zusammen mit Hollister eine Treppe mit Schottenmusterteppich, der sich im Großraumbüro des Obergeschosses fortsetzte. Einige Türen führten in kleinere Büroräume. Eine davon stand ausnahmsweise offen.

Sie gingen an Ludwigs überladenem Schreibtisch vorbei und auf die offene Tür zu. Der Deutsche klopfte an den Türrahmen und trat ein.

»Darf ich Ihnen Pauline Hollister vorstellen?«, fragte er an Jack Almond gewandt, der zurückgelehnt auf einem Chefsessel saß und die Füße auf den Schreibtisch gelegt hatte. Er sah aus, als sei ihm das Licht am Ende des Tunnels bereits zu oft erloschen.

Der gekachelte Raum war nur sieben oder acht Quadratmeter groß. Das einzige Fenster besaß eine Milchglasscheibe. Wahrscheinlich war der Raum während des Baubooms ursprünglich als Badezimmer einer Hotelsuite vorgesehen gewesen. Aus einem Wasserhahn fielen in unregelmäßigen Abständen Tropfen in ein riesiges Marmorwaschbecken. Der Eindruck einer Gefängniszelle drängte sich auf.

Almond trug seine übliche Kleidung: hellblaues Hemd, Schlips, schwarze Anzughose, kein Jackett. Er erhob sich, gab seiner Landsmännin jedoch nicht die Hand. In dieser Branche existierten nur wenige Schranken, Verrat war eine davon.

»Was meinen Sie, inwiefern können wir Ihnen behilflich sein, Pauline?«, fragte er mit düsterer Miene und deutete auf die Besucherstühle.

Hollister nahm Platz, und Ludwig ließ sich auf den Stuhl neben ihr fallen.

»Ich muss sagen, dass mir Ihr Interesse an einer einfachen Weinbäuerin schmeichelt. Da frage ich mich ja, ob mein Dasein vielleicht doch aufregender ist, als ich bislang dachte.«

»Einstweilen hält sich mein Interesse in Grenzen«, erwiderte Almond.

»Lassen Sie einem Mädchen doch seine Träume«, entgegnete Hollister. Dann holte sie tief Luft. »Darf man hier rauchen?«

»Keinesfalls«, antwortete Almond.

»Was für eine Enttäuschung. Das ist immerhin einer der großen kulturellen Vorzüge dieses Landes.«

»Diese Kultur hat hier nichts zu melden.«

»Nein, vermutlich nicht.«

Dann wurde es still, wie immer, wenn alle in einem Zimmer darüber nachsinnen, wie wenig das Leben zu bieten hat.

Die Hupe eines Lastwagens dröhnte auf der Ausfallstraße, und Sekunden später hörten sie Reifen quietschen. Die drei erwachten aus ihren Grübeleien.

»Da Sie mich offenbar im Auge behalten haben, ist Ihnen sicher aufgefallen, dass ich über Kontakte verfüge, die für die Sicherheit dieses Landes wie auch der USA von größter Wichtigkeit sind.«

»Sie arbeiten für die Russen«, stellte Almond fest.

»Das hier ist der Kaukasus. Meine Erfahrung sagt mir, dass man gut daran tut, niemanden zu diskriminieren.«

»Sie haben Landesverrat begangen und sich an den Feind verkauft.«

Mit einem verzweifelten Blick wandte sich Hollister an Ludwig. »Was soll ich denn mit diesem Kindergärtner?«

Wieder einmal stellte Ludwig fest, dass Jack Almond den Wechsel in den privaten Sektor noch nicht so recht verinnerlicht hatte. Nach jahrelangen Sparmaßnahmen bei der Berliner CIA hatte er gekündigt und war von der EXPLCO mit offenen Armen aufgenommen worden. Trotzdem schien er in der Vorstellung gefangen zu sein, dass er die Regierung der USA vertrat.

»In dem Punkt hat er nicht so ganz unrecht«, meinte Ludwig loyal.

Hollister seufzte tief. Dann änderte sie ihre Strategie:

»Wer der Feind ist, ist Definitionssache. Ich bin eine einfache Geschäftsfrau mit einem ausgedehnten, vielfältigen Kontaktnetz. Falls ich jemandem auf die Zehen getreten sein sollte, bitte ich um Entschuldigung.«

»Haben Sie irgendwelche abweichenden sexuellen Neigungen, Pauline?« Almond stellte diese Frage wie ein Arzt beim Ausfüllen eines Formulars für die Krankenversicherung.

Hollister verschränkte die Arme. »Sie sind wirklich nicht nett. Ich glaube, mir gefällt Ihr Schwede besser.«

Es dauerte eine Weile, bis Ludwig begriff, dass er selbst damit gemeint war. Beinahe hätte er diesen Fehler korrigiert, verzichtete dann aber darauf.

»Ich erkundige mich nur«, erklärte Almond, »weil Sie in diesem Falle erpressbar wären.«

»Ich glaube nicht an Erpressung.«

»Wie bitte?«

»Ich glaube ganz einfach nicht daran. Sind Sie schon mal erpresst worden? Kennen Sie jemanden, der erpresst worden ist?«

Ludwig beschloss, die Unterhaltung in eine andere Richtung zu lenken.

»Sie haben gesagt, dass Sie die Seite wechseln wollen.« Er band sich seine langen Haare mit einem alten Gummiband zusammen.

»Richtig.«

»Wie stellen Sie sich eine Zusammenarbeit vor?«

»Ich erzähle, was ich weiß, und dafür verstecken Sie mich an irgendeinem Ort, wo ich meine letzten unglücklichen Tage verbringen kann. Früher habe ich mit Panama geliebäugelt, aber da scheint es jetzt auch ungemütlich zu werden. Die Zeiten ändern sich. Vielleicht Madagaskar. Dafür müsste ich nur mein Französisch ein wenig aufpolieren.«

Almond und Ludwig sahen sich an.

»Vor einem Monat haben Sie sich mit einem Oberst der russischen SWR getroffen«, sagte Almond. »Nichts von dem, was Sie bislang gesagt haben, überzeugt mich davon, dass Sie es ernst meinen. Woher soll ich wissen, dass das hier keine Falle ist?«

Der SWR war der russische Auslandsnachrichtendienst und vor dem Zerfall der Sowjetunion das erste Direktorat des KGB.

»Eine … Falle?«

»Stellen Sie sich nicht dumm.«

Hollister kicherte. »Da scheinen wir ja einen Angleton-Anhänger im Raum zu haben.«

Sie spielte auf James Jesus Angleton an, der ab Mitte der Fünfzigerjahre drei Jahrzehnte lang Chef der CIA-Kontraspionage und hochgradig paranoid gewesen war. Angleton war von der Überzeugung durchdrungen gewesen, dass ihm jeder Überläufer nur etwas vormachte, um dem KGB weiterhin Informationen liefern zu können.

»Angleton hatte nicht immer unrecht«, meinte Almond.

»Auch eine stehen gebliebene Uhr zeigt zweimal am Tag die richtige Zeit an«, pflichtete ihm Hollister bei.

Ludwig überdachte die Lage. Die Tifliser CIA-Niederlassung war kompromittiert. Die Russen hatten sorgfältige Nachforschungen angestellt und kannten die Rolle jedes einzelnen Angestellten. Für sie war es gewissermaßen ein Heimspiel, genauer gesagt: Die Amerikaner befanden sich auf fremdem Territorium. Das war der Hauptgrund, warum die CIA die EXPLCO angeheuert hatte, um eine parallele Organisation aufzubauen.

Seit dem Kaukasuskrieg 2008, in dem Russland Südossetien besetzt hatte, besaßen die Russen keine Botschaft mehr in der georgischen Hauptstadt. Ihr Geheimdienst schien weit verstreut zu sein und quasi illegal, da man sich nicht einmal die Mühe gemacht hatte, die Agenten als Diplomaten und Konsulatsangestellte mit legalen Aufgaben zu tarnen. Das machte es äußerst schwierig, den Überblick zu behalten. Die ganze Situation erinnerte an asymmetrische Kriegsführung, bei der die Guerillakämpfer immer davon profitierten, dass niemand wusste, wo sie sich befanden.

Eine Schlussfolgerung drängte sich auf: Eigentlich durften sie Pauline Hollister von nun an nicht mehr aus den Augen lassen. Wenn sie ein Trojaner war, dann würde sie den Russen von der Anwesenheit der EXPLCO berichten.

Allerdings wollte man Überläufer in einer solchen Situation auch immer zu einer weiteren Runde bei ihren ehemaligen Dienstherren bewegen, um diesen weitere Informationen zu entlocken. Erst danach war man bereit, sie aus dem Verkehr zu ziehen und unter Schutz zu stellen. Alles andere käme einer Verschwendung kostbarer Mittel gleich.

Ludwig war klar, dass Pauline Hollister das alles wissen musste. Die Frage lautete daher vielleicht weniger, was die Russen für Pläne im südlichen Kaukasus hatten, sondern was Pauline Hollister angestellt hatte.

»Sie glauben also, wie Sie es so schön ausdrücken, dass ich für die Russen arbeite«, sagte Pauline Hollister grinsend. »Dabei arbeiten sie eigentlich in der Regel für mich. Ich bezahle sie, damit sie meine umfassende logistische Tätigkeit nicht stören. Haben Sie überhaupt eine Vorstellung davon, welche Möglichkeiten die Russen besitzen, legale Geschäfte zu stören? Wenn man in dieser Region irgendwohin gelangen will, muss man früher oder später entweder die russische oder die armenische Grenze überqueren, und das ist derzeit ja ungefähr dasselbe.«

Plötzlich lief ein Strahl Wasser aus dem Hahn, und Almond warf einen finsteren Blick in Richtung Waschbecken.

»Dann stellt sich natürlich die Frage, wie Sie sie bezahlt haben«, meinte er kühl.

»Ach ja? In bar. Das kann ich Ihnen versichern.«

»Und mit … Klatsch?«

Hollister zuckte die Achseln. »Man trifft sich und trinkt ein paar Gläser. Man unterhält sich. Was man sagt, spricht sich manchmal herum, natürlich. Aber das ist ein menschliches Grundbedürfnis. Leute wie Sie träumen von einer Welt, in der die Menschen nicht miteinander reden. Sie glauben, das würde die Sicherheit erhöhen. Was aber nicht stimmt. Ohne Ventile, durch die sich die große Frustration gelegentlich ein wenig Luft macht ... ohne kleine Oasen der Kommunikation würde es andauernd Krieg geben.«

Almond stieß ein trockenes Lachen aus. »Sie sehen sich also als ... Was sagte Margaret Thatcher noch gleich über die Devisenspekulanten?«

»Einen Schmierstoff«, schlug Ludwig vor.

»Einen Schmierstoff!« Pauline Hollister strahlte. »Das hätte ich nicht besser ausdrücken können.«

Wieder herrschte zu lange Stille im Raum. Dieses Mal war es Pauline Hollister, die das Schweigen brach:

»Sie haben mich einfach nicht verstanden. Hören Sie zu.« Sie wandte sich an Ludwig. »In diesem Land ist es so: Egal ob man in einem gottverdammten feuchtkalten Steinhaus aus dem 5. Jahrhundert ist oder in einem Haus aus den siebziger Jahren – der Unterschied ist ohnehin kaum zu sehen –, man erfriert fast. Selbst wenn die Außentemperatur vierzig Grad beträgt. Und wenn man sich in die Sonne begibt, was passiert da? Es brutzelt einem das Gehirn weg. Also, was soll man tun?«

Ludwig hielt das für eine rhetorische Frage. Pauline Hollister fuhr fort und beantwortete sie:

»Man geht raus, sucht sich ein paar dicht belaubte Bäume und stellt sich unter.«

»Unter die Bäume?«, fragte Almond.

»In den Schatten. In den *Schatten*, verdammt.«

»In die Grauzone«, meinte Ludwig vorsichtig.

»Ja, meinetwegen. Ich wollte es etwas bildlicher auszudrücken, aber meinetwegen.«

Almond verzog das Gesicht. »Ich bin mir nicht so sicher, dass Sie uns wirklich von Nutzen sein können, Pauline.«

»Nicht?« Pauline Hollisters Lächeln war siegesgewiss, aber auch ein wenig maliziös. »Lassen Sie uns später auf diese Frage zurückkommen. Erst müssen wir dafür sorgen, dass wir uns gewisser Voraussetzungen bewusst sind. Wo sind wir? Wo befinden wir uns?«

Niemand antwortete.

»Zwischen dem Schwarzen und dem Kaspischen Meer«, beantwortete Pauline Hollister ihre eigene Frage. »Zwischen der Türkei und Russland, und das bedeutet zwei Dinge: zwischen der NATO und Russland und zwischen dem Islam und dem Christentum. Um die Sache noch komplizierter zu machen, ist Georgien sehr christlich. Von seinen drei Erbfeinden Türkei, Iran und Russland hat Georgien beschlossen, Russland derzeit für den gefährlichsten zu halten. Daher orientiert man sich lieber Richtung Türkei und Aserbaidschan. Und Aserbaidschan ist ja ein herrliches Land mit einer Diktatur, mit Gas, Öl und anderen nützlichen Zutaten! Iran wäre ebenfalls ein möglicher Verbündeter, und seit der Westen die Sanktionen aufgehoben hat, wurden die Verbindungen tatsächlich intensiviert. Aber der Iran ist mit Russland und dem Assad-Regime in Syrien verbündet, außerdem ist er, genau wie Russland, mit der Türkei verfeindet. Und die Türkei ist nicht nur der Feind Russlands, sondern außerdem in der NATO, der Georgien möglichst bald beitreten will. Und dann ist da noch das Nachbarland Armenien! Ebenfalls sehr christlich. Aber dort fürchtet man unter anderem aufgrund zurückliegender Völkermorde die Türken mehr als alles andere. Also haben die Armenier den Russen gestattet, ihre Truppen zu Tausenden in ihrem Land zu stationieren. Darüber hinaus haben sie die eigene Luftwaffe in der russischen aufgehen lassen. Für die Georgier wären die Armenier eigentlich die natürlichsten Verbündeten, aber diese haben nichts Besseres zu tun, als russische Vasallen zu werden! Also befindet sich das urchristliche Georgien in der seltsamen Lage, dass seine einzigen Freunde in der Nähe die muslimischen Nachbarländer Türkei und Aserbaidschan sind.«

»Eine wirklich hochexplosive Mischung«, gab Ludwig zu.

»Durchaus. Und siehe da, jetzt betritt der gute alte Uncle Sam die Bühne, der Golden Retriever der Weltpolitik. Dazu kommt noch die EU, die sich eher mit einer faulen Katze vergleichen lässt. Aber die Europäer haben Geld! Sie haben eine richtige Union! Und sie sind Christen! Also setzen die Georgier ihre ganze Hoffnung darauf, eines Tages dieser Gemeinschaft angehören zu dürfen. Was die EU betrifft, wird das so bald nicht der Fall sein. Und die NATO? Vielleicht. Und ein Vielleicht ist in diesem Teil der Welt viel wert. Ein Vielleicht ist nämlich weitaus besser als siebzig Jahre lang nur ein sowjetisches Nein. Und wie viele Vielleichts stehen momentan am Horizont! Im Herbst wird gewählt. Hier und in den USA. Und als sei das nicht genug, wird auch noch in Russland gewählt. Wäre ich Astrologin, würde ich jetzt zu den Sternkarten greifen.«

Demonstrativ schaute Almond auf seine Armbanduhr. »Wenn das alles ist, was Sie uns zu bieten haben, dann käme es uns vermutlich billiger, *Georgia Today* zu abonnieren und einen Kurs über Internationale Beziehungen an der Universität zu belegen.«

»Idiot«, sagte Hollister. »Wissen Sie, wie oft ich über den Gombori-Pass gefahren und von Wölfen beobachtet worden bin? So etwas spüre ich.«

»Was zum Teufel soll das schon wieder heißen?«

»Dass Sie mich brauchen. Sie brauchen jemanden, der ein Gespür dafür hat, was sich zusammenbraut.«

»Sie sagten, dass Sie sich abseilen wollen«, warf Ludwig ein. »Also können Sie nicht leugnen, dass Sie für die Russen gearbeitet haben.«

»Ich will mich nicht von den Russen abseilen, sondern von etwas viel Schlimmerem.«

»Und zwar?«, fragte Almond.

»Genau das will ich mit Ihrer Hilfe herausfinden.«

Urban Mystery Hotel
George-W.-Bush-Straße, Georgien
Fr., 1. Juli 2016
[9:00 MEZ+4]

Nach und nach strömten die Angestellten ins Büro, also erhob sich Almond von seinem Schreibtisch und schloss die Tür seines Kämmerchens. Er nahm nicht wieder Platz, sondern blieb an den Schreibtisch gelehnt stehen und sagte:

»Meiner Ausbildung gemäß hätte ich Sie als Allererstes fragen müssen: Gibt es Angriffspläne? Was ist momentan das größte Problem der Russen?«

Pauline Hollister wirkte erstaunt. »Wie soll ich so etwas wissen?«

»Fragen schadet nie«, erwiderte Almond.

»Natürlich nicht. Das größte Problem ist auch leicht benannt: die Wirtschaft.«

»Und die Kriegspläne?«

»Keine Ahnung. Wer hat im Augenblick schon Pläne? Alle improvisieren.«

»Das wäre dann also geklärt«, meinte Ludwig und warf Almond einen äußerst verärgerten Blick zu.

Dieser machte Anstalten, etwas Patziges zu erwidern, beherrschte sich dann aber.

Sie passten alles andere als gut zusammen. Ludwig wusste über

Almond eigentlich nur, dass er 2011 Geheimnisse ausgeplaudert und GT hintergangen hatte, um dessen Chefposten bei der Berliner CIA zu übernehmen. GT gehörte nicht gerade zu Ludwigs absoluten Lieblingen, aber er empfand doch eine gewisse Verbundenheit und konnte ihn ziemlich gut einschätzen. Aber Jack Almond? Der Typ ging regelmäßig ins Solarium, obwohl er sich in einer Stadt aufhielt, in der die Temperaturen im Sommer auf fünfundvierzig Grad kletterten.

Eines musste man ihm jedoch lassen. Nach Antritt seines Postens bei der EXPLCO hatte er Ludwig angeheuert, dieses mit allen Wassern gewaschene russisch sprechende, postkommunistische Relikt. Obwohl Ludwigs Einsatzfähigkeit zu diesem Zeitpunkt recht begrenzt gewesen war. Die Berliner Monate nach seiner Rückkehr aus Florida, in denen er in einem Auto neben dem Flughafen Tempelhof hauste, waren seinem Allgemeinzustand nicht unbedingt zuträglich gewesen. Dieser sonnengebräunte Dummkopf mit der affigen Breitling und der unvermeidlichen Dose Handcreme hatte ihm also gewissermaßen das Leben gerettet.

Pauline Hollister räusperte sich. »Vor gut einem Monat erhielt ich eine Anfrage, oder wie immer man das nennen will. Der Mann, der mich aufsuchte, war Russe, aber nicht von der SWR.«

»Woher wollen Sie das wissen?«, konterte Almond sofort.

Ludwig griff sich an den Kopf. Vielleicht war der Mann ja einfach Scientologe.

»Er hatte Knasttätowierungen und war mit Amphetamin oder so zugedröhnt und ist einfach unangemeldet in einem alten Jeep Cherokee auf dem Weingut aufgetaucht. Meine Angestellten wollten ihn abwimmeln, aber er blieb stur. Also bin ich nach draußen gegangen, um mich selbst mit diesem schrecklich mageren Typen zu unterhalten. Er kam auf mich zu und hat versucht, meine Hände zu ergreifen. Dabei hat er so schreckhaft gewirkt wie ein geprügelter Hund. Wie auch immer. Seine Bestellung: drei Leichen, drei russische Leichen, vorzugsweise von Ortsansässigen. Daraufhin habe ich ihn gefragt, ob er noch ganz bei Trost sei und wie er auf die Idee käme, dass ich so etwas bewerkstelligen könne. Seiner Miene nach zu urteilen überlegte er sich wohl, ob eine Verwechslung vorliege, aber dann sagte er: ›Das dürfte doch für Sie mit Ihren CIA-Kontakten kein Problem sein.‹ Wie Sie verstehen werden, finde ich das geradezu lachhaft. Vor allem in meiner augenblicklichen Situation. Alle scheinen zu glauben, dass ich für alle arbeite. Für alle anderen, außer sie selbst, versteht sich. Auch der von Ihnen erwähnte SWR-Oberst war sich ganz sicher, dass ich mich im Auftrag der CIA in Georgien aufhalte. Warum hätte er sonst mit mir sprechen wollen? Um mich zu fragen, ob die kachetischen Quevri-Weine Chancen auf dem chinesischen Markt haben?«

»Und wer war das?«, fragte Ludwig. »Ich meine, der Junkie?«

»Keine Ahnung. Kein Georgier jedenfalls. So viel ist klar. Dann hätte er einen Akzent gehabt.«

»Manchmal, wenn Leute untertauchen wollen, täuschen sie ihren eigenen Tod vor«, dachte Ludwig laut nach. »Hat er gesagt, welches Geschlecht die Toten haben sollen? Welches Alter? Und wie sie zu Tode kommen sollen? Durch Enthauptung oder so?«

»Nein.«

»Na, dann weiß ich auch nicht.«

»Genau.«

»Haben Sie sich die Autonummer notiert?«, fragte Almond.

»Nein.«

»Warum nicht?«

Pauline Hollister zuckte mit den Achseln. »Ich war einfach nur froh, ihn loszuwerden.«

Ludwig erhob sich und verließ das Zimmer. Er öffnete den kleinen Kühlschrank auf seinem Schreibtisch und nahm ein kleines Glas Matsoni heraus, einen hausgemachten Joghurt, den er auf dem kleinen Basar in der Nähe seines Hause in Avlabari von einer düsteren älteren Dame kaufte, die jeden Morgen mit einem Transportmofa in die Stadt knatterte.

Außer dem weißen, frischen Milchprodukt enthielt das Glas einen Deziliter ukrainischen Wodka. Die perfekte Art, sich vor dem Mittagessen im Büro zu stärken, ohne der Diskretion halber die Toilette aufsuchen zu müssen. Nachmittags durfte dann ganz offen getrunken werden, denn nicht einmal Jack Almond konnte die Sitten des Geheimdienstrudels im Exil ändern.

Der Matsoni, der nicht einmal sonderlich fett, aber trotzdem zäh und ergiebig war, wirkte bei Gallenbeschwerden, Magenverstimmungen und vielen anderen Leiden wahre Wunder. Ludwig wünschte sich, dieses Allheilmittel schon viel früher kennengelernt zu haben.

Auf dem Rückweg in das Büro seines Vorgesetzten nahm er einen Plastiklöffel aus der kleinen Küche mit. Er nickte Anri zu, dem einzigen Georgier im Obergeschoss, den alle mochten, weil er als Dolmetscher einsprang. Der junge Mann war Anfang dreißig, sah aber mit seinem Bierbauch und seinem Glatzenansatz eher aus wie fünfundvierzig.

Als Ludwig wieder Platz nahm, stritten sich Pauline Hollister und Almond wie zuvor über die eigentliche Beschaffenheit der Weltordnung und über die daraus resultierende Verteilung der Verantwortung.

»Vielleicht sollten wir jetzt mal wieder zur Sache kommen«, meinte der Deutsche und rührte ein wenig in seinem Joghurt, ehe er ihn friedlich in sich hineinlöffelte.

Wie ein Italiener, der falsch geparkt hat, breitete Almond die Arme aus. Pauline Hollister schwieg.

»Sie scheinen interessante Leute anzulocken«, sagte Ludwig zu ihr. »Ich schlage vor, dass ich noch eine Weile als Ihr Fahrer arbeite, dann sehen wir weiter. Ist das Ihr BMW oder Datos?«

»Meiner.«

»Na dann. Wenn er anruft, sagen Sie einfach, Sie hätten jemand anderen angeheuert. Vermutlich wird er nicht zum ersten Mal gefeuert.«

Pauline Hollister nickte.

»Und was wird aus Ihrem anderen Auftrag?«, erkundigte sich Almond bei Ludwig.

»Der führt ohnehin zu nichts.«

»Na dann.«

»Entschuldigung«, sagte Pauline Hollister. »Aber ich bin mir nicht ganz im Klaren darüber, wie wir jetzt verblieben sind.«

»Das kann ich Ihnen ohne größere Probleme erklären«, sagte Almond höhnisch. »Sie sind eine Amerikanerin, die uns zu ihrem Schutz angeheuert hat, weil sie sich bedroht fühlt. Das kostet eigentlich zweitausend Dollar am Tag, aber wir haben beschlossen, eine Ausnahme zu machen und das Ganze pro bono abzuwickeln, da Sie eine so bedeutende und einnehmende Person sind.«

»Wer kann schon der flehentlichen Bitte einer armen Witwe widerstehen?«, konterte Pauline Hollister ironisch.

»Genau.«

Langsam zeigte der Joghurt seine Wirkung. Das Schöne war, dass er sogar gegen die Magenbeschwerden half.

»Und falls sich herausstellen sollte, dass Sie wirklich die Landesverräterin sind, für die ich Sie halte«, fuhr Almond in freundlicherem Ton fort, »dann übergeben wir Sie dem FBI. Sofern Sie uns nicht ein wirklich schönes Geschenk machen, denn dann würden wir Sie vielleicht in ganz neuem Licht sehen und einen Strich unter die Vergangenheit ziehen.«

So ganz unbegabt ist Almond dann doch nicht, dachte Ludwig. Er witterte offenbar ein gutes Geschäft und die Möglichkeit, bei seinem gegenwärtigen Arbeitgeber aufzusteigen. Es wäre eine Dummheit, Pauline Hollister einfach an die Behörden zu verschenken, ohne erst ihren wahren Wert zu ermitteln.

»Eine mündliche lebensentscheidende Vereinbarung«, meinte Pauline Hollister, »und zwar mit Leuten, von denen ich nicht einmal weiß, für wen sie arbeiten. Das reiht sich ein in meine ganze bisherige Lebensplanung.«

»Prost«, sagte Ludwig und machte eine für die beiden anderen unbegreifliche Handbewegung mit seinem Wodkajoghurt. »Auf eine rosige Zukunft.«

Almond warf ihm einen verblüfften Blick zu und sagte dann: »Pro bono ist im Übrigen der falsche Ausdruck. Sie zahlen, und zwar in Naturalien, mit Informationen.«

Er öffnete eine Schreibtischschublade und nahm einen Stift und einen Block heraus.

»Ich will alles. Komplett. Jeden verdammten Russen, mit dem Sie je geredet haben. Telefonnummern. Mailadressen. Firmen und andere Tarnungen. Einfach alles.«

»Kein Problem«, erwiderte Pauline Hollister und begann zu schreiben.

Almond verließ das Zimmer, Ludwig trottete hinterher. Vor der Treppe am anderen Ende des Großraumbüros sagte der Amerikaner:

»Keine Frau, der ich unbedingt vertrauen würde.«

»Nein«, antwortete Ludwig. »Aber sie ist der erste Durchbruch seit unserer Ankunft. Wir können nicht andauernd nur georgische Minister beschatten, bloß weil sich die CIA einbildet, sie seien irgendwie russenfreundlich. Was hat das bislang gebracht?«

»Ich bin ganz Ihrer Meinung. Die Wahl im Herbst müssen die schon alleine schaukeln. Wir schauen uns die Leute an, die sie uns nennt. Damit sind wir eine Weile sinnvoll beschäftigt.«

»Gut. Offenbar wird sie von einem Privatflugzeug erwartet. Sie will nach Armenien.«

Almond nickte. »Dann sollten wir uns auf eine langfristige Zusammenarbeit einstellen und sie wie gewohnt weitermachen lassen. Wenn sie uns über den Tisch ziehen will, können wir momentan ohnehin nicht viel machen.«

Sie gingen zurück. Pauline Hollister hatte den Stift beiseitegelegt. Auf dem Papier standen fünf oder sechs Namen mit unterschiedlichen, offenbar eher zufälligen zusätzlichen Angaben.

»Ihr Flug«, sagte Ludwig. »Was führt Sie nach Armenien?«

»Geschäfte. Wir sind dabei, unsere Exporte dorthin auszuweiten. Wein, aber vor allem Haselnüsse. Nichts Besonderes. Ich will mich mit einigen Großhändlern treffen. Aber manchmal tauchen unerwartet interessante Leute auf, die eine gewisse Neugierde an den Tag legen. Der hier beispielsweise.«

Sie deutete auf den Zettel. »Sergej Vornov« stand darauf, und daneben: »Handelsattaché, russische Botschaft Eriwan«.

»Und wofür interessiert er sich?«, fragte Almond.

»Für fast alles.«

»Ausgezeichnet. Wann kommen Sie zurück?«

»In drei Tagen.«

»Ich brauche ein neues Handy«, sagte Ludwig zu seinem Chef.

Almond verließ das Zimmer. Nach weniger als einer halben Minute war er mit einem HTC-Handy, einem Netzteil und einem Zettel mit der zugehörigen Telefonnummer zurück.

»Das Handy ist bei den Tiflis DeLuxe VIP Services registriert«, meinte er zufrieden. »Es müsste sich für die meisten Situationen eignen.«

»Na dann«, sagte Ludwig. »Auf geht's.«

Kacheti-Straße
Tiflis, Georgien
Fr., 1. Juli 2016
[9:00 MEZ+4]

Ludwig und Pauline Hollister kehrten zur Autowaschanlage zurück und holten den frisch gewachsten BMW ab. Von dort nahmen sie die George-W.-Bush-Straße, die in die Kacheti-Straße überging und zum Flughafen führte. Als sie am Einkaufszentrum East Point vorbeifuhren, zog Ludwig den Zettel mit der neuen Handynummer aus der Tasche und las sie langsam Pauline Hollister vor.

»Speichern Sie die Nummer bitte in Ihren Kontakten unter ›Fahrer VIP‹.«

»Bitte noch einmal …«

Ludwig wiederholte die Zahlen.

»Und in drei Tagen rufen Sie mich nach Ihrer Landung an und bitten mich, Sie abzuholen.«

»Alles klar.«

»Na dann«, meinte Ludwig und fluchte kurz darauf über einen Lastwagen, der ungeniert zwei der drei Spuren in Anspruch nahm. Eine schlechte Angewohnheit der Fahrer, die Zweigen und schadhaften Gullis am rechten Straßenrand ausweichen wollten.

»Wo soll ich Ihren Wagen nachher abstellen?«, fragte Ludwig.

»Wo es Ihnen passt. Die Parkgebühren sind für ein Jahr im Voraus bezahlt.«

»Ausgezeichnet.«

Sie fuhren weiter. Die Stadtplanung, oder wie immer man das nennen wollte, war ein Beispiel für totale Anarchie. Ein zweigeschossiges »Grand Hotel« aus Beton, einige Hochhäuser mit Wohnungen für Kriegswitwen, eine weinrote ehemalige psychiatrische Anstalt im Stalin-Klassizismus, einige türkisblaue Bahnhöfe, die stillgelegt waren, seit mit der Bahn nur noch Öl aus Aserbaidschan und keine Menschen mehr transportiert wurden.

Ludwig ließ die Seitenscheibe herunter und legte die linke Hand auf das warme schwarze Blech. Ein kühles Getränk wäre jetzt nicht schlecht gewesen, aber er hatte seinen Trenchcoat im Büro liegen lassen und damit auch seinen Flachmann. Vielleicht war das ja auch besser so. Pauline Hollister wirkte zwar nicht übertrieben moralisch, aber Amerikaner waren nun einmal Amerikaner.

An einer roten Ampel stand ein Esel und hielt die grasbewachsene Verkehrsinsel in Schach. Hähne, Enten und Straßenhunde verschafften sich trotz des irrsinnigen Verkehrslärms ab und zu Gehör. Straßenarbeiter, die ihre ewigen Zigaretten- und Frühstückspausen abhielten, teilten sich den Straßenrand mit gebeugten, zielstrebigen alten Frauen, die mit viel zu kurzen Reisigbesen herumfuhrwerkten. Und die Sonne verwandelte sich allmählich vom Freund zum Feind.

»Ich liebe dieses Land«, sagte Ludwig mehr zu sich selbst. »Manchmal glaube ich, dass ich in dieser Hinsicht der Einzige bin.«

Ihre Blicke begegneten sich im Rückspiegel. Pauline Hollister nickte ernst und verblüfft, als sei ihr ganz unerwartet ihre ironische Maske abhandengekommen.

»Vergessen Sie das bloß nicht in den kommenden Tagen«, erwiderte sie nach einer Weile, »dann verspreche ich Ihnen, es auch nicht zu tun.«

Zehn Minuten später standen sie vor der Sperre für die Passagiere von Privatmaschinen. Zwei Wachmänner mit Maschinenpistolen ließen Pauline Hollister nach einem flüchtigen Blick auf ihren Pass durch. Mit dem Trolley überquerte sie das Rollfeld. Dann erklomm sie die Treppe der wartenden Gulfstream und verschwand in dem Moment im Inneren, als die Sonne hinter den Wolken verschwand und ein sachter Regen einsetzte.

EINE BEACHTLICHE ANZAHL GESPENSTER

Niko-Lomouri-Straße
Avlabari, Tiflis, Georgien
Fr., 1. Juli 2016
[11:00 MEZ+4]

Walter Licht war von Natur aus kein besonders fröhlicher junger Mann, und der Umstand, dass er sechs Stunden lang vor einer verschlossenen Tür warten musste, hob seine Laune nicht gerade. Er lehnte an der Mauer eines zweistöckigen Hauses aus roten, von Abgasen geschwärzten Ziegeln, das zuletzt vor einem halbherzigen Erdbeben Anfang des 19. Jahrhunderts renoviert worden war.

Das Stadtviertel war … nun ja … facettenreich. Die lange Reihe baufälliger niedriger Häuser erinnerte an die Slums in den gefährlichsten Innenstadtvierteln der Südstaaten. Aber nur einen Steinwurf entfernt, an einem Platz, der mit ein paar Hühnern, einem Hahn und einigen Straßenhunden bevölkert war, lag der große, hässliche Präsidentenpalast mit Blick auf die Stadt. In einer ehrlichen Makleranzeige hätte die Beschreibung folgendermaßen lauten müssen:

Neureiches, größenwahnsinniges Polizeipräsidium zu verkaufen:

Ausgestattet mit einer unangenehmen Glaskuppel in einzigartig krankenhauslila Farbgebung. Die auf dem Gelände verstreuten Wachhäuschen mit apathisch ketterauchenden und Pelzmützen tragenden Beamten sind inklusive.

Etwas weiter vom Fluss entfernt thronte die riesige Sameba-Kathedrale mit ihren vergoldeten Dächern. Sie lag etwas erhöht an einem riesigen Platz, der an das untergegangene höfische Leben Chinas in der Verbotenen Stadt erinnerte.

Walter hatte genügend Zeit gehabt, sich die Umgebung anzusehen. Seine Maschine war um vier Uhr morgens gelandet, was für hiesige Verhältnisse eine ganz normale Zeit war. Der Flughafen von Tiflis musste sich damit abfinden, dass ihn die Umwelt nicht sonderlich ernst nahm. Trotz seines Versprechens hatte Walters Vater nicht in der Ankunftshalle gewartet, stattdessen aber fünfzig verrückte Taxifahrer. Nach einigem Feilschen war es Walter gelungen, den Preis auf dreißig Lari zu drücken. Wenige Kilometer später hatte der Fahrer angehalten und sich zwanzig Minuten lang mit einem Polizisten unterhalten, mit dem er möglicherweise verwandt war.

All das hatte Walter, der zehn Jahre in Polen auf dem Land gelebt hatte, mit einer Mischung aus Gleichmut und leise aufkommendem Rachedurst hingenommen. Doch als der verdammte Alte dann nicht mal zu Hause war und ihn in die Wohnung lassen konnte, verlor er schließlich doch die Fassung und versuchte sogar, eine riesige Mülltonne aus Zinkblech zu zerstören.

Zwanzig Mal hatte Walter die Handynummer angerufen und sich dieselbe zwitschernd-fröhliche Frauenstimme angehört, die ihm etwas auf Georgisch erklärte. Sie klang siegesgewiss und vollkommen unerbittlich. »Der Idiot, den Sie anrufen, hat seine Handyrechnung nicht bezahlt«, sagte sie vermutlich. »Möge Ihr Tag von Wein erfüllt und von Erfolg gekrönt sein – und mögen Ihre Feinde zu Tausenden vernichtet werden.«

Gerade wollte er wieder zu seinem Handy zu greifen, als er seinen Vater kommen sah.

Einige Sekunden lang sahen sie sich nur an, dann rief Ludwig:

»Was machst du denn hier, verdammt noch mal?«

Walter war sprachlos.

Ludwig kratzte sich im Nacken und zog einen klappernden Schlüsselbund aus der Tasche. »Wolltest du nicht nächsten Monat kommen?«

»Nein.«

»Seltsam. Ich dachte, wir hätten uns für deinen Geburtstag verabredet.«

»Ja, der ist heute.«

»Was, dein Geburtstag?«

»Richtig.«

»Meine Güte. Ich gratuliere. Okay, komm rein, dann schaue ich mal, ob wir etwas finden, womit wir feiern können.«

Er öffnete die Haustür und trat ein. Walter folgte ihm.

»Warum antwortest du nicht, wenn ich dich anrufe?«

»Ach so. Ich wechsle öfter mal mein Handy.«

»Warum?«

»Tja, so ist das nun einmal heutzutage. Man muss … du weißt schon … man muss flexibel bleiben. Verschiedene Möglichkeiten austesten. Anbieter, meine ich. Die Auswahl ist groß.«

Die eingeschränkten Sichtverhältnisse in dem finsteren Treppenhaus ließen den Schluss zu, dass es unter Artilleriebeschuss geraten sein musste. Als sie die lebensgefährlichen morschen Stufen erfolgreich erklommen hatten, machte sich Ludwig ein weiteres Mal an seinem Schlüsselbund zu schaffen. Schließlich fand er den richtigen Schlüssel und öffnete die Tür. Mit einem teuflischen Grinsen drehte er sich um und sagte:

»Willkommen in der Casa Licht!«

*

Die Zweizimmerwohnung war größer, als man es von außen vermutet hätte. Die Wände des quadratischen Wohnzimmers bemühten sich erfolglos, ihre eleganten dunkelgrünen Tapeten festzuhalten. Die wenigen sauberen Stellen gaben die Sicht auf glänzend weinrot lackierte Dielen frei. Es war kein Sofa vorhanden, dafür aber drei hübsche Edelholzschaukelstühle und ein knallroter Plastiktisch, bei dem es sich offenbar um ein Gartenmöbel handelte, aus dessen Mitte ein zusammengeklappter Carlsberg-Sonnenschirm ragte.

Walter stellte seine Reisetasche ab und versuchte die Eindrücke zu verarbeiten.

Zwei Wände wurden von Wandschränken und Regalen bedeckt. Bei den Büchern handelte es sich hauptsächlich um Nachschlagewerke und Klassikerausgaben auf Russisch und Französisch.

Zwischen den hohen Fenstern zur Straße hin stand ein rostiger Holzofen aus dünnem Blech. Ein nachlässig angebrachtes Ofenrohr verlief durch ein Loch in einer Fensterscheibe ins Freie. Auch einige Kabel führten durch Löcher im Fenster, die mit schwarzem Isolierband abgedichtet worden waren.

»Wo hast du die her?«, fragte Walter und deutete auf die Schaukelstühle.

»Die sind aus Südafrika. In einer der Unterführungen beim Marjanischwili-Theater einige Kilometer von hier entfernt sitzt ein unfreundlicher Kasache im Rollstuhl, der ursprünglich Zahnarzt ist. Er hat eine Schwester in Kapstadt, und die beiden befördern Sachen hin und her. Und so sind auch diese Möbel hierhergekommen.«

»Und was hast du bezahlt?«

»›Bezahlt‹ wäre das falsche Wort. Es handelt sich eher um … eine Hilfeleistung meinerseits. Leistung und Gegenleistung. In diesem Teil der Welt ist das ein sehr geschätztes Konzept.«

Ungläubig sah Walter ihn an.

Ohne weitere Erklärungen trat Ludwig auf einen der Schränke zu und öffnete ihn. Dort standen etliche wiederverwendete PET-Flaschen in verschiedenen Größen und ein paar Schnapsgläser.

»Der hier ist passend«, meinte Ludwig nach kurzem Zögern, füllte zwei Gläser mit einer gelben Flüssigkeit und reichte Walter das eine. »Prost und herzlichen Glückwunsch zu deinem fünfunddreißigsten Geburtstag!«

»Prost.«

»Halt, lieber nicht auf Ex trinken …«

Der Rat kam etwas zu spät. Schon verätzte die Flüssigkeit Walters Geschmacksnerven, und der Schmerz in Rachen und Magen ließ auf bleibende Schäden schließen. Es dauerte einige Sekunden, bis er wieder Luft bekam.

»Pfui Teufel«, sagte er keuchend. »Wie viel Prozent hat dieses Zeug?«

»Mindestens siebzig, sonst haben sie mich betrogen. Das ist Tschatscha, gewissermaßen der georgische Grappa.«

»Das schmeckt aber eher nach Kerosin.«

»Es gibt auch jugendfreie Varianten mit vierzig Prozent oder so. Gib zu, dass er maximalen Rausch mit minimalem Aufwand ermöglicht! Damit man sich auf andere Dinge konzentrieren kann.«

»Zweifelsohne«, erwiderte Walter und stellte sein Glas ab.

»Hast du Hunger?«

»Mein Nervensystem ist momentan lahmgelegt, aber vermutlich schon.«

»Gut. Kannst du runtergehen und ein paar Eier holen?«

»Wo kauft man die? Oben bei der Kathedrale?«

»Nein, um Gottes willen. Hol sie einfach auf dem Grundstück gegenüber.«

»Wie bitte?«

Ludwig deutete Richtung Straße. »Es liegen immer welche im hohen Gras neben dem Wassertank. Sie sind nicht zu übersehen.«

»Und der Besitzer erschießt mich nicht?«

»Nein. Wenn jemand fragt, sagst du einfach, dass du mein Sohn bist, dann ist das kein Problem.«

»Sprechen die Leute Englisch?«

Ludwig lachte. »Nein. Aber du kannst doch Russisch, oder etwa nicht?«

»Nein.«

»Wieso kannst du kein Russisch? Bist du etwa intelligenzgemindert?«

»Nach dem Fall der Mauer war Russisch in der Schule eben nicht mehr so angesagt.«

»Ach herrje, richtig, diese verdammte Wiedervereinigung! Und was habt ihr stattdessen gelernt? Event Marketing? Geh schon runter und hol die Eier. Viel Glück.«

Also machte sich Walter auf den Weg und rief sich zum hundertsten Mal an diesem Tag in Erinnerung, dass diese Tortur ihren Preis wert war. Schließlich hatte er diese Reise mit einer eindeutigen, glasklaren Absicht angetreten. Und das war ein verdammtes Glück.

Inzwischen hatte der Regen wieder eingesetzt. Ein Streifenwagen schlich langsam vorbei, und die Bullen betrachteten Walter lange und eingehend, als wollten sie sich davon überzeugen, dass er sich nicht verlaufen hatte oder auf irgendeine andere Art in Schwierigkeiten geraten war. Erst in diesem Moment wurde Walter bewusst, dass ihn alle auf den ersten Blick als Westler einordneten.

Er überquerte die Straße. Der Wassertank, oder besser gesagt der ehemalige Wassertank, war ganz richtig von Gestrüpp umwuchert. Als Walter sich näherte, traten ein halbes Dutzend Hühner panisch die Flucht an. Dann tauchte eine Henne aus dem Nichts auf und baute sich mit bedrohlichem Gackern vor ihm auf. Walter suchte im Gras und wurde bald fündig. Er begnügte sich mit vier Eiern. Das Huhn war inzwischen dazu übergegangen, den Eindringling mit Verwünschungen zu überhäufen.

Als sich Walter auf den Rückweg machte, bemerkte er eine ältere Dame auf einem Balkon. Sie trug einen Bademantel, hatte die Arme verschränkt und starrte ihn an.

Er machte eine entschuldigende Handbewegung und deutete auf Ludwigs Haus. Die Frau verzog keine Miene, doch sie ließ ihn auf dem Weg zur Haustür, die während seiner Exkursion glücklicherweise nicht ins Schloss gefallen war, nicht aus dem Blick.

Als er die Wohnung wieder betrat, stand sein Vater in der kleinen Küche, in der es kein Fenster, keine Spülmaschine, keinen Tisch, keine Stühle, keinen Schrank, keinen Gefrierschrank und keinen Arbeitstisch gab. Die Ausstattung bestand aus einem brummenden Kühlschrank aus den siebziger Jahren, einem wahnsinnig schmutzigen Gasherd aus derselben Epoche, einem frei stehenden, rostigen Spülbecken mit Wasserschlauch und einem kleinen, flachen Gasboiler an der Wand. Töpfe, Teller, Besteck und übriger Hausrat lagen in heillosem Durcheinander im Spülbecken.

»Less is more«, bemerkte Walter.

Ludwig nickte. »Du ahnst gar nicht, wie einfach das Leben wird, wenn man unnötigen Ballast abwirft.«

»Faszinierend.«

»Und das ist noch eine Untertreibung. Gab es Eier?«

Walter reichte sie seinem Vater. »Ich glaube, die Besitzerin der Hühner war nicht so begeistert.«

»Hat sie dir signalisiert, dass sie dir den Hals abschneiden will?«

»Nein.«

»Dann ist ja alles in Ordnung. Jetzt brauchen wir nur noch ein paar zusätzliche Proteine.«

Ludwig öffnete den Kühlschrank, der über keine Ablagegitter mehr verfügte, dafür aber drei Kanister Bier von je zweieinhalb Litern Fassungsvermögen, eine Flasche Sonnenblumenöl, ein stabiles, langes Armeemesser und ein halbes Schwein enthielt. Es hing an einem Haken, der an der oberen Innenwand des Kühlschranks befestigt war.

»Jetzt bekommst du gleich etwas ganz besonders Leckeres zu essen«, sagte Ludwig und deutete auf das tote Tier. »Ich habe es vor einigen Monaten einem fantastischen Menschen auf dem Zentralbasar abgekauft. Eigentlich ist er Möbeltischler und natürlich Kriegsveteran, und seine Frau ist Rektorin einer Kunsthochschule, oder vielleicht ist sie doch … Egal, das ist also ein geräuchertes Schwein aus der Provinz Ratscha. Unglaublich lecker.«

Mit dem Armeemesser schnitt er ein Stück ab und reichte es seinem Sohn. »Hier, nimm.«

Nachdem Walter erst daran gerochen hatte, biss er ab und kaute – erst mit einer gewissen Skepsis, dann mit zunehmender Begeisterung.

»Unglaublich«, sagte er selig.

»Habe ich doch gesagt! Ein fantastischer Mensch.«

»Ein fantastisches Schwein.«

»Das auch, das auch.«

Ludwig bereitete Rührei zu und streute eine halbe Handvoll Kräutersalz darüber. Sie aßen im Wohnzimmer.

»Und das Familienleben? Alles in Ordnung?«, erkundigte sich der Vater.

»Geht gerade den Bach runter.«

»Ach? Das tut mir leid.«

»Maria findet, dass ich zu viel Zeit auf das neue Buch verwende. Vielleicht beruhigt sie sich ja wieder, wenn es fertig ist. Aber das Timing dieser Reise war vermutlich ziemlich günstig.« Er aß schweigend weiter und meinte dann: »Oder auch nicht.«

Ludwig schenkte Bier ein. »Und was ist das für ein Buch?«

»Ach, vergiss es. Reden wir von etwas anderem. Wie geht es dir? Was machst du hier eigentlich?«

»Ich arbeite für ein privates Sicherheitsunternehmen.«

Walter zog eine Braue hoch. »Als … Angestellter?«

»Ja. Und? Ist das so abwegig?«

»Ist eigentlich nicht dein Stil.«

»Ich war in meinem Leben länger angestellt als du.«

»Das stimmt.« Walter sah sich um. »Das gilt für die meisten Leute. Gibt es hier eigentlich einen Internetanschluss?

»Ja. Das Kennwort ist 19891989, also zweimal 1989.«

»Ich dachte, ich könnte vormittags ein wenig arbeiten.«

Ludwig leerte sein Glas und schenkte nach. »Leider habe ich keinen Schreibtisch.«

»Es geht auch so.«

Ein Tonsignal war zu hören. Ludwig zog das Handy aus der Tasche seiner Cargohose, las die Nachricht und erblasste sichtlich.

»Verdammt.«

»Ist was passiert?«, fragte Walter.

»Wir reden später weiter. In der Diele liegen meine Reserveschlüssel. Ich lasse dir meine Handynummer da, falls etwas sein sollte.«

Mit diesen Worten erhob er sich. Er holte etwas aus dem Schlafzimmer, nahm seinen Trenchcoat von einem Haken neben der Wohnungstür, schrieb die Handynummer auf einen Zettel und verschwand.

Samreklo-Straße
Avlabari, Tiflis, Georgien
Fr., 1. Juli 2016
[12:50 MEZ+4]

Endlich entdeckte Ludwig seinen dunkelgrünen Lada Niva, den er einem überglücklichen Bienenzüchter für zweitausend Dollar abgekauft hatte. Nachdem er die Fahrertür manuell aufgeschlossen hatte, als wäre die Welt in den siebziger Jahren stehen geblieben, kurbelte er zur Kühlung beide Scheiben hinunter, zog sein Handy aus der Tasche und rief Almond an.

»Zeit zum Mittagessen«, sagte er, als sich der Amerikaner meldete. »Der übliche Ort. Möglichst umgehend.«

»Schlechte Nachrichten?«

»Zumindest kein Lottogewinn.«

»Okay. In zehn Minuten.«

Ludwig ließ den Motor an und legte mit einiger Mühe den Rückwärtsgang ein, denn das Kupplungspedal musste bisweilen mit heftigen Tritten ermahnt werden, seine Funktion zu erfüllen. Dann verschaffte er sich etwas Bewegungsraum zu dem Lieferwagen, der einige Millimeter vor ihm geparkt hatte.

Langsam trat er die Talfahrt in südöstlicher Richtung an. Sein Weg führte an Schneidereien, einem der unzähligen Tonofenbäcker, einem mit Schweinen beladenen Lastwagen und einer

Kompanie schachspielender armenischer Rentner vorbei. Letztere saßen im Schatten eines Pfirsichbaums vor einer Mauer mit einem Graffiti, das an den Völkermord 1915 erinnerte.

Dann war Schluss mit der ländlichen Idylle. Ein gigantisches sowjetisches Hochhaus von der Breite dreier Häuserblocks säumte die eine Seite des Platzes an der Metrostation Avlabari. Unzählige gelbe Lieferwagen drängten sich mit klapprigen illegalen Taxis neben dem U-Bahn-Eingang. Inmitten eines ausgedehnten, chaotischen Kreisverkehrs ohne Fahrbahnmarkierungen, bei dessen Anblick sich selbst der eingefleischteste Libertarier ein bisschen staatliche Einmischung gewünscht hätte, sprudelte ein prachtvoller pseudopersischer Springbrunnen mit Löwenrachen und Drachentatzen.

Ludwig rammte den Schaltknüppel in den dritten Gang, aber die Ampel sprang bereits auf Rot, was den Lastwagen hinter ihm jedoch nicht weiter beeindruckte. Abruptes Abbremsen war somit ausgeschlossen, und Ludwig musste zähneknirschend weiterfahren.

Ein am Straßenrand geparkter Streifenwagen ließ seine Sirene aufheulen, um seinen Unwillen kundzutun, begnügte sich aber mit dieser Warnung. Ludwig und dem zudringlichen Lastwagen hinterherzujagen, um ihnen Strafzettel zu verpassen, hätte die befahrene Durchgangsstraße verstopft und dem georgischen Staat nur zwanzig Lari eingebracht. Außerdem war es viel zu warm für Eifer und Pflichterfüllung.

Ludwig fuhr die Königin-Ketevan-Straße nach Osten. Er bemühte sich jetzt um eine vorbildliche Fahrweise, denn es war nicht auszuschließen, dass die Verkehrsstreife am Kreisverkehr irgendwelche Kollegen auf ihn aufmerksam gemacht hatte. Ludwig war zwar schon etliche Male von der Polizei angehalten worden, hatte aber noch nie blasen müssen. Rein theoretisch galt auf den georgischen Straßen das Nullpromillegebot. Glücklicherweise war Ludwig im Besitz einer Telefonnummer, die er anrufen konnte, falls er mit den örtlichen Behörden Schwierigkeiten haben sollte, aber das wäre natürlich peinlich und würde unnötig Zeit kosten.

Wenige Minuten später erreichte er das Restaurant. Es war ein niedriger, burgartiger Ziegelbau mit einer atemberaubenden Aussicht auf den Fluss und die Altstadt dahinter. Ludwig sah sich auf dem Parkplatz um und griff instinktiv nach dem Achselholster, um zu prüfen, ob seine handliche halb automatische 9mm Jericho 941, die außerhalb von Israel Baby Desert Eagle hieß, auch gesichert war. Dann schloss er das Auto ab und trat ein.

Almond wartete in der Bar. Sie erhielten sofort einen Tisch auf der Terrasse, eine Vorzugsbehandlung, die ihnen die finsteren Blicke einiger wartender Georgier eintrug. Ludwig, der besser Russisch sprach, bestellte für beide. Sobald der Kellner wieder verschwunden war, zeigte er seinem Chef die SMS, die er erhalten hatte:

Im Falle meines Ablebens, das deutlich näher zu rücken scheint, will ich hiermit Ihren schwedischen Angestellten zum Nachlassverwalter ernennen. Informationen, die diese Aufgabe erleichtern können, finden sich in meinem Marani in Sighnaghi. Um das Begräbnis soll sich Pater Grigol aus Nekresi kümmern. Er kann hoffentlich auch einige weitere Fragen beantworten.

Die Zeit des Wolfs ist gekommen.

PH

»Verdammt«, meinte Almond.

»Genau.«

»Und sonst haben Sie nichts von ihr gehört?«

»Nein. Und das war vermutlich das letzte Mal.«

»Sie haben sie in den Jet steigen sehen?«

»Ja.«

»Haben Sie gesehen, wie er abgehoben hat?«

»Nein.« Ludwig seufzte. »Und das ist einer vielen Faktoren, die mir in der letzten Viertelstunde Kopfzerbrechen bereitet haben.«

»So ein Ärger. Und was ist ein Marini?«

»Marani. Das ist eine traditionelle Weinkellerei.«

Almond schüttelte den Kopf. »Marini. Marani. Meine Güte. Als ich den Job angenommen habe, dachte ich, sie schicken mich nach Washington oder New York. Kaum zu fassen, wie naiv ich war.«

»Immerhin ist das Wetter hier besser«, tröstete ihn Ludwig.

»Ach wirklich? Nicht einmal eine Klimaanlage gönnen uns diese verdammten Geizhälse.«

»Das hat mit Geiz nichts zu tun, sie sind arm.«

»Sie sind geizig *und* arm.«

Ludwig gab auf.

Nach und nach wurde das Essen aufgetragen, viele kleine Gerichte, die sie nach landesüblicher Sitte teilten.

»Meine Güte, vielleicht ist sie schon tot«, meinte Almond mit schwacher Stimme. »Das ist ja wie in *Hamlet*.«

»*Hamlet*?«

»Ja, am Anfang, wenn das Gespenst auftaucht und Hamlet zur Rache auffordert.«

Und Ludwig sann eine Weile über die Wechselwirkung von Literaturgeschichte und Telekommunikation nach.

»Ich hätte es für eine Falle gehalten«, meinte er nachdenklich. »Wenn da nicht dieses Detail mit dem Schweden wäre. Nein, ich glaube, die SMS ist echt.«

»Wir müssen davon ausgehen, dass sie tot ist. Ich erkundige mich über die Buschtrommel, ob in der Gegend ein Jet abgestürzt ist.«

»Oder von der vorgesehenen Route abgewichen ist. Sie sind vielleicht irgendwo gelandet«, mutmaßte Ludwig. »Das wäre einfacher.« Damit meinte er, dass es in jeder Hinsicht sinnvoller war, Erschießungen auf dem Erdboden vorzunehmen. »Wir müssen herausfinden, wem das Flugzeug gehört.«

»Genau.« Almond wischte sich mit einer Serviette den Mund ab. »Vielleicht sollten wir dann …«

Ludwigs Handy gab ein erneutes Tonsignal von sich. Beide Männer starrten auf das Gerät. Das Gespenst.

Die Mitteilung war kurz und prägnant. Alles war mit diesen beiden Worten gesagt, alles und nichts.

Allahu Akbar

»Was soll das denn?«, fragte Almond kopfschüttelnd. Er starrte erst Ludwig und dann das kleine Display an.

Ludwig trank den letzten Schluck Warsteiner Gold und verzog grimmig das Gesicht.

»Entweder ist Pauline Hollister konvertiert«, meinte er versonnen, »oder ihr Handy hat den Besitzer gewechselt.«

»Etwas ist faul.«

»Ich glaube, wir können die Shakespeare-Fährte vernachlässigen«, meinte Ludwig und steckte sein Handy weg. »Das hier sieht mir eher nach einem Klassiker russischen Zuschnitts aus.«

Ihre Blicke begegneten sich einige lange, drückende Sekunden lang.

»Eine Maskirowka«, meinte Almond, als hätte er dieses Wort noch nie ausgesprochen, sondern nur in irgendeinem Lehrbuch gelesen.

Ludwig nickte. »Eine Maskirowka. Ein klassisches Ablenkungsmanöver.«

Urban Mystery Hotel
George-W.-Bush-Straße, Tiflis, Georgien
Fr., 1. Juli 2016
[14:20 MEZ+4]

»Kommen Sie bitte mit«, sagte Almond zu Anri, dem Dolmetscher, der sich sofort von seinem Schreibtisch erhob. Sobald sie in seinem Büro waren, schloss Almond die Tür und sagte zu Ludwig:

»Jetzt fassen Sie bitte noch einmal zusammen, was wir inzwischen wissen.«

Ludwig räusperte sich. »Okay. Pauline Hollister, ist sie Ihnen ein Begriff?«

»Die Witwe mit dem Wein?«

»Genau. Als ihr Mann, ein Russe namens Gadlov, vor acht Jahren starb, hat Pauline Hollister sein Geschäftsimperium übernommen. Es gelang ihr, den Umsatz zu vervielfachen. Ihr gehören eines der größten Weingüter Kachetiens, eine Zementfabrik in Kasachstan und die Aktienmehrheit einer Firma, die in Aserbaidschan Erdgas fördert. Sie ist uns aufgefallen, weil sie sich etwas zu oft mit Mitarbeitern des russischen SWR unterhielt. Heute früh hat sie sich an uns gewandt, weil sie die Seiten wechseln wollte. Im Laufe unseres Gesprächs stellte sich jedoch heraus, dass sie offenbar gar nicht für den SWR tätig war. Viel mehr ließ sich jedoch nicht in Erfahrung bringen, weil sie am Flughafen erwartet wurde. Ich habe sie hingefahren und wenige Stunden später folgende Nachricht erhalten.«

Er zog sein Handy aus der Tasche und hielt Anri die SMS hin, die von Pauline Hollisters Handy verschickt worden war.

Anri las die Worte, riss entsetzt die Augen auf, betrachtete seine beiden Vorgesetzten und legte das Handy dann vorsichtig auf Almonds Schreibtisch.

»Äußerst unangenehm«, murmelte er in tadellosem Englisch.

»Allerdings«, pflichtete ihm Ludwig bei.

»Dieser Geistliche, den sie erwähnt«, meinte Almond zu Anri. »Könnten Sie den vielleicht ausfindig machen?«

»Ja, ich glaube, ich weiß, wer das ist«, meinte Anri bedrückt. »Aber er hat inzwischen die Kirche verlassen. Ich kann diskret einige Nachforschungen anstellen und herausfinden, wie wir mit ihm Kontakt aufnehmen können.«

»Was meinen Sie damit, er habe die Kirche verlassen?«

Anri kratzte sich verlegen an der Stirn. »Er behauptet, irgendwelche Visionen gehabt zu haben. Erscheinungen, die die Kirche nicht unbedingt ... wie soll ich sagen ... verifizieren konnte.«

»Also ein Verrückter?«, erkundigte sich Almond mit einer schicksalsergebenen Geste.

»Abwarten«, meinte Anri. »Wir sollten keine vorschnellen Schlüsse ziehen.«

»Wunderbar«, erwiderte Almond.

»Es gibt einen alten Witz.« Anri lächelte hinterlistig und legte die Handflächen aneinander. »Wer ist verrückter? Derjenige, der die Stimme Gottes hört und so tut, als wäre nichts, oder derjenige, der die Lockrufe des Teufels vernimmt und sie zu übertönen versucht?«

Ludwig und Almond starrten den jungen Mann an, als erwarteten sie eine Fortsetzung.

Anri nickte ergeben. »Na ja, vielleicht kommt das ja in der Übersetzung nicht so gut rüber. Das georgische Wort für ...«

»Das ist jetzt egal«, fauchte ihn Almond an. »Machen Sie diesen verdammten Popen ausfindig, und finden Sie heraus, was da für ein Zusammenhang besteht.«

»Selbstverständlich.«

»Mein Gefühl sagt mir«, warf Ludwig ein, »dass wir es hier mit einer ganz altmodischen Maskirowka zu tun haben.«

»Einer Kriegslist.«

»Ja. Die Russen haben Pauline Hollister aus unklaren Gründen aus dem Weg geräumt. Dieser Unsinn mit Allah soll uns nur in die Irre führen. Sie wollen uns ablenken und jemand anderem die Schuld in die Schuhe schieben.«

»Ein einleuchtender Gedanke. Mit unseren Muslimen haben wir eigentlich keine Probleme – sie bleiben unter sich und machen keinen Radau.«

»Was halten Sie von diesen Namen?«, fragte Almond und schob dem jungen Mann Pauline Hollisters Liste hin.

Anri las sie aufmerksam. »Dieser Mann ist jedenfalls tot«, meinte er und deutete auf einen Namen.

»Tot? Und wer war das?«

»Larinjev. Er ist, wenn ich mich recht entsinne, vor drei Wochen bei einem Autounfall ums Leben gekommen. Ich habe davon in der Zeitung gelesen. Ein Ausländer, der in den Tuscheti-Bergen von der Straße abgekommen ist, keine Seltenheit. Es handelt sich um eine der gefährlichsten Straßen der Welt.«

»Aber das hat Pauline Hollister doch bestimmt gewusst?«, meinte Almond.

Ludwig zuckte mit den Achseln. »Sie haben sie schließlich nur gebeten, alle Russen aufzuschreiben, mit denen sie sich unterhalten hat.«

»Ja, ja. Und dann ist da noch … Verdammt, wem können wir das eigentlich alles in Rechnung stellen?« Er warf Ludwig einen verzweifelten Blick zu.

»Ganz einfach«, meinte der Deutsche. »Den Erben. Sie hat uns schließlich mit ihrer SMS den Auftrag erteilt. Außerdem liegt das noch im Rahmen unseres Auftrags für den georgischen Staat. Das Taxameter läuft also. Sollten schwerwiegende Extrakosten anfallen, schlagen wir sie einfach auf die Rechnung.«

»Das kommt mir alles recht makaber vor«, meinte Almond düster, womit er sich wohl auf das private Unternehmertum im Allgemeinen bezog.

»Nicht wahr? Aber man gewöhnt sich daran.«

»Schon möglich.«

»Gut, ich fahre jetzt zum Flughafen. Darf ich ihn mitnehmen?« Ludwig deutete auf den Dolmetscher.

»Nur zu.«

Die beiden erhoben sich und verließen den Raum.

Und ließen Jack Almond zurück – dem viele Geister im Kopf herumspukten.

*

»Ein beeindruckendes Gefährt«, meinte Anri, als Ludwig den Lada startete.

»Es hat seinen Charme.«

»Sehr zuverlässig.« Liebevoll tätschelte der junge Georgier das Armaturenbrett. »Mein Vater hatte zwei davon.«

»Ist er verstorben?«

»Nein, nur pleite.«

Damit war die Unterhaltung für die ersten Kilometer beendet. Als sie zum Flughafen abbogen, sagte Anri:

»Was verdienen Sie eigentlich? Entschuldigen Sie bitte meine Indiskretion.«

»Sie meinen, im Monat?«

»Ja.«

»Das ist unterschiedlich. Es gibt auch ein Bonussystem, aber sagen wir mal … durchschnittlich fünftausend.«

»Im Monat!«

»Ja.«

Anri schüttelte den Kopf. »Ab sofort ist mein Traum von der Zukunft ein Job bei der EXPLCO.«

»Wie sehen denn Ihre Konditionen aus?«

»Ich bin ja nur vom Sicherheitsdienst ausgeliehen, beziehe also mein georgisches Gehalt.«

»Und das beläuft sich auf …?«

»Fünfhundert Dollar ungefähr.«

»Ich verdiene also das Zehnfache und bin nicht einmal sonderlich gut aussehend.«

Anri lachte. »Genau. Aber Ihr Russisch ist viel besser als meins. Es ist korrekter.«

Ludwig verlangsamte vor den Bremsschwellen. Sie waren fast am Ziel.

»Ich kann beim Chef ein gutes Wort für Sie einlegen«, sagte er. »Schließlich kann Sie die Firma ruhig für Ihre Dienste bezahlen.«

»Vielen Dank, aber meine Arbeitgeber würden das niemals zulassen. Bloß keine doppelten Loyalitäten, wissen Sie? Nein, meine Aufgabe ist es, zu observieren und zu helfen.«

»Sie spionieren uns also aus?«

»Ich versuche es zumindest!«

»Ich muss herausfinden, was aus dem Flugzeug geworden ist. Welche Richtung?«

»Stellen Sie den Wagen hier ab«, sagte Anri und deutete auf die Taxis vor dem Haupteingang des einzigen Terminals.

Während Ludwig den Wagen abschloss, trat Anri auf einen Polizisten zu, hielt ihm seine Dienstmarke hin und wechselte ein paar Worte. Der Polizist salutierte und eskortierte sie in die Ankunftshalle und am ersten Metalldetektor vorbei.

Hier war es um diese Tageszeit sehr ruhig. Sie passierten einen Burger King und folgten dem Beamten eine schmale Treppe hinauf.

Oben erwarteten sie zwei Türen ohne Schilder. Der Polizist klopfte an die rechte, die sofort aufging.

Eine Dame Mitte sechzig mit marineblauem Kostüm, hohen Schuhen und einem hellgrünen Seidentuch bat sie einzutreten. Ihr Büro, in dem sich herrenloses Gepäck und zahllose Ordner stapelten, war die Schaltzentrale des Flughafens. Ein zwanzig Jahre alter Computer röchelte auf dem überladenen Schreibtisch vor sich hin. Daneben standen Fotos von Enkelkindern und eine adscharische Tischfahne: weiß und blau gestreift mit der georgischen Fahne in der linken oberen Ecke.

Die Frau salutierte ebenfalls. Anri schien es gut zu gefallen, dem Westler demonstrieren zu können, dass er ein Mann von Rang war.

»Um welche Maschine handelte es sich?«, fragte die Frau.

»Eine Gulfstream 4«, antwortete Ludwig. »Ich habe die Passagierin gegen zehn Uhr hier abgesetzt. Ich glaube, sie wollte nach Eriwan. Mit Sicherheit jedoch nach Armenien.«

Die Frau nickte. Sie verstand offenbar mehr Englisch, als sie sprach, und antwortete auf Russisch:

»Die Maschine hat mit einiger Verspätung abgehoben.«

»Gab es dafür einen Grund?«, fragte Ludwig.

Sie zuckte mit den Achseln. »Vielleicht Probleme mit dem Motor.«

»Gibt es ein Überwachungsvideo?«

»Keinesfalls«, versicherte sie. »Der private Teil des Flughafens wird nicht von Kameras überwacht.«

»Und wer ist als Besitzer des Jets eingetragen?«, erkundigte sich Anri.

»Moment.« Sie setzte sich an ihren Computer und hämmerte eine halbe Doktorarbeit in die Tasten. Schließlich erhielt sie die Antwort.

»Ich weiß nicht, wie das ausgesprochen wird«, sagte sie und deutete auf den Bildschirm. Ludwig beugte sich vor.

MENK SHIPPING
Yorkstraße, Berlin
Örtliche Vertretung:
57 Simon-Kandelaki-Straße
0160 Tiflis

Sein Herz schlug einen Purzelbaum, und der Sauerstoff wich aus seinen Lungen, als wäre dort ein Feuer entbrannt. Er schloss die Augen.

»Verdammte, verfickte Scheiße«, murrte er.

»Schlechte Neuigkeiten?«, erkundigte sich Anri.

Menk Shipping war ein Schmuggelgroßkonzern, dessen Hauptquartier sich in einem Stripclub in der Yorkstraße in Kreuzberg befand. Der Eigentümer Mischa Menk war der Sohn des legendären Pavel Menk, des verstorbenen Oberhauptes der deutsch-moldawischen Mafia. Für sein Ableben hatte Ludwig an einem fünf Jahre zurückliegenden Sommermorgen in einer Marina am westlichen Berliner Stadtrand persönlich gesorgt. Die Ewigkeit, die seither vergangen war, schien mit einem Mal zu einem kläglichen Augenblick zu schrumpfen.

»Jedenfalls keine guten«, meinte Ludwig betreten.

»Das tut mir leid.«

»Mir auch.« Ludwig schüttelte den Kopf. »Wir bedanken uns für die Auskunft«, sagte er dann an die Dame gewandt.

»Wir waren nie hier«, schärfte Anri ihr ein. »Haben Sie das verstanden?«

Sie nickte, schloss das Computerprogramm und zupfte den Kragen ihres Jacketts zurecht.

»Natürlich. Hier ist nie jemand.«

EINE RELATIVIERUNG DER LEBENSBEDINGUNGEN

Peking-Boulevard
Saburtalo, Tiflis, Georgien
Fr., 1. Juli 2016
[16:30 MEZ+4]

Saburtalo, ein Stadtteil im Stil der Sowjetmoderne, wurde von sieben- bis achtgeschossigen Häusern der sechziger Jahre dominiert. In jedem anderen Land der Welt hätten diese Gebäude brutal gewirkt. Hier jedoch konnten sie sich nicht gegen den chaotischen Kleinhandel und die manisch vollgehängten Wäscheleinen ihrer Bewohner behaupten. In dieses Viertel zog die aufstrebende Mittelklasse, die sich die westeuropäischen Mietpreise des benachbarten Diplomatenviertels Vake nicht leisten konnte. Hier gab es unter anderem halb fertige »ökologische« Wolkenkratzerprojekte, auf deren Baustellen sich die Lakaien der Bauherren in schwarzen, aus Asien importierten Toyota Land Cruisern einfanden, deren Lenkrad auf der falschen Seite saß und auf deren Armaturenbretter fünf Jahre alte iPhones montiert waren.

In jedem zweiten Schaufenster hingen riesige sonnengebleichte Werbeplakate für Computer und sonstige Elektronikausrüstung. Genau genommen handelte es sich dabei allerdings eher um Kaufgesuche: In den Gebäuden waren Leihhäuser sowie mehr oder weniger zugelassene Reparaturwerkstätten untergebracht, in deren dunklen Räumen energydrinkgesättigte Jünglinge mit Schraubenziehern, Lötkolben und zerfledderten Betriebsanleitungen in unterschiedlichsten Fremdsprachen hantierten. Überholte Reklameplakate aus Polen und anderen paradiesischen EU-Staaten zierten die Schaufenster von Kleiderläden, deren Sortiment nicht das Geringste mit dem zu tun hatte, was angepriesen wurde.

Was immer man von Saburtalo hielt, Mühe gaben sich die Leute dort jedenfalls. Dass sie scheiterten, schmälerte nicht den Charme ihrer ergreifend eifrigen Bestrebungen. Die Erwartungen, die Saburtalo nie erfüllen würde, lagen wie eine zusätzliche verträumte Smogschicht über der Stadt und verliehen ihr eine besondere Atmosphäre. Der verzweifelte Glanz der Sonnenstrahlen, die zu ihr durchdrangen, erzeugte die friedfertige Stimmung einer Palliativstation.

Gegen fünf, nachdem sich der Wagen durch den dreistöckigen Kreisverkehr am Heldenplatz gehustet hatte, fuhren Ludwig und Anri in nördlicher Richtung auf dem von Läden gesäumten Peking-Boulevard. Auf der Höhe der Simon-Kandelaki-Straße bogen sie links ab.

»Behalten Sie die Hausnummern im Auge?«, bat Ludwig. »Ich muss mich auf die freundlichen Verkehrsteilnehmer konzentrieren.«

»Dreiunddreißig … fünfunddreißig«, sagte Anri halblaut. »Fahren Sie einfach weiter.«

Wie immer, wenn man sich vom Fluss entfernte, stieg die Straße an. Die kompakte Hitze im Auto ließ sich nicht mehr durch Fahrtwind vertreiben, denn der Verkehr floss nur zäh dahin. Der Lada Niva hatte viele Vorzüge, eine akzeptable Klimaanlage zählte jedoch nicht dazu. Ludwig fluchte und wischte sich den Schweiß von der Stirn.

»Warten Sie nur bis August«, meinte Anri. »Das hier ist noch … Moment, hier ist Nummer einundfünfzig.«

Ludwig wurde noch langsamer. Der Bus hinter ihm stieß ein Elefantengebrüll aus und überholte wütend.

»Da«, sagte Anri. »Siebenundfünfzig.«

Ludwig warf einen Blick nach rechts und fuhr weiter. Das Gebäude war niedriger als die Nachbarhäuser und lag einige Meter zurückgesetzt. Es handelte sich um ein freistehendes dreistöckiges Ziegelhaus. Auf dem Parkplatz standen ein schwarzer Audi Q7 sowie drei weiße Ford-Transit-Lieferwagen. Offensichtlich beherbergte das Gebäude eine Firma, es gab aber keinerlei Beschilderung.

An der nächsten roten Ampel vollführte Ludwig ein verkehrswidriges Wendemanöver und parkte dann schräg gegenüber des schmutzig gelben Ziegelhauses im Schatten einiger Walnussbäume. Das Gebläse des Motors lärmte noch einige Sekunden weiter, nachdem er ihn abgestellt hatte, und der dicke dunkelgrüne Lack der Kühlerhaube knackte wie das Wellblechdach eines Wüstenschuppens.

Die Simon-Kandelaki-Straße verfügte theoretisch über vier Spuren, aber morgens und abends, wenn der Verkehr am stärksten war, gewann sie wie durch Zauberhand noch ein oder zwei weitere dazu. Da die Straße so breit war, konnte Ludwig nicht sonderlich viel erkennen. Er reckte sich, öffnete das Handschuhfach, nahm den kleinen Feldstecher heraus und stellte die Schärfe ein.

Durch ein Fenster im Erdgeschoss sah er als Erstes eine staubsaugende junge Frau, als Zweites einen rotierenden Deckenventilator, als Drittes Mischa Menk.

Menk, der auf die dreißig zuging und zu seinem weißen Anzug ein schwarzes Hemd trug, unterschied sich auffällig von der übrigen jüngeren männlichen Bevölkerung in Tiflis, die ausnahmslos ausgebeulte Jeans und verwaschene T-Shirts trug (je nach Jahreszeit kam noch eine Daunenweste dazu). Menk ging auf und ab und redete in sein Handy. Als Ludwig ihn zuletzt gesehen hatte, war er noch recht fit gewesen. Inzwischen aber schien er ein wenig aus dem Leim zu gehen, ähnlich wie damals sein Vater – doch dieser Prozess war noch längst nicht abgeschlossen.

»Sind Sie schon einmal einem Moldawier begegnet?«, fragte Ludwig seinen Begleiter und ließ Menk dabei nicht aus den Augen.

»Ich glaube nicht.«

»Genießen Sie diesen Zustand, solange er anhält.«

»Haben Sie etwa Vorurteile?«

»Ich habe die Deutschen immer für das rückständigste Volk der Welt gehalten.« Ludwig sah, wie Menk das Handy beiseitelegte und vor einem Bildschirm Platz nahm. »Bis ich die Moldawier kennenlernte.«

»Das war eines unserer sowjetischen Brudervölker, aber eigentlich weiß ich nichts über sie. Ich war fünf, als die Union aufgelöst wurde.«

Als die Union aufgelöst wurde, dachte Ludwig. Nicht: »Beim Zerfall der Sowjetunion«, oder: »Als wir unsere Selbstständigkeit erhielten«.

»Ich bin gespannt«, erwiderte er, »wie Sie das später einmal sehen werden, aber zuerst einmal … Moment.«

Durch den Feldstecher sah Ludwig, wie Menk einen Koffer auf den Tisch hob und öffnete. Einen hellgelben, kompakten Rollkoffer.

Pauline Hollisters Rollkoffer.

Ludwig konnte nicht erkennen, was er enthielt, nur dass Menk darin herumwühlte. Schließlich schien er das Gesuchte gefunden zu haben, denn er hielt einen Gegenstand in die Höhe und drehte ihn hin und her. Ein Buch ohne Umschlag, ein Kalender, Tagebuch oder teures Notizbuch.

»Was macht er?«, fragte Anri.

»Er schaut sich Pauline Hollisters Habseligkeiten an.«

»Darf ich auch mal sehen?«

Ludwig reichte ihm den Feldstecher und klappte seine Lehne zurück, um ihm freie Sicht zu ermöglichen.

»Er sieht aus wie ein Italiener, oder?«, murmelte Anri. »Leider bin ich nicht sonderlich viel rumgekommen in der Welt.«

»Er sieht aus wie ein Mörder«, gab Ludwig zurück. Einige Sekunden lang dachte er über den nächsten Schachzug nach. Dann richtete er die Lehne wieder auf, legte den ersten Gang ein, ließ den Motor an und löste die Handbremse. Als die Straße frei war, lenkte er den Wagen in Richtung Osten. »Wären wir Bullen, dann wären wir jetzt reingegangen und hätten das Beweismaterial gesichert. Aber glücklicherweise sind wir das nicht.«

»Was sind wir dann?«

»Haben Sie das immer noch nicht begriffen? Wir sind keine Sammler, das ist wie gesagt Sache der Polizei. Also sind wir Jäger.«

»Das klingt unangenehm.«

»Es ist aber sehr viel besser«, meinte Ludwig und wechselte auf die Überholspur, »als die Beute zu sein.«

»Das kann ich mir vorstellen.«

»Wo soll ich Sie absetzen?«

»Am Hauptbahnhof wäre nicht schlecht, falls das für Sie kein Umweg ist. Dann nehme ich von dort die U-Bahn.«

»Kein Problem. Ich schlage vor, dass wir morgen sehr früh aufbrechen und einen Blick auf das Hollister-Anwesen werfen. Ich kann Sie um sieben im Büro abholen.«

»Waren Sie schon mal in Kachetien?«

»Nein. Und Sie?«

Anri nickte. »Ich bin dort geboren, und meine Eltern wohnen immer noch in Telavi.«

»Großartig. Dann kennen Sie sich ja aus.«

»Wer weiß. Das meiste habe ich vermutlich verdrängt.«

»War es dort so schrecklich?«

»Nein. Im Gegenteil. Ich verdränge die Erinnerungen, um es hier auszuhalten! Hier fühle ich mich einfach nicht wohl. Spüren Sie nicht … den Druck? Ich spüre ihn die ganze Zeit. Als würde mir jemand auf die Schläfen trommeln und mir Abgase in den Hals leiten, sobald ich nur einen Gedanken an diese Stadt verschwende. Selbst wenn ich sie verlasse, bleibt dieser Druck bestehen. Ich glaube nicht, dass ich ihn jemals loswerde.«

»Sie müssen aber zugeben, dass diese Gegend auch ihren Reiz besitzt«, meinte Ludwig, während sich ein lebensmüder Rollerfahrer mit einer Lieferung von *menu.ge* rechts an ihm vorbeidrängte, auf den Bürgersteig fuhr und an der roten Ampel rechts abbog.

»Was Sie charmant und exotisch finden, halte ich für eine Aneinanderreihung von Fehlschlägen. Das Einzige, was in dieser Stadt eigentlich geschieht, ist, dass die Erosion in höherem Tempo als an jedem anderen Ort fortschreitet. Ihnen sagt doch der Begriff Entropie etwas?«

»Durchaus.«

»Manchmal stelle ich mir vor, Tiflis sei ein physikalisches Experiment unter der Regie von diesen Typen am CERN. Und was wollen die herausfinden? Wie schnell …«

»Wie schnell alles zum Teufel gehen kann«, beendete Ludwig seinen Satz.

Anri sah ihn eine Weile an und sagte dann: »Wenn Zugereiste wie Sie mit ihrem Geld, ihren Plänen und ihren Investitionen daherkommen … Vielleicht zögern Sie die Katastrophe ja etwas hinaus. Vielleicht können Sie den endgültigen Zusammenbruch ja sogar verhindern. Ich hoffe es.«

»Sie haben eine viel zu gute Meinung von uns.«

»Möglich. Oder ich habe eine zu schlechte Meinung von meinen Landsleuten.«

Den Rest der Fahrt verbrachten die beiden tief in dunkle innere Landschaften versunken. Ludwig unternahm einige halbherzige Versuche, etwas ironisch Aufmunterndes oder geradezu Tröstliches zu sagen. Als er seinen Begleiter im chaotischen Treiben vor dem Hauptbahnhof absetzte, sagte er nur noch:

»Vieles ist aber in den letzten Jahren besser geworden, nicht wahr?«

»Durchaus«, erwiderte der Georgier mit einem fahlen Lächeln. »Aber auch schlechter! Die Lebensbedingungen sind im ständigen Wandel begriffen.«

Er stieg aus und verschwand im Gewimmel, um im eigenen Dampfkochtopf und dem der anderen weiterzuschmoren.

Niko-Lomouri-Straße
Avlabari, Tiflis, Georgien
Fr., 1. Juli 2016
[18:25 MEZ+4]

Ludwig musste eine geraume Weile in den Staus ausharren, bevor er den städteplanerischen Serieninfarkt in den Vierteln rund um den Bahnhof hinter sich gelassen hatte. Die Gegend wollte einfach nicht stillhalten, sondern vibrierte und wand sich wie ein brüllendes Monster: eine unfassbare Mischung aus der Verkehrslage in Saigon zu Beginn der siebziger Jahre, den Basaren in Marrakesch und den Moskauer und Istanbuler Kiosken und Imbissen. Die Luft und die Abgase flimmerten gequält in der Hitze, die alles noch unwirklicher, noch tödlicher und gleichzeitig unsterblich erscheinen ließ.

Da die Straßen unterhalb von Marjanischwili wegen umfassender Bauarbeiten gesperrt waren, setzte Ludwig seine Fahrt Richtung Süden durch ein Gewirr kleiner Gässchen fort und konnte unterwegs ein frisch gebackenes, noch heißes Puri mitnehmen. Das oval geformte Brot war unwiderstehlich: salzig, mit einer perfekten Kruste. Als er an seinem Ziel anlangte, hatte er bereits ein Drittel verdrückt.

Um halb sieben parkte er seinen Niva vor der Haustür. Erfolglos versuchte er, sich ein halbwegs vernünftiges Gesprächsthema für die Unterhaltung mit seinem Sohn auszudenken. Unablässig kehrten seine Gedanken zu Pauline Hollister zurück, zu ihrem Abschied am Flughafen, zu dem verdammten Menk, zum nächsten Tag.

Als er die Handbremse anzog, bis sie lautstark protestierte, hatte er eine göttliche Eingebung: Im Handschuhfach lag einer seiner Flachmänner, der noch bis zu einem Drittel gefüllt sein musste.

Er wusste auf den Milliliter genau, wie viel Wodka eine Flasche enthielt, die er seit Wochen nicht mehr angefasst hatte, aber wann sein Sohn Geburtstag hatte, entzog sich seiner Kenntnis. Das war fürchterlich, so fürchterlich, dass er seine Schamgefühle nur mithilfe von Alkohol in Schach halten konnte. Zumindest bis er ihn, wie jetzt, ausgetrunken hatte.

Einige Hunderassen wie Bulldoggen und Möpse, diese Köter mit ihren platten Schnauzen, können nicht normal atmen, dachte Ludwig. Nur wenn sie zusätzlichen Sauerstoff erhalten, funktionieren sie, wie sie sollen. Dann entspannen und beruhigen sie sich. Empfinden Glück oder Ähnliches. Vielleicht ist das bei mir genauso? Vielleicht bin ich ein Zeugungsfehler. Vielleicht sollte ich mich selbst nicht so verurteilen.

Aus der Wohnung drang das Geklapper einer Tastatur. Walter saß auf einem Schaukelstuhl und war so sehr in seine Arbeit vertieft, dass er zusammenzuckte, als sich Ludwig räusperte. Sofort klappte er sein Notebook zu.

»Hier ist das Abendessen«, sagte Ludwig und legte das Brot auf den Tisch.

»Vielen Dank.«

»Ist noch Bier übrig?« Er deutete auf das leere Glas seines Sohnes.

»Natürlich.«

Ludwig ging in die Küche, holte einen Kanister und ein weiteres Glas und schenkte ihnen ein. Nachdem sie einige Minuten geschwiegen hatten, sagte er:

»Ich muss morgen los, um ein paar Dinge zu erledigen.«

»Okay. Kann ich mitkommen?«

So hatte Ludwig sich das nicht vorgestellt.

»Das … was soll's … es müsste – ich weiß nicht.«

»Du weißt nicht?«

»Es hat mit der Arbeit zu tun.«

»Dann sehe ich endlich einmal, womit du dich so beschäftigst!«

Ludwig seufzte und trank ein paar köstliche Schlucke. »Ich beschäftige mich mit Sicherheitsfragen«, meinte er.

Da Walters Blick zu entnehmen war, dass er diese vage Formulierung ganz schön satthatte, blieb Ludwig nichts anderes übrig, als einzuwilligen: »Klar. Komm mit. Aber es wird wahrscheinlich ziemlich langweilig.«

»Es ist sicher spannender, als hier herumzusitzen und ins Leere zu starren.«

»Immerhin lenkt dich hier nichts von der Arbeit ab.«

Walter schwieg.

»Wie gesagt, du darfst mit!« Ludwig zwang sich zu einem Lächeln. »Also Schluss mit der Schmollerei.«

Wie lange wollte der Junge eigentlich bleiben? Ludwig hatte keine Ahnung. Eine Woche? Zwei Wochen? Oje!

»Ich schmolle ja gar nicht«, erwiderte Walter. »Ich bin einfach nur müde. Übrigens soll ich dir von Mama ausrichten, dass du ihr noch zweitausend …«

»Von wegen.« Ludwig stand abrupt auf und goss ihnen je einen Tschatscha ein. »So ein Unsinn. Reines Gewäsch.«

Schweigend und in kleinen Schlucken tranken sie den Schnaps.

Schließlich sagte Walter:

»Meinetwegen. Ich will mich da nicht einmischen.«

»Eine wohldurchdachte, weise Strategie.«

»Die schon viele Jahre alt ist«, meinte Walter. Aber dann hellte sich seine Miene auf, und er fügte hinzu: »Ihr scheinheiliger Mann ist vor kurzem seinen Führerschein losgeworden. Er war besoffen wie eine Strandhaubitze und hat im Dorf eine ganze Reihe Briefkästen niedergemäht. Ihm blühen zwei Monate Gefängnis, und die Kirche ist wahnsinnig wütend.«

»Unser unfehlbarer Widerstandskämpfer Erich Klaus in tapferem Kampf gegen alle falsch platzierten Briefkästen dieser Welt. Darauf trinken wir. Prost!«

»Prost.«

Sie unterhielten sich noch ein wenig und gingen dann schlafen. Ludwig suchte eine durchgelegene Gästematratze hervor und legte sie vor das offene Wohnzimmerfenster. Außerdem überließ er Walter den Ventilator aus dem Schlafzimmer, eine ausgesprochen edle Geste. Die Hitze hatte zwar etwas nachgelassen, aber die Temperatur in der Wohnung betrug immer noch über dreißig Grad. Vielleicht war es ja an der Zeit, endlich einmal ein Opfer für den einzigen Sohn zu bringen.

*

In den verschiedenen Gefügen der Stadt – der *Zeit*, denn in Tiflis lagen die Epochen dicht beieinander und Lichtjahre voneinander entfernt – gestaltete sich die Nacht jeweils unterschiedlich.

In der Altstadt, in der vermutlich die meisten Wiedergänger unterwegs waren, spielten sich erwartungsgemäß moderne Szenen ab. Betrunkene Holländer und Tschechen, die mit lauwarmem Bier in der knallenden Sonne gesessen hatten, verewigten ihre Heldentaten mithilfe von Selfiesticks oder verschreckten Kellnern. Ein paar chinesische Geschäftsleute standen ratlos in dem kleinen Park bei den Schwefelbädern herum, wo sie ein hilfsbereiter Taxifahrer abgesetzt hatte, nachdem sie ihn nach Mädchen gefragt hatten. Verschuldete junge Männer mit Espressowägelchen verfluchten zum tausendsten Male, dass sie nur Kaffee im Angebot hatten, wo doch die Europäer in den frühen Morgenstunden am meisten Lust auf Bockwurst und Hamburger hatten.

An einer der schnurgeraden Prachtstraßen in Vake, in der sich trunksüchtige Diplomaten und Groupies ideeller und weniger ideeller internationaler Organisationen frottierten, wurde hohläugig in die Bierhumpen gestarrt, während das panische Gerede über die EU-Abstimmung der Engländer in die vierte oder fünfte Runde ging. Die Lokale, die diese fähigen Köpfe mit ihrem Weltgewissen bereicherten, waren pflichtschuldige Kopien drittklassiger westlicher Kaschemmen – irische Pubs, australische Sports-Bars, Pizzerien, Sushi-Restaurants –, die aber mehr Stil und wesentlich höhere Preise hatten als ihre nichtsahnenden Vorbilder. Die Damen und Herren aus dem Westen waren sich in dieser Nacht rührend einig: Nicht nur die Georgier (die ihnen sonst immer Kummer bereiteten), sondern auch die Engländer sollten sich gefälligst zusammenreißen und ihrem zivilisierten, vernunftbedingten, fortschrittlichen Beispiel folgen.

Mehr oder weniger scherzhaft rief der glatt rasierte zweite Sekretär der deutschen Botschaft, ein junger Mann, der schon etliche Biere intus hatte:

»Man sollte vielleicht einen neuen Menschen klonen!«

Alle Anwesenden kicherten blechern. Die darauf folgende Stille war von einer apathischen Verlegenheit erfüllt und von einem Schuldbewusstsein, das in der eigenen Verachtung anderer Klassen gründete. Ein Schwede rettete den Abend, indem er sich räusperte und auf das Thema Fußballeuropameisterschaft einschwenkte.

Und oben in Saburtalo saß ein junger Moldawier aus Berlin auf seiner Dachterrasse, gehüllt in ein dünnes, nasses Bettlaken. Er schenkte sich aus einer Edelstahlkaraffe kalten Malventee ein und ließ einen Eiswürfel auf den Lippen zergehen. Dann erhob er das tropfende Glas und rollte es auf seiner Stirn hin und her. Langsam, konzentriert und mit gezücktem Stift wie ein mittelalterlicher Scholastiker in einer Klosterbibliothek setzte er seine Lektüre von Pauline Hollisters schwer zu entziffernden Notizen fort.

UNSERE FLEISSIGEN ZIEGEN

Landstraße 38
Gombori-Pass, Kachetien, Georgien
Sa., 2. Juli 2016
[8:10 MEZ+4]

Fünfundvierzig Minuten hinter Tiflis begannen die Serpentinen. Die Landschaft wechselte zwischen schottisch und alpin. Die Hirten waren längst mit ihren unzähligen Schafen, vereinzelten Ziegen und riesigen kaukasischen Hütehunden unterwegs, die ihre Schützlinge gegen Wölfe und Bären verteidigen konnten.

Ludwig saß am Steuer, Anri auf dem Beifahrersitz und Walter hinten. Beide Seitenscheiben waren heruntergekurbelt, und solange sie über achtzig fuhren, war die Hitze dank der Zugluft halbwegs erträglich. Seit sie sich auf der Serpentine befanden, konnten sie allerdings nicht mehr so schnell fahren.

Auf der Passhöhe, die laut einem Schild 1620 Meter über dem Meeresspiegel betrug, hielten sie und aßen ein paar Stücke Brot mit Käse. Anri bot den anderen Pfirsichsaft von seiner Tante an. Ludwig fiel auf, dass sein Sohn keinen Ehering trug, woraus er schloss, dass er momentan vermutlich bei seiner Tante wohnte. Sich als Lediger eine eigene Wohnung zu gönnen, wäre nicht nur egoistisch gewesen, sondern auch ein Verrat am eigenen Klan. Und darüber hinaus suspekt: Denn wer wollte schon allein wohnen, wenn er nicht gerade etwas zu verbergen hatte?

»Hier habe ich noch nie angehalten«, meinte der Georgier und betrachtete die atemberaubende Landschaft. »Etwas später am Tag ist es hier immer voller Touristen.«

»Hassen Sie die Touristen?«, wollte Ludwig wissen.

»Nein, nein«, erwiderte Anri bestürzt. »Aber man will sie ja nicht stören.«

»Ich hasse sie. Alle. Verdammte Ratten.«

»Natürlich.« Anri lächelte. »Ihr Einwanderer hasst immer die Touristen. Touristen müssen schließlich nichts lernen.«

»Ich bin auch ein Tourist«, sagte Walter und starrte gebannt auf die diffusen, nebelumhüllten Gipfel im Südwesten und das Weideland mit seinem trügerisch weichen Aussehen. Würde man sich überhaupt wehtun, wenn man von der Straße abkam?

Ludwig grinste und klopfte ihm auf die Schulter. »Schön, oder?«

»Ich habe in meinem ganzen Leben nichts Schöneres gesehen«, stellte Walter fest.

»Als diese Gegend?«, fragte Anri. »Mag sein. Ziemlich karg und unfruchtbar, könnte man sagen. Mal sehen, was Sie von dem Tal auf der anderen Seite halten.«

Ludwig ging auf und ab, um sich die Beine zu vertreten. Da er seinem Sohn und dem jungen Begleiter vom georgischen Sicherheitsdienst eine Art Vorbild sein musste, verzog er sich hinter ein Gebüsch, um sich einen Schluck aus einem seiner beiden Flachmänner zu genehmigen. Seine Jägerweste besaß viele charmante Taschen.

Eigentlich verabscheute er Wodka, doch dieser besaß den unschlagbaren Vorteil, geruchlos zu sein. Natürlich stank er dafür nach Azeton, das war ihm auch klar, aber niemand wusste, wann genau er zuletzt getrunken hatte.

Er leerte den einen Flachmann.

Doch schon Sekunden später stieß sein Magen einen Schrei aus, der an den eines angeschossenen Pottwals auf stürmischer See erinnerte. Die Gastritis. Ein ernstzunehmender Gegner, der ihn aber nicht in die Knie zwingen würde. Diese Rolle würde seine Leber übernehmen. Bislang lag das Weiße seiner Augen farblich noch im akzeptablen Bereich.

Hör auf. Hör einfach auf.

Aber womit? Das war die Frage. Mit der Trinkerei oder dem Herumgrübeln?

Falscher Zeitpunkt. Falsch, falsch, falsch. Für beide Alternativen.

Er knöpfte seine Hose auf, verließ das Gebüsch und knöpfte sie wieder zu, damit alle sehen konnten, dass er nur einem allzu menschlichen Bedürfnis nachgekommen war, was gar nicht so sehr von der Wahrheit abwich.

Nun, vielleicht hätte es seine Fahrgäste entsetzt, wenn sie mit angesehen hätten, wie er den kleinen Giftbecher leerte. Aber wenn seine Hände plötzlich am Lenkrad gezittert hätten, wären sie auch nicht froh gewesen.

Ein nachtschwarzer Rabe schwebte fast reglos in der hohen Morgenluft und schien ihn zu beäugen. Ludwig starrte finster zurück. Der Rabe lächelte höhnisch, stieß einen schrillen Schrei aus und flog dann Richtung Osten, als wolle er ihm den Weg weisen oder auch nur vorführen, wie viel leichter er vom Fleck kam als diese schwerfälligen, dummdreisten Menschentiere.

*

Sie nahmen die Talfahrt in Angriff. Als sie den ersten Laubwald – falls das die richtige Bezeichnung war – erreichten, breitete sich im Auto ein gedämpftes Schweigen aus. Als sie eine Viertelstunde später von einem weiteren Wald verschluckt wurden, herrschte eine geradezu andächtige Stimmung. Und dann – um die Kurve, ein kurzes Stück steil bergauf – der Große Kaukasus mit seinen kreideweißen Gipfeln und grünen Steilhängen.

Unter ihnen breitete sich ein riesiges Tal mit Weinbergen, Haselnusssträuchern und Obstbäumen aus. Von den Flüssen, die die

Landschaft durchschnitten, waren einige jahreszeitbedingt trocken, während andere todessüchtig in die Tiefe stürzten.

»Unfassbar«, sagte Walter, der sich immer wieder zwischen den Sitzen vorbeugte, um eine bessere Aussicht zu haben.

Anri hielt sich an der Dachreling fest, um sein Handgelenk abzukühlen, ein beliebter Trick in diesen Breiten. »Genauso ist es mir ergangen, als ich zum ersten Mal in Berlin war. Ich bin die Friedrichstraße auf und ab gegangen und habe nur gestaunt. Später habe ich mir dann sagen lassen, dass die Berliner die Friedrichstraße hassen. Aber für mich war sie sagenhaft. So sauber, so glatt, so poliert und … vollkommen. Als würden Engel nachts ungesehen herabsteigen und jeden Quadratmillimeter putzen und polieren. Und dann noch dieses französische Warenhaus. Unglaublich!«

»Lafayette«, sagte Ludwig.

»Lafayette! Ganz unglaublich!«

»Die Friedrichstraße ist richtig beschissen«, sagte Ludwig und drosselte das Tempo, weil sie einem Trupp aserbaidschanischer Wanderarbeiter mit Eselskarren begegneten. »Sie sollten stattdessen in den Schwarzwald fahren. Der kann sich zwar nicht mit dem hier messen, aber trotzdem.«

»Wenn Sie mir ein Visum beschaffen, gerne.«

»Aber das brauchen Sie doch gar nicht?«, mischte sich Walter ein.

»Doch«, sagte Ludwig. »Wir können zwar ungehindert nach Georgien einreisen, aber die allwissenden Wichser in unserer wunderbaren Heimat und ihre ebenso beschissenen französischen und italienischen Kollegen meinen, dass sie diese Gastfreundschaft nicht zu erwidern brauchen.«

Walter schüttelte den Kopf. »Peinlich.«

»Sag ihnen das ruhig. Soweit ich informiert bin, haben sie immer noch das Gefühl, alles besser zu wissen.«

»Sie haben sicher gute Gründe«, versuchte Anri einzulenken.

»Klar«, brummte Ludwig. »Sie haben ihre Gründe. Die hatten

sie schon immer. Meistens sind diese Wichser so sehr damit beschäftigt, sich gegenseitig einen zu blasen, dass ihnen für andere Dinge keine Zeit bleibt.«

»Das ist aber eine etwas … extreme Metapher«, meinte Anri angestrengt. »Vielleicht sollten wir sie nicht weiter vertiefen.«

Ludwig mutmaßte, dass der junge Mann religiös sein könnte.

»In Ordnung. Wohin geht es jetzt?«

»Nach unten.«

Ludwigs Handy vibrierte. »Können Sie mal nachsehen?«, bat er Anri und reichte ihm das Gerät.

»Eine SMS von Hollisters Handy«, erklärte der Georgier.

»Und was steht da?«

»BOOM.« Anri drehte das Handy in verschiedene Richtungen, als könnten dadurch weitere Buchstaben zum Vorschein kommen. »Nur das, sonst nichts.«

»Wie bitte?«

»B-O-O-M.«

Radisson Blu Iveria Hotel
Platz der Rosenrevolution, Tiflis, Georgien
Sa., 2. Juli 2016
[10:10 MEZ+4]

Jetzt war er nur noch sein Name.

Als ihn der gläserne Fahrstuhl in das achtzehnte Stockwerk hinaufkatapultierte, dabei auf halber Strecke anhielt und drei südostasiatische Frauen an Bord nahm und schließlich hoch oben sein Ziel erreichte, war er nichts außer seinem Namen – einem Namen, den man ihm ein knappes Jahr zuvor zugeteilt hatte. Sein Name war die eigentliche Waffe, die ihm seinen Wert verlieh und die ihn die geschmacklose Illusion und die schmutzige Probezeit vergessen ließ, die sein Erdendasein bislang gewesen war.

Ein Korridor führte in die Sky Bar. Dort saß, genau wie sein Anführer versprochen hatte, eine Gruppe von fünfzehn oder zwanzig Russen, alle in Schlips und Anzug oder Kostüm mit hochhackigen Schuhen. Viele rauchten, obwohl auf einem Schild an der Decke »OXYGEN BAR« stand.

Auch hinter einer Glaswand, wo einige Touristen in einem Pool schwammen, wurde geraucht. Und getrunken, genau wie in der Bar. Cocktails und Champagner. Obwohl es kurz nach zehn Uhr morgens war.

Von hier oben bot sich ein Blick über die ganze Stadt. Sie wirkte deshalb so modern, weil die alten Häuser so niedrig waren. Die Neubauten dominierten allein schon durch ihre Größe. So war sie einfach, die »moderne Zivilisation«, an die sich sein Land verkauft hatte: ebenso leer und oberflächlich wie roh und rücksichtslos.

Nurallah lautete sein Soldatenname. Er hätte sich selbst einen aussuchen dürfen, hatte das aber dem Imam in Mossul überlassen. Nurallah.

Niemand schenkte ihm Beachtung. Die Russen feierten einen erfolgreichen Geschäftsabschluss und riefen immer wieder nach dem Service, um sich ihr Gift nachschenken zu lassen. Auf den meisten Tischen standen galante Blumensträuße.

Nurallah baute sich mitten im Lokal auf. Er zog ein Blatt Papier aus der Hosentasche und verkündete mit fester Stimme in gebrochenem Russisch:

»Dürfte ich um Ihre Aufmerksamkeit bitten?«

Alle Augen richteten sich auf ihn.

»Bitte treten Sie doch näher. Ich habe ein Telegramm von der Zentrale in Sankt Petersburg.«

Der Lärm ging in ein erwartungsvolles Gemurmel über. Die Anwesenden scharten sich um ihn.

Konnte es wirklich so leicht sein?

Nurallah sah sein Leben nicht an seinem inneren Auge vorbeiziehen, bevor er an der Schnur in seinem Hemd zog. Er sah nicht, wie sein Vater in Duisi abends die Pferde am Fluss Alasani entlang nach Hause führte, er sah auch nicht seine Schwester, die im Halbdunkel am Webstuhl einen Wutausbruch bekam, er sah nicht, wie seine Mutter …

Er sah seine Mutter nicht.

Drei Sekunden dauerte es, bis der Sprengstoff detonierte. Gerade genug Zeit, um tief Luft zu holen und zu denken: Wie vielen Menschen ist es vergönnt, genau zu wissen, welcher Atemzug ihr letzter ist?

Die Oxygen Bar. Auf halbem Weg in den Himmel füllten sich seine Lungen mit Sauerstoff.

Dann wurde alles weiß. So sollte es sein. Allzu lange hatte er wie ein elender Hund gelebt. Jetzt durfte er endlich als Nurallah sterben. Endlich war es ihm vergönnt, als Gottes eigenes Licht zu sterben.

Landstraße 43
Alasani-Tal, Kachetien, Georgien
Sa., 2. Juli 2016
[10:35 MEZ+4]

Nach einer engen Kurve in der Talsohle offenbarten sich in der Ferne plötzlich zwei schlanke Türme, deren einst funkelnde Kupferdächer türkisgrün angelaufen waren. Sie gehörten zu einem Gebäudekomplex, bei dem es sich vermutlich um eine mittelalterliche Klosterkirche handelte. Mit dem Gebirge im Hintergrund erinnerte sie an eine christliche Variante von *Tausendundeiner Nacht.*

»Ist es hier?«, fragte Ludwig.

»Nein. Das ist Gremi. Fahren Sie einfach weiter.«

Auf einem Parkplatz standen leere Reisebusse. Hier wurden gebratene Maiskolben, Kerzen, Schmuck, Weihrauch und selbst gebrannter Schnaps verkauft.

Ludwigs Handy klingelte. Er nahm das Gespräch an und schaltete den Lautsprecher ein.

»Auf die Sky Bar des Radisson wurde ein Bombenanschlag verübt«, sagte Almond ohne Einleitung.

Ludwig überholte ein uraltes Motorrad mit einem ebenso uralten Mann, der mit nacktem Oberkörper und Strohhut hinter dem Lenker saß. In den Beiwagen hatten sich zwei junge Männer mit vielen Wassermelonen gezwängt.

»Von wem?«, erwiderte Ludwig schockiert.

»Ich weiß nicht, ich habe es gerade erst erfahren. Mindestens fünfzehn Tote und ebenso viele Verletzte. Alle Opfer waren Russen. Ein Barkeeper hat erzählt, es habe sich um einen Selbstmordattentäter gehandelt.«

Ludwig schüttelte den Kopf. Er hatte diese Bar auch ein paarmal besucht, zuletzt, wenn er sich recht entsann, vor wenigen Wochen.

»Ein Muslim?«, fragte er.

»Ein Zeuge Jehovas war das jedenfalls nicht.«

»Sie haben die Nachricht erhalten, die ich vor einer Viertelstunde an Sie weitergeleitet habe?«

»Ja.«

»Also frage ich mich, ob ... wir das irgendwie hätten verhindern können.«

»Innerhalb weniger Minuten?«, fragte Almond. »Aufgrund dieser vage formulierten Drohung? Wie stellen Sie sich das eigentlich vor, verdammt noch mal?«

Die nahezu tropische Luftfeuchtigkeit und die mörderische Hitze erschwerten Ludwig das Atmen. »Normalerweise würde ich mich fragen, wer davon profitiert. Aber was bringt das, wenn man es mit Islamisten zu tun hat? Niemand profitiert davon, das ist die Pointe. Alle sollen verlieren, und zwar möglichst viel.«

»Das scheint die Absicht zu sein, ja.«

»Wir müssen die georgischen Behörden über alles, was wir wissen, in Kenntnis setzen.«

»Auf jeden Fall«, erwiderte Almond. »Und was wissen wir Ihrer Meinung nach?«

»Ist es Ihnen gelungen, Pauline Hollisters Handy zu orten?«, erkundigte sich Ludwig nach einer kürzeren Pause.

»Nein, die Signale sind mal hier, mal da. Zuletzt soll es sich in Tansania befunden haben. Und eine Stunde zuvor war es offenbar in Grönland.«

Ludwig versuchte, sich jedes einzelne Wort, das Pauline Hollister am Vortag im EXPLCO-Hauptquartier geäußert hatte, in Erinnerung zu rufen.

Drei Leichen. Drei russische Leichen …

»Wo sind Sie jetzt?«, erkundigte sich Almond.

»In Gremi.«

»Sollte ich wissen, wo das liegt?«

Ludwig warf im Rückspiegel einen letzten Blick auf das Kloster. »Scheint ein netter Ort zu sein, also für uns vermutlich nicht von Interesse. Wir sind im Alasani-Tal östlich vom Gombori-Pass auf dem Weg nach Nakra…«

»Nekresi«, korrigierte ihn Anri.

»Nach Nekresi und hoffentlich auch zu Pater Grigol.«

»Ich melde mich, falls noch etwas passiert. Rufen Sie mich an, sobald es etwas zu berichten gibt.«

»Verstanden«, sagte Ludwig und unterbrach die Verbindung.

Walter beugte sich vor. »Dürfte ich um eine Erklärung bitten?«

»Ich glaube, Sie sollten Ihre Vorgesetzten anrufen«, sagte Ludwig zu Anri, »und sie auf den aktuellen Stand bringen.«

»Ich fürchte, das habe ich schon getan«, erwiderte der junge Georgier verlegen.

»Wann denn das?«

»Gestern am späteren Abend. Es tut mir leid, aber ich kann schließlich nicht …«

»Das ist völlig nachvollziehbar und gar kein Problem. Solange Sie sich nur gut überlegen, wem Sie Bericht erstatten. Ist das jemand, dem Sie vertrauen?«

»Nicht wirklich … aber ich kann mich darauf verlassen, dass ich gefeuert werde, wenn ich meinen Auftrag nicht erfülle.«

»Wie wär's mit einer Erklärung?«, fragte Walter erneut.

»Das ist momentan leider ausgeschlossen«, entgegnete Ludwig. »Reich mir mal die Wasserflasche.«

Sie fuhren am Fuß des Großen Kaukasus entlang. Trotz der Pflanzungen und Plantagen war die Landschaft alles andere als gezähmt. Ludwig wurde das Gefühl nicht los, dass die Wildnis innerhalb weniger Jahre alles zurückerobern würde, falls sich die Menschen zurückzogen.

In den weit auseinanderliegenden Dörfern zerwühlten die Schweine, die, verglichen mit ihren Kollegen im Westen, schlank, langbeinig und muskulös waren, die unbefestigten Bürgersteige. In den Straßengräben grasten Esel und strahlten dabei einen gewissen lässigen Autismus aus. Sie waren meist nicht angepflockt, dafür waren die Hinterbeine locker zusammengebunden, um eventuelle Freiheitsbestrebungen einzuschränken.

Nach einigen weiteren Kilometern sahen sie einen Wegweiser Richtung Nekresi. Ludwig bog nach links ab und fuhr auf die Bergkette zu. Dahinter lag das russische Dagestan, in dem ein Bürgerkrieg zwischen der Regierungsmacht und separatistischen muslimischen Rebellen ausgefochten wurde. Einige hundert Kilometer nordwestlich von dieser zerrütteten Region lag Tschetschenien, das im Augenblick mehr oder minder von Moskau befehligt wurde, und zwar durch einen jungen Gangsterkriegsherrn, der die Söhne Saddam Husseins wie die reinsten Waisenknaben erscheinen ließ.

Sie fuhren durch eine Pappelallee. In der Ferne tauchten ein Schlagbaum und ein Wachhäuschen auf. Ludwig stellte den Lada auf einem Parkplatz ab, dessen Schattenplätze bereits von Bussen belegt waren. Er trank ein paar Schlucke lauwarmes Mineralwasser, dann stiegen sie aus und setzten den Weg zu Fuß fort.

Auf einem Schild stand auf Englisch:

DER BESUCHER WÄHLT:
BUS (1,50 GEL) ODER ZU FUSS
BEI WENIGER ALS ZEHN FAHRGÄSTEN
FÄHRT DER BUS NICHT
KANN 30 MIN. WARTEN
UND ES GEHT WEITER,
UND ES GEHT WEITER

»Und es geht weiter?«, fragte Ludwig Anri.

»Sie meinen, und so weiter. Die Bauerntölpel haben Google Translate entdeckt.«

Einer der erwähnten Busse fuhr gerade an, während ein anderer eintraf und seine Fahrgäste entließ.

»Pater Grigol«, sagte Anri und deutete auf den Fahrer.

Der Mann unbestimmbaren Alters trug einen zehn Zentimeter langen graumelierten Bart, das schwarze Haar lang und, wie Ludwig sah, als er mit seinen beiden Begleitern den Bus betrat, eine dunkelbraune Mönchskutte.

Ludwig legte ihm einen Fünf-Lari-Schein hin und verzichtete auf das Wechselgeld. Die Miene des Geistlichen hellte sich auf.

Neben ihm standen einige Plastikkanister mit Wasser.

»Wir müssen warten, bis noch mehr Leute kommen«, sagte er ins Mikro, obwohl sie nur einen halben Meter voneinander entfernt waren.

Aus seiner Kutte zog er eine Halbliter-PET-Flasche hervor und nahm vorsichtig ein paar Schlucke. Erst dann setzte er einen der Kanister an den Mund und trank eine größere Menge Wasser.

Weitere Fahrgäste stiegen zu, überwiegend Russen, eine Kleingruppe Holländer und ein Mann, der, seiner Körperfülle und den teuren Turnschuhen nach zu urteilen, Amerikaner sein musste.

Die Türen schlossen sich, und der Bus fuhr keuchend an. Die Klimaanlage schnarrte, als nähme sie ihren Auftrag ernst, bluffte aber offenbar nur. Pater Grigols Stimme dröhnte auf Russisch aus den Lautsprechern:

»Das Lamm Gottes in Ehren, aber um hier zu überleben muss man eine Gämse sein, meine Damen und Herren. Diese Bergziege besitzt die Eigenschaften, die sich unser Herrgott wünscht. Sie klagt nicht, weiß in schwierigen Situationen immer einen Rat, bewegt sich genügsam fort, und wenn sie an ihr Ziel gelangt, ist sie für alle unerreichbar.«

Möglicherweise waren diese Überlegungen von der Straße inspiriert, die steil anstieg, bis sie eine 180-Grad-Wende vollführte und weiterkletterte. Der neue Belag war ganz offensichtlich von einem vermögenden Gönner oder einer Institution gestiftet worden, da er nicht die geringsten Mängel aufwies. Aus diesem Grund war diese Straße normalen Personenkraftwagen verwehrt: Die jungen georgischen Männer mit ihren ramponierten deutschen Autos, die sie wegen der vielen Schlaglöcher und Risse normalerweise gar nicht auf die gewünschte Geschwindigkeit bringen konnten, hätten diese Strecke innerhalb kürzester Zeit in ein Schlachthaus verwandelt.

Vereinzelte Touristen hatten sich für die Fußwanderung entschieden. Bei jedem von ihnen hielt Pater Grigol an und erkundigte sich, entweder aus Mitgefühl für seine Mitmenschen oder weil er den Fahrkartenverkauf im Blick hatte:

»Möchten Sie mitfahren?«

Aber keiner stieg zu. Beschämt schüttelte jeder den Kopf und setzte seine heilige Höllenwanderung fort.

»Die allgegenwärtigen Dämonen«, fuhr der Priester fort, »rechnen eiskalt mit unserer erbärmlichen Schwäche. Wenn sie einer starken und ungebundenen Gämse begegnen, einem freien, disziplinierten Kletterer, dann sind sie ratlos. Der Herr segne also diese Wanderer, die sich weigern, unsere Hilfe anzunehmen. Der Herr segne diese wunderbaren kleinen Gämsen.«

Ludwig schwitzte inzwischen so stark wie noch nie zuvor. Der Amerikaner hinter ihm war inzwischen bewusstlos oder tot.

Dann waren sie endlich am Ziel, oder zumindest am Fuß der Treppe, die ins Kloster hinaufführte. Die Touristen (den wiederauferstandenen Amerikaner eingeschlossen) stiegen aus und nahmen die Haltung standhafter Gämsen ein. Anri gesellte sich zu Pater Grigol.

Ludwig verstand genug Georgisch, um der kurzen Unterhaltung folgen zu können:

»Würden Sie uns bitte einen Augenblick begleiten?«, bat Anri und zeigte seine Dienstmarke vor.

»Ich habe nichts getrunken!«, erwiderte der Geistliche bestürzt. »Außerdem wollte ich fünfzig Tetri Wechselgeld rausgeben.«

»Darum geht es nicht. Kommen Sie bitte mit.«

Sie stellten sich in den Schatten eines alten Walnussbaumes.

»Wir sind im Auftrag von Pauline Hollister hier«, erklärte Ludwig.

Der Geistliche betrachtete ihn neugierig. »Und woher kommen Sie?«

»Von einer Firma, die sie beauftragt hat.«

»Nein, nein, ich meine, aus welchem Land? Holland? Dänemark?«

»Deutschland.«

»Ah! Ein Land mit einer dunklen Geschichte. Ein gequältes Volk.«

»In der Tat.«

»Ist sie tot?«, fragte der Pater. »Pauline?«

»Wieso fragen Sie?«

»Letzte Woche hat sie gesagt, das Ende sei nah.«

»Meinen Sie, dass sie krank war?«

»Nein. Sie war nur, wie soll man sagen, voller Reue.«

KaDeWe
Wittenbergplatz, Berlin, Deutschland
Sa., 2. Juli 2016
[9:40 MEZ+1]

Clive Berner, ehemaliger Berliner CIA-Chef und inzwischen stellvertretender Direktor der EXPLCO in Washington, kurz GT genannt, hatte in seinem bald siebzigjährigen Leben so einiges im Extrembereich diverser Wahnsinnsszenarien erlebt. An einer privaten Shoppingtour durch eines der exklusivsten westeuropäischen Warenhäuser teilzunehmen war jedoch selbst für ihn ein Novum. Seine Chefin Beth Hayeford, die CEO von EXPLCO und außerdem Hauptaktionärin der Firma, hatte ganz einfach das traditionsreiche Berliner KaDeWe für sich gebucht.

Gegen neun Uhr waren sie durch einen Seiteneingang eingelassen worden und hatten die vergangenen vierzig Minuten Jagd auf Seidentücher und Parfüm gemacht. Die Aktion sei notwendig, hatte Beth Hayeford versichert, weil man natürlich immer nur im Sommer nach Berlin komme und dann überall Ausverkauf mit unangenehmen Begleiterscheinungen sei. Das sei ihm doch sicher auch klar.

GT war vor allem eines klar: Möglicherweise war er, gemessen an seinem Ausgangspunkt, der vom Konkurs bedrohten Farm seines alkoholisierten Vaters in Kentucky, ein wenig aufgestiegen, aber er würde niemals, selbst wenn er von vorne beginnen und gewisse Fehler vermeiden könnte, das Universum von Beth Hayeford und ihresgleichen erreichen.

Inzwischen waren sie in der Taschenabteilung angelangt.

»Sie haben von dem Anschlag in Tiflis gehört?«, fragte Beth Hayeford und nahm eine Dior-Handtasche näher in Augenschein.

»Allerdings«, antwortete GT. »Klingt fast so, als hätten unsere netten georgischen Verbündeten ihre eigenen Kameltreiber nicht richtig im Griff.«

Sofort bereute er seine Ausdrucksweise, aber Beth Hayeford verzog nicht einmal das Gesicht. Vielleicht wusste sie seine Ausdrucksweise inzwischen zu schätzen.

»Ich bin zu einem ähnlichen Schluss gelangt«, erwiderte sie trocken. »Eine grauenhafte Entwicklung, wenn dem so wäre. Wir haben von der georgischen Regierung den Auftrag erhalten, den georgischen Wahlkampf zu retten. Also dafür zu sorgen, dass er halbwegs rechtens abläuft und dass sie eine akzeptable Mehrheit erlangen. Ich habe versprochen, dass uns das gelingen wird.«

»Vielleicht war das ja etwas voreilig«, dachte GT laut.

»Meinen Sie?« Beth Hayeford lachte und legte die Handtasche beiseite, die sie plötzlich zu langweilen schien. »Dreieinhalb Millionen Menschen sind in diesem Land geblieben. Die Begabtesten und die Korruptesten sind schon längst abgehauen. Normale Wahlen abzuhalten kann doch nicht so schwer sein. Wie oft schon habe ich ihnen geraten: Erhöht die Renten, asphaltiert die Straßen, wo es gut sichtbar ist, richtet in jedem Dorf mit über zweihundert Einwohnern kostenlose Polikliniken ein und rundet das Ganze mit einem prominenten Staatsbesuch ab. Letzteres habe ich im Übrigen *persönlich* eingefädelt.« »Persönlich« war nicht nur Beth Hayefords Lieblingswort, sondern auch das aller Diktatoren dieser Welt. »Unser unermüdlicher Außenminister fährt am Mittwoch nach Georgien und anschließend zum NATO-Gipfeltreffen nach Warschau. Es war nicht sonderlich schwer, ihn dazu zu überreden. Er freut sich immer, wenn er Leute trifft, die bereit sind, ihm zuhören.«

Sie lachte, und GT folgte ihrem Beispiel. »Soweit ich weiß, werden seine Facebook-Bilder nicht mehr von seinem Chef gelikt«, meinte er schadenfroh.

Es machte Spaß, mitzuspielen und auf den US-Außenminister herabzublicken, einen Mann, dessen aristokratischer Stammbaum sich mit dem von Beth Hayeford messen konnte. GTs Vater hätte sich vermutlich sofort ein weiteres Mal zu Tode getrunken, wenn er diese Szene erlebt hätte.

»Wenn ich mich nicht irre, versucht Licht gerade herauszufinden, was dieser Witwe zugestoßen ist, oder?«, bemerkte Beth Hayeford, während sie eine Brieftasche von Louis Vuitton zu zerlegen schien.

»Seit gestern Abend habe ich nichts mehr gehört.« GT lehnte sich mit seinem riesigen Gesäß an einen Tisch. »Jack Almond … ich weiß nicht recht. Manchmal frage ich mich, ob er nicht etwas beschränkt ist.«

»Flieg hin und nimm die Sache selbst in die Hand.«

Und immer noch, nach all diesen Jahren, spürte GT, wie sein Herz heftiger schlug und in ihm ein Gefühl von … nun ja … Lebenslust hervorrief.

Nekresi
Alasani-Tal, Kachetien, Georgien
Sa., 2. Juli 2016
[11:45 MEZ+4]

»Und was genau hat sie bereut?«, fragte Ludwig den Geistlichen.

Dieser hatte die letzten fünf Minuten damit verbracht, Wasser an die Touristen zu verkaufen. Jetzt stand er wieder im Schatten eines Baumes und schaute sich ständig um. Ein Paar aus Lateinamerika, an dem sie vorbeigefahren waren, kam den Hang heraufgekeucht.

Statt einer Antwort wiederholte der Priester seine Frage, jetzt allerdings flüsternd: »Ist sie tot?«

»Davon gehen wir aus«, meinte Anri.

»Sie wurde gestern gekidnappt«, erklärte Ludwig leise. »Aber es gelang ihr noch, uns zu Ihnen zu schicken. Aus welchem Grund? Was hatten Sie mit ihr zu tun?«

»Ich war ihr Berater in geistlichen Fragen.«

»Seit wann?«

»Seit dem Tod ihres Mannes 2008. Ich habe mich um seine Beisetzung in Sighnaghi gekümmert. Das war, ehe ich … ehe mir die Kirche eine andere Rolle zuwies. Aber wir sollten uns nicht hier unterhalten. Es ist nicht gut, wenn man uns zusammen sieht.«

»Hier?« Ludwig betrachtete die Stufen, die zum Kloster hinaufführten und auf denen einige Touristen picknickten.

Pater Grigol warf einen raschen Blick auf die uralten Gebäude mit den winzigen Fenstern. »Einige der Patres sind politisch engagiert. Unser großes Nachbarland im Norden ist bei gewissen jüngeren radikalen Talenten sehr populär. Der orthodoxe Glaube ist ihnen wichtiger als ihr Land, um es einmal so auszudrücken.«

Ludwig nickte. Es kam durchaus vor, dass junge Priester, aufgebracht über den modernen Einfluss aus dem Westen, Demonstrationen für die Rechte von Homosexuellen angriffen. Vor einiger Zeit hatten sie mit Äxten die Stromversorgung eines Rockfestivals gekappt.

»Vielleicht können wir uns ja woanders unterhalten, wenn Sie hier fertig sind?«, schlug Ludwig schweißgebadet vor.

»Sie können mich heute Abend in Lagodechi besuchen.«

»Das ist eine knappe Stunde von hier«, erläuterte Anri.

»Und wo wohnen Sie da?«

»Ganz oben in der Waschlowani-Straße, das letzte Haus mit dem senfgelben Tor.«

»Dann also bis heute Abend«, verabschiedete sich Ludwig.

Sofort entfernte sich der Geistliche und gesellte sich zu den Touristen auf der Treppe.

»Also«, sagte Walter. »Jetzt frage ich ein letztes Mal, was zum Teufel …«

Ludwig klopfte seinem Sohn auf die Schulter. »Wenn du das Maul hältst, brauchst du nicht zurückzulaufen.«

*

Gegen halb zwei waren sie wieder unten. Auf dem Parkplatz stand jetzt nur noch der Lada, an dem zwei unbehagliche Details auffielen: Die rechte Seitenscheibe des Autos war eingeschlagen und die Tür entriegelt.

»Nein! Nein, nein, nein, nein …«, jaulte Walter auf.

»Hattest du was im Auto liegen gelassen?«, fragte Ludwig.

»Meinen Rucksack. Verdammt! Das Notebook, den Pass, alles!«

Anri und Ludwig schauten sich um. Instinktiv hatten sie nach ihren Waffen gegriffen, diese aber nicht gezogen und sich auf ein Gebüsch zubewegt, um dahinter Schutz zu suchen.

»Komm her«, zischte Ludwig seinem Sohn zu, der für jeden sichtbar dastand und weiterjammerte.

Walter folgte ihm in den Schatten. Sein Atem ging schwer.

»Alles in Ordnung bei dir?«, fragte Ludwig und packte ihn an den Schultern. »Hallo?«

»Ich hasse Reisen. Ich hasse es wirklich.«

»Das war vermutlich kein gewöhnlicher Einbruch, die sind hier extrem selten, verstehst du? Jemand muss uns gefolgt sein. Jemand, der sein Handwerk versteht, schließlich habe ich nichts gemerkt. Sie müssen geglaubt haben, dass die Tasche mir oder Anri gehört, für dich interessiert sich niemand. Verdammt, ich frage mich, ob du dir nicht einfach ein Taxi nach …«

»Warum denn? Was soll ich in Tiflis, wenn ich nicht einmal mehr ein Notebook habe?«

Ludwig seufzte. »Okay. Ich wollte dir einfach nur klarmachen, dass es gefährlich werden kann.«

»Das habe ich schon gemerkt!«

»Und das Notebook … ich gehe davon aus, dass du dir Sicherheitskopien von deinem Buch gezogen hast?«

»Natürlich.«

»Na dann. Einen neuen Pass stellt dir die deutsche Botschaft aus. Die Idioten sitzen im Sheraton und schlürfen den ganzen Tag Cocktails. Ein Provisorium, das schon fünfzehn Jahre andauert. Fünfzehn Jahre, ist dir eigentlich klar, was das gekostet hat? Man sollte …«

»Darum geht es ja gar nicht«, sagte Walter. Er hatte sich ein wenig beruhigt und sprach wieder leiser. »Ich habe … das Buch ist das Problem. Der Inhalt.«

»Ah ja?« Ludwig behielt unablässig die Umgebung im Auge. In dreißig Metern Entfernung kauerte Anri mit schräg nach unten gerichteter Pistole und tat dasselbe. »Wovon handelt es denn?«

»Von dir.«

EIN SOMMER OHNE SIEGE

Marjanischwili-Straße
Kvareli, Kachetien, Georgien
Sa., 2. Juli 2016
[14:10 MEZ+4]

Sie bogen ab, um in Kvareli, einer sinnlos protzigen Kleinstadt mit einer überdimensionierten Hauptstraße und zahlreichen Museen und Amtsgebäuden, etwas zu essen. Im Restaurant, dunkel, rustikal und mit gesegnet kühlen Mauern, bestellten sie sich je fünf Chinkali und aßen die weißen Teigtaschen mit den Fingern und nur mit schwarzem Pfeffer.

Ludwig bestellte außerdem noch Bier für alle.

Ein großer Fernseher hing an der Wand. Luftaufnahmen der Zerstörungen durch den Terroranschlag am Morgen.

Fast ganz oben im Radisson-Hochhaus klaffte ein schwarzes Loch, das unausweichlich an den elften September erinnerte. Und dieser Vergleich war nicht ganz abwegig: Das war das schlimmste Verbrechen, das die fünfundzwanzig Jahre junge Republik seit den dunklen neunziger Jahren mit dem Bürgerkrieg und der Mafiaherrschaft heimgesucht hatte, vielleicht mal abgesehen von der russischen Besetzung Südossetiens 2008.

Anri deutete auf einen Experten im Fernsehstudio und sagte: »Das ist der große Bruder meines Schwagers.«

»Und was sagt er?«, fragte Ludwig.

»Er sagt, dass der Islamische Staat im Kaukasus, der ISK, die Verantwortung für die Tat übernommen hat. Offenbar ist diese Gruppe neu.«

»Weiß er, wovon er spricht?«

Anri zuckte mit den Achseln. In seinem lakonischen Lächeln war die Ironie kaum noch zu erkennen. »Er hat in Heidelberg studiert.«

Der Mann in grünem Leinenjackett und aprikosenfarbenem Schlips gab, begleitet von unendlich vielen nervösen Handbewegungen, seine Erklärungen ab. Sein Blick war wild, seine Miene grimmig. Seine Körpersprache verkündete einen Krieg, der bald über alle hereinbrechen würde. Anri dolmetschte, so gut es ging:

»Unsere jetzige Regierung, eine Ansammlung von Verbrechern mit haarsträubender Sexualmoral … entschuldigen Sie, aber das musste einmal gesagt werden! Diese Regierung hat nicht genug getan, um dem radikalen Islamismus der jungen Männer im Pankissi-Tal Einhalt zu gebieten. Viele junge Männer, die sich immer noch als Tschetschenen sehen, das dürfen wir nicht vergessen, sind von Pankissi nach Syrien gereist, um für den IS zu kämpfen. Es ist ein Mythos, dass die Rückkehrer nicht wieder nach Georgien einreisen dürfen. Dieser Mythos ist lebensgefährlich! Jetzt erleben wir seine Folgen. Eine außergewöhnliche … Kraftanstrengung vonseiten des Sicherheitsdienstes ist nötig. An und für sich ist nachvollziehbar, dass sich die Menschen, die aus dem russischen Tschetschenien und aus dem russischen Dagestan geflohen sind … an ihren russischen Tyrannen rächen wollen, aber wir können keinesfalls tolerieren, dass fremde Mächte … ihre Kriege auf georgischem Territorium austragen. Dem müssen wir einen Riegel vorschieben. Ich hoffe, dass dieses Ereignis alle Georgier, vor allem aber die maßlos degenerierte Regierung erwachen lässt.«

Dann kam Werbung.

Ludwig wischte sich die Hände mit einem Feuchttuch ab, was dringend nötig war. »Kann in diesem Land irgendetwas geschehen, woran die Opposition *nicht* der Regierung die Schuld gibt? Oder etwas, das die gegenwärtige Regierung nicht der vorhergehenden in die Schuhe schiebt, also der jetzigen Opposition?«

»Natürlich nicht!«, sagte Anri. »Wozu hätten wir sonst eine Demokratie? Davon haben doch alle geträumt. Wir haben die erste demokratische Klan-Gesellschaft der Welt geschaffen.«

Unaufgefordert wurden drei weitere Bierflaschen auf den Tisch gestellt.

»Und der Bruder Ihres Schwagers … von wem wird er bezahlt? Von der CIA? Oder vom MI6?«

»Ach was! Davon träumt der doch nur. Ein abwegiger Gedanke! Wir sprechen von einem Mann, der neunzig Prozent seiner wachen Zeit darauf verwendet, gestohlene Autos aus Polen und der Ukraine zu importieren und zu verkaufen. An der Universität verdient er nur fünfhundert Euro im Monat, er wohnt aber in einem Palast, der ebenso viele Quadratmeter umfasst, mit Blick über die ganze Stadt. Seine Frau und er fahren je einen Range Rover.«

»Er ist also nur ein nützlicher Idiot, der für den Westen schwärmt?«

Anri legte den Kopf zur Seite. »Nun ja, eher ein Hehler, der im Westen studiert hat.«

»Hat er denn so unrecht?«, wollte Walter wissen, der sich bislang voll und ganz auf seine glühend heißen Teigtaschen konzentriert hatte.

»Nein, nicht unbedingt«, sagte Anri. »Aber Sie haben die Leute nicht gesehen, die er an die Macht bringen will.«

»Dass in Ihnen so ein Zyniker steckt«, meinte Ludwig.

Anri sah plötzlich ganz niedergeschlagen aus. »Ich bin kein Zyniker, ich bin einfach nur abgehärtet.«

»Dann bitte ich um Entschuldigung.«

Der junge Georgier beugte sich über den Tisch und ergriff Ludwigs Hand. »Der Fehler liegt bei mir. Es steht mir nicht zu, wie soll ich sagen, Vorträge zu halten.«

Walter sah sich berufen, das Gespräch aus dieser feierlichen Sackgasse zu befreien.

»Wirklich verdammt lecker!«

»Nicht wahr!«, sagte Anri. Er erhob sich mit der Erklärung, dass er telefonieren müsse.

»Nur die allernötigsten Informationen«, meinte Ludwig.

»Natürlich«, gab Anri über die Schulter zurück.

»Was hast du eigentlich damit gemeint«, wandte sich Ludwig an Walter, »dass du ein Buch über mich schreibst? Was ist denn das für eine schwachsinnige Idee?«

»Du hast doch ein interessantes Leben geführt.«

»Was weißt du schon darüber? Meine Güte!«

»Inzwischen weiß ich so einiges.«

Ludwig schüttelte den Kopf. »Wie bist du nur auf diesen Gedanken gekommen? Das ist doch … krank!«

»Ich hatte eigentlich vor, ein Buch über die Stasi zu schreiben. Darüber, was aus denen geworden ist, die ihrer Strafe entgangen sind. Aber dann hat sich deine Gestalt gewissermaßen in den Vordergrund gedrängt.«

»Was für einer Strafe?«

»Es sollte ein Buch über die alte Garde werden. Es sollte *Die alten Kämpfer* heißen.«

Ludwig hätte den verdammten Loser erwürgen können. »Ich bedanke mich für den Vergleich mit den alten Nazis.«

»War der Unterschied denn so groß? Die ganze DDR war doch nur eine Fortsetzung des …«

»Was für ein verdammter Schwachsinn! Du hast keine Ahnung!«

»Ich begreife nicht, warum du dieses Land verteidigst. Du hast doch für die andere Seite gearbeitet. Du hast deine herrlichen Kameraden verraten.«

Ludwig starrte ihn an.

»Glaubst du etwa, ich weiß das nicht? Für was für einen Journalisten hältst du mich eigentlich?«

»Für einen verdammt leichtsinnigen.«

»Meinetwegen«, erwiderte Walter stolz, »aber ich weiß, was ich will.«

»Du glaubst zu wissen, was du zu wissen glaubst.«

»Danke für diese buddhistische Weisheit.«

Ludwig schnaubte verächtlich und schüttelte den Kopf wie ein störrischer Gaul. Dann ging das Schnauben in ein leises, gedehntes Knurren über.

»Nie«, war das Einzige, was er über die Lippen brachte. »Nie, nie, nie.«

»Was sagst du?«

»Niemals hätte ich mir etwas so verdammt …«

Anri kehrte zurück.

»Alles in Ordnung?«, fragte er verunsichert.

»Ja, ja«, erwiderte Ludwig, ohne Walter aus den Augen zu lassen. »Wir sind nur unterschiedlicher Ansicht, was die Karriereplanung meines lieben Sohnes angeht.«

Anri nahm wieder Platz. »Ich habe gerade erfahren, dass eine Gruppe, die wir im Pankissi-Tal unter Bewachung hatten, verschwunden ist. Vier Männer Mitte zwanzig, die aus Tschetschenien stammen. Seit einer Woche sind sie wie vom Erdboden verschluckt. Ihre Verwandten sind verzweifelt.«

»Das sind sie immer«, meinte Ludwig. »Das scheint ihre Spezialität zu sein.«

»Stimmt. Der Täter aus dem Radisson ist inzwischen identifiziert worden. Ein Zweiundzwanzigjähriger, ebenfalls aus Pankissi, der jedoch, soweit wir wissen, mit der anderen Gruppe nichts zu tun hatte. Im vergangenen Jahr war er in Syrien. Niemand weiß, wann und auf welchem Weg er nach Georgien zurückgekommen ist.«

»Vermutlich werden sich Ihre Chefs einiges an Kritik anhören müssen.«

»Wer weiß? Die weitere Entwicklung wird sicher interessant.

Und noch etwas: Pauline Hollister war Mitinhaberin einer russischen Sicherheitsfirma, die offenbar mit der EXPLCO konkurriert. Die Aktien hatte sie von ihrem Mann geerbt.«

»Und wie heißt diese Firma?«, fragte Ludwig.

»Sie hatte einen seltsamen Namen … Femris?«

»Fenris«, korrigierte ihn Ludwig. »Der Fenriswolf kommt in der nordischen Mythologie vor.«

Diese SMS von Hollister … was hatte sie noch gleich geschrieben? Der Wolf. Die Zeit des Wolfs ist gekommen.

Ludwig strich sein langes, schweißnasses Haar zurück, goss Wasser auf einige Servietten und wischte sich über die Stirn und den Nacken. Dann leerte er seine noch halb volle Bierflasche und sagte:

»Die Götter haben diesen Wolf gefesselt, aber er wartet, bis seine Zeit gekommen ist. Bei der Götterdämmerung reißt er sich los und verschlingt die Sonne.«

Gebiet 17
Sewan-See, Gegharkunik, Armenien
Sa., 2. Juli 2016
[16:30 MEZ+4]

Der Gasdrehgriff vibrierte bereits in ihrer rechten Hand, aber sie beschleunigte trotzdem. Der Jet-Ski knallte auf die Wasseroberfläche und wurde wie ein Luftkissenboot bei einer Bruchlandung nach vorne geschleudert. Wie spät war es? Sie war gegen drei losgefahren. Wie lange hatte sie sich wohl von den grüngelben armenischen Bergen, die den riesigen See umgaben, verführen lassen?

Frauke Koch verlangsamte und schaute auf ihre Armbanduhr. Halb fünf. Es war Zeit, zum Stützpunkt zurückzukehren.

Am Steg wartete Karl. Wie sie trug er helle Tarnkleidung, Stiefel und eine schwarze Baskenmütze. Er salutierte, und sie erwiderte den Gruß, ehe sie seine Hand ergriff und sich an Land helfen ließ. Einer der Söldner, ein Holländer, der seit fast zehn Jahren für sie arbeitete, watete mit hochgekrempelten Hosenbeinen ins Wasser, um ihr kleines Spielzeug zu vertäuen.

Sie hatte wieder ihren Spaß. Endlich hatte sie wieder ihren Spaß.

»Er sitzt in der Kantine«, sagte Karl streng.

»Wie lange hat er gewartet?«

»Eine halbe Stunde. Ich konnte ihn nicht anlügen und behaupten, dass du mit etwas Wichtigem beschäftigt seist.«

»Seit wann ist Meditation etwas Unwichtiges?«, entgegnete sie und knöpfte den obersten Knopf ihrer Uniformbluse zu.

»Jedenfalls hast du dafür gesorgt, dass er jetzt schlechte Laune hat.«

»Wann ist dir zuletzt ein fröhlicher Russe begegnet?«

»Ich versuche nur die Sachlage zu erläutern.«

Sie gingen zwischen den Baracken und Hütten hindurch, die einst eine Hotelanlage gewesen waren, ehe Koch den gesamten Komplex gekauft hatte. Überall gab es Grillplätze und Sitzgruppen mit Sonnenschirmen. Ein paar Männer marschierten vorbei und salutierten.

Als Frauke Koch und Karl am Schießstand vorbeikamen, der in einem schallisolierten Bunker untergebracht war, hörten sie leise Schüsse. Fünfzig Meter vor ihnen lag das Herz der Anlage, die Terrasse des früheren Restaurants mit Blick auf den See.

Pavel Gutjkov, ein kleiner Mann Anfang fünfzig mit Brille, der an ein Nagetier erinnerte, erhob sich von seinem Klappstuhl. Er trug einen grauen Sommeranzug und ein weißes Hemd, das, obwohl er keinen Schlips umgebunden hatte, bis oben zugeknöpft war, was ihm das Aussehen eines Freikirchlers verlieh.

»Herr stellvertretender Minister«, sagte Frauke Koch mit einem spitzen Lächeln. »Es ist mir eine Ehre und eine Freude, Sie endlich kennenzulernen.«

»Frau Koch.«

»*Genossin* Koch, wenn ich bitten darf!« Noch immer umspielte ein bösartiges Lächeln ihre Lippen.

»Gerne, Genossin Koch«, erwiderte der Russe und rückte ihr einen Stuhl zurecht.

Koch zögerte erst, schließlich war sie die Gastgeberin. Ihr gefiel dieses chauvinistische Benehmen nicht. Aber dann schluckte sie ihren Ärger herunter und nahm Platz. Gutjkov setzte sich ebenfalls.

»Die neueste Entwicklung«, sagte er leise und beugte sich über den Tisch, »ist äußerst besorgniserregend.«

»Ach?«

»Im Moment geschieht ja so einiges auf globaler Ebene. Haben Sie beispielsweise die Gerüchte über einen bevorstehenden Militärputsch in der Türkei gehört? Die russische Föderation verfolgt das Geschehen mit besorgtem Interesse. Wir bezweifeln, dass wir Ihre Dienste im Augenblick benötigen.«

Koch war bestürzt. Sie hatte zwar nichts anderes erwartet, aber die Worte tatsächlich zu hören ... und diese *persönliche* Zurückweisung. Einige Pillen waren eben bitterer als andere.

»Aber es gibt doch sicher Leute in der russischen Führung, die in dieser Frage anderer Meinung sind?«, erwiderte sie milde.

»Tja, durchaus. Aber die Beschlüsse werden im Gremium gefasst, wir diskutieren und werten gemeinsam aus. Es handelt sich um einen langwierigen Prozess. In dieser Frage trifft mein unmittelbarer Vorgesetzter, der Verteidigungsminister, die endgültige Entscheidung. Ehe er sie dem Präsidenten vorträgt.«

»Ich weiß ihn sehr zu schätzen.«

»Den Präsidenten?«

»Nein«, erwiderte Frauke Koch mit Nachdruck. »Den Verteidigungsminister. Ich wünschte mir beinahe, dass er selber gekommen wäre.«

»Ich kann Ihnen versichern, dass er Wichtigeres zu tun hatte.«

Koch nickte und biss sich auf die Unterlippe. »Quod erat demonstrandum.«

»Das ist also im Augenblick unsere Ausgangslage«, sagte Gutjkov und machte eine ausholende Handbewegung, als wolle er die Unordnung der Welt zu einem kontrollierbaren Haufen zusammenschieben.

»Die sich auch wieder ändern kann«, fuhr Frauke Koch fort.

»Durchaus. Vielleicht bereits im Herbst oder im nächsten Jahr. Wir bezahlen natürlich weiterhin, damit Sie Ihre ... Ermittlungen und Planungen fortsetzen können. Es ist uns ein Anliegen, unser konstruktives und fruchtbares Verhältnis weiterzuführen, Frau

Koch. Sie sind eine wertvolle Partnerin für uns, glauben Sie mir. Die Lage ist nur einfach im Augenblick so …«

»Instabil.«

»Instabil. Es wäre nett, wenn mich Ihre Leute jetzt nach Eriwan zurückfahren könnten.« Abrupt stand er auf und hielt ihr seine Hand hin.

Frauke Koch blieb sitzen. Sie zog ein kleines Funkgerät aus ihrer linken Brusttasche und sagte: »Karl, der stellvertretende Minister bleibt noch etwas hier.«

Gutjkov setzte zum Protest an. Frauke Koch erhob sich ebenfalls. Mit leiser Wehmut sagte sie:

»Ich glaube, dass Sie den heutigen Beschluss bitter bereuen werden. Und Ihre Vorgesetzten hoffentlich auch. Aber das Raffinierte daran ist, dass Ihr Leiden ihnen dabei helfen wird, ihren Fehler zu korrigieren.«

»Verdammt noch mal, wovon reden Sie eigentlich?« Gutjkov war bereits zu Beginn der Unterhaltung blass gewesen, jetzt war er weiß wie Porzellan.

Drei von Frauke Kochs Soldaten erschienen auf der Veranda. Einer von ihnen richtete sein Sturmgewehr auf den Russen, deutete mit dem Kopf zu einer Hütte in einiger Entfernung und sagte: »Los geht's.«

Gutjkov schwieg und gehorchte, aber nicht ohne Frauke Koch einen finsteren Blick zuzuwerfen.

Diese blieb eine Weile stehen und schaute auf den See hinaus. Zum zweiten Mal an diesem Tag durchfuhr sie ein angenehmes Glücksgefühl.

Sie hörte sich bereits am nächsten Tag die Russen des SWR belügen: Doch, wir haben ihn nach Eriwan gefahren, allerdings … nun ja … es ist uns etwas peinlich, aber offen gesagt … Er hat uns gebeten, ihn zu einem Striplokal in der Myasnikyan-Straße zu bringen. Vielleicht ist er ja von dort entführt worden?

Schließlich folgte sie dem kleinen Trupp zur Hütte und öffnete die Tür. Gutjkov saß auf einem Barhocker in der Mitte des Raums, geknebelt und die Hände auf dem Rücken gefesselt. Eine schwarze Fahne mit weißen arabischen Buchstaben bedeckte die komplette Wand hinter ihm. Auf einem Tisch lagen schwarze Masken und ein Schwert.

Einer ihrer Männer baute gerade eine Videokamera auf.

Koch trat auf den Tisch zu und betrachtete das Schwert. »Wir sind bereit«, erklärte der Soldat an der Kamera.

»Ausgezeichnet«, sagte Koch und musterte Gutjkov, der mit seinen aufgerissenen Augen einem Tier glich, das soeben seinen Platz in der Nahrungskette erkannt hat.

Dann hatte sie eine Eingebung. Sie zog eine etwas zu große Uniformjacke über und knopfte sie zu.

»Ich kann es auch selbst erledigen«, sagte sie zu allen und niemandem. Dann zog sie die Maske über und befühlte das Schwert. »Ja, das wird gehen.«

Sie trat einige Schritte vor. Die letzten Worte, die Pavel Gutjkov in seinem irdischen Dasein hörte, waren folgende:

»Na gut, dann wollen wir mal sehen, ob wir dem Herrn stellvertretenden Minister demonstrieren können, wie es feigen Küken ergeht.«

Licht. Kamera. Schauspiel.

Urban Mystery Hotel
George-W.-Bush-Straße, Tiflis, Georgien
Sa., 2. Juli 2016
[17:20 MEZ+4]

»Die ist für Sie«, sagte GT mit seinem typischen Walrossgrinsen und reichte Almond eine Flasche Rotwein. »Die haben sie mir in der Passkontrolle geschenkt, unglaublich, was? Leider trinke ich keinen Alkohol, aber das war doch eine nette Geste. Wirklich großzügige Menschen.«

In Jack Almonds gefliestem Büro im EXPLCO-Headquarter war es wie immer kochend heiß und stickig. GT merkte, dass sein Besuch seinem ehemaligen Berliner Untergebenen unangenehm war. Kein Wunder – fünf Jahre zuvor hatte Almond ihn hintergangen und damit seiner Karriere bei der CIA ein Ende bereitet.

»Danke. Waren Sie eigentlich schon mal hier?«

»Nein, nein.« GT setzte sich, nahm seine Lesebrille ab und ließ sie an einer Schnur vor seinem senfgelben Schlips baumeln, den er ein wenig lockerte. »Wirklich verdammt warm hier. Wie halten Sie es nur aus, hier so vor sich hin zu schmoren? Haben Sie keinen Etat?«

»Aus politischer Sicht ist das hier jedenfalls ein Schlangennest. Es gibt so viele verschiedene Gruppierungen mit nicht nachvollziehbaren Interessen und Bündnissen, dass man …«

»Wie Saigon in den fünfziger Jahren oder Shanghai in den guten alten Zeiten. Das Konzept ist mir klar.«

»Ungefähr so. Licht hat wie gesagt vor einer Stunde angerufen, um Bericht zu erstatten. Sie haben doch meine Mail dazu bekommen?«

»Allerdings. Wirklich eine ziemliche Scheiße.« GT sah sich zufrieden um. »Diese ganze Georgien-Operation macht einen ziemlich schwachsinnigen Eindruck, muss ich sagen. Sie können einem fast leidtun.«

Almond starrte lange auf ein paar träge Luftmoleküle, ehe er in die Gegenwart zurückkehrte. »Haben Sie eine Vorstellung, wie man weiter vorgehen könnte?«

GT setzte seine Brille wieder auf. Er wollte sich keine einzige gequälte Falte im sonnengebräunten Gesicht dieses Grünschnabels entgehen lassen.

»Ludwig Licht ist also irgendwo in der Walachei unterwegs … Dann glaube ich, wir bleiben besser hier und versuchen diese Moldawier aufzumischen.«

Almond zog ein Gesicht wie ein Erwachsener, der so tut, als würde er eine Kinderzeichnung verstehen.

»Menk Shipping«, erklärte GT. »Die Leute, denen der Jet gehört, den Pauline Hollister nehmen wollte. Die Leute, die ihre Reisetasche haben. Ich begreife nicht, warum Licht an denen nicht drangeblieben ist. Hat er etwas dazu gesagt?«

»Nein. Er weiht mich nicht immer in seine Vorhaben ein.«

»Er hat seine eigenen Methoden.«

Irgendwo in seinem Unterbewusstsein klingelte ein kleines Glöckchen. Menk, Menk … GT hatte diesen Namen schon einmal gehört. Wo? In Berlin. »Dann drehen wir diesen verdammten Gulaschköchen mal die Eier um und schauen, wie weit uns das bringt.«

»Klingt angemessen«, erwiderte Almond ohne sonderliche Überzeugung.

Auf GTs Gesicht breitete sich ein seliges Lächeln aus, und sein Schnurrbart glänzte im Licht der Leuchtstoffröhren.

»In meinem alten Leben«, erzählte er begeistert, »musste immer verschleiert werden, dass man für die CIA arbeitete. Jetzt tun wir das Gegenteil.«

»Und das funktioniert?«

»Sie wissen doch, was man sagt. Einmal CIA …?«

»… immer CIA«, beendete Almond den Satz.

»Stimmt. Diese Scheiße haftet einem lebenslänglich an, so ist es einfach. Sie haben nicht zufällig einen Revolver, den Sie mir leihen könnten?«

*

Zwanzig Minuten später befanden sie sich vor den Räumlichkeiten von Menk Shipping in der Simon-Kandelaki-Straße. Almond parkte seinen dunkelgrauen Toyota Prius neben einem weißen Lieferwagen.

»Interessante Verkehrssituation in dieser Stadt«, bemerkte GT.

»Man gewöhnt sich daran.«

»Das gilt ja auch für Leute, die einer Suizidsekte beitreten.«

»Na ja, so ungefähr. Hören Sie, ich weiß nicht, ob unsere Genehmigung auch Sie umfasst«, meinte Almond, als GT seinen Revolver überprüfte. Beide trugen ihre Waffen sichtbar in Achselholstern.

»Sie gilt doch wohl für EXPLCO-Ortskräfte?«

»Ja. Aber wir mussten eine Namensliste einreichen, auf der …«

»Ich bin eine EXPLCO-Ortskraft. Punkt. Entspannen Sie sich. Gleich haben wir unseren Spaß.«

Sie stiegen aus und gingen zur Haustür, die gerade von einer Frau in hellblauem Putzkittel geöffnet wurde.

»Guten Tag«, sagte GT in sehr rostigem Russisch. »Wir wollen uns mit Ihrem Chef unterhalten.«

Die Putzfrau machte auf dem Absatz kehrt und verschwand. GT und Almond traten ein.

Der junge Menk saß in weißem Anzug, orangefarbenem Polohemd und weißen Sandalen am Schreibtisch. Als er von seinem Notebook aufsah, hatte GT bereits auf dem Stuhl neben ihm Platz genommen.

»Mischa!«, sagte er und strahlte wie ein Großvater, der seinen Lieblingsenkel trifft. »Wie wunderbar, dass ich Sie hier treffe.«

Menk rückte mit seinem Stuhl zehn Zentimeter weiter weg. GT legte ihm die Hand auf den Oberschenkel.

»Immer mit der Ruhe. Seien Sie doch nicht so abweisend. Warum sind Sie so abweisend? Bedrückt Sie etwas?«

»Wer sind Sie, verdammt?«, fragte Menk. Es gelang ihm, diese Frage mit einem erstaunt-unschuldigen Lächeln zu kombinieren. Vermutlich war er es nicht gewohnt, tätlich bedroht zu werden.

»Wir sind an der amerikanischen Botschaft mit Sicherheitsfragen betraut«, erklärte GT.

Menk dachte einen Augenblick über diese Umschreibung nach.

»Okay«, erwiderte er, immer noch mit demselben ungläubigen Lächeln. »Und was wollen Sie von mir?«

»Wissen Sie, was mit Leuten passiert, die auf die falschen Listen geraten?«

»Listen?«

»Terrorlisten.«

»Nein.«

»Und es interessiert Sie auch nicht im Geringsten?«

»Nein.«

»Den großen, sichtbaren Fischen friert man die Konten ein, sie und ihre Angehörigen werden mit einem Reiseverbot belegt, sodass sie nie mehr nach Disneyland fahren, Zuckerwatte essen und Daisy Duck betatschen dürfen. So in der Art. Glauben Sie, dass Sie einer von den großen Fischen sind?«

»Nein.«

»Nein. Denn Sie sind einer der kleinen Pissfische. Und wissen Sie, was mit denen passiert?«

»Nein.«

»Diesen kleinen Pissfischen schießen wir einen Chip in den Arm. So einen.« GT zog eine winzige SIM-Karte aus der Tasche, zeigte sie Menk und Almond und ließ sie dann in seiner Brusttasche verschwinden. »Dann verladen wir ein paar von diesen kleinen Pissfischen in einen Lieferwagen und verfrachten sie nach Jemen oder Afghanistan. Dann lassen wir sie in irgendeiner Wüste oder auf einem Berg mitten in der Pampa aussteigen. Wenn uns danach ist, schicken wir eine Drohne hin und lassen den ganzen Schwarm dieser Pissfische in die Luft gehen.«

Mittlerweile lauschte Menk wie gebannt. Aus seinem geöffneten Mund drang der Atem stoßweise.

»Klar, klingt umständlich«, fuhr GT fort. »Wenn es nach mir ginge, würden wir euch einfach vor Ort erschießen, egal wo ihr gerade seid. Mit dem da beispielsweise.« Er legte seinen Revolver auf den Tisch und drehte den Lauf in Richtung Menk. »Das würde uns billiger kommen. Aber wir müssen die Form wahren. Ein kleiner Pissfisch ist erst dann ein richtiger Pissfisch, wenn man ihn irgendwo in der Wüste in irgendeinem muslimischen Scheißland ausgesetzt hat. Dort wird aus dem kleinen Pissfisch plötzlich eine zulässige Beute. Und wenn die Genies in unserem Justizministerium das so sagen, dann werden sie ihre guten Gründe haben. Nicht wahr? Was sagen Sie zu unseren talentierten Juristen? Haben sie unrecht?«

»Ich bin kein Pissfisch«, brachte Menk heraus.

»Und ob Sie das sind! Außerdem fehlt nicht viel, und Sie müssen uns in eine nette Klinik hier in der Stadt begleiten, um dort einen vollkommen sicheren und hübschen chirurgischen Eingriff über sich ergehen zu lassen.«

Er legte eine Kunstpause ein, ehe er hinzufügte:

»Sofern Sie uns nicht …«

»Sofern Sie uns nicht«, fuhr Almond fort, »einen anderen Pissfisch empfehlen können.«

»Genau«, meinte GT. »Einen relevanteren Pissfisch.«

Menk fuhr sich mit der Zunge über die Lippen, sah sich im Zimmer um, als würde sich dort ein passender Kandidat finden, schaute zu Boden und sagte:

»Nein.«

»Nein?«, fragte Almond.

»Nein. Sie können mir drohen, so viel Sie wollen, aber das ist ja sowieso nur dummes Gerede. Es gibt Leute, vor denen ich wirklich Angst habe.«

GT schwieg. Er nahm den Revolver vom Tisch, schob ihn in das Holster zurück und erhob sich. Almond blieb etwas langer sitzen, betrachtete den Moldawier ein letztes Mal und folgte seinem ehemaligen Chef.

Auf dem Weg nach draußen rief GT über die Schulter: »Ihr Leben wird sich in eine Hölle verwandeln.«

»Das ist mein Leben ohnehin schon«, erwiderte Mischa Menk.

Waschlowani-Straße
Lagodechi, Kachetien, Georgien
Sa., 2. Juli 2016
[18:30 MEZ+4]

Ohne die folgenden beiden Faktoren hätte Lagodechi eine verträumte Villensiedlung sein können: einerseits die nur wenige Kilometer entfernte Grenze nach Aserbaidschan, die regen Durchgangsverkehr und den dazugehörigen Handel mit sich brachte, andererseits der Nationalpark am Fuß der Bergkette, der sich direkt an die Bebauung anschloss. Dorthin begaben sich angeblich die Georgier, die ihren Glauben verloren hatten, um sich am üppigen Grün zu erquicken und das Gefühl für das Wunder der Schöpfung zurückzugewinnen.

Für Ludwig, Walter und Anri gestaltete sich das Erlebnis möglicherweise etwas prosaischer. Dieses Fleckchen Erde wurde von subtropischem Klima mit klebriger Feuchtigkeit und kochender Hitze beherrscht. Die dschungelähnliche Vegetation mochte in den üppigen Gärten eine gewisse Kühle spenden, aber ganz sicher nicht in einem dunkel lackierten russischen Jeep ohne Klimaanlage.

Ludwig parkte vor Pater Grigols gelbem Tor am Ende der Straße. Ehe er die Fahrertür abschloss, was ihm ziemlich unsinnig vorkam, da ja die eine Seitenscheibe eingeschlagen war, sagte er wütend zu Walter:

»Bist du dir sicher, dass du nichts im Auto vergessen hast?«

»Leck mich doch!«

Ludwig drehte sich zu Anri um: »Sorgen Sie bloß dafür, dass Ihre Kinder nicht in einer kommunistischen Diktatur aufwachsen. Sonst werden sie nämlich vollkommen ungehobelt.«

»Das werde ich tun, versprochen. Schlimm genug, dass meine Eltern so aufgewachsen sind.«

Quietschend ging das Eisentor auf. Pater Grigol, der inzwischen eine weiße Trainingshose und ein langes weißes Leinenhemd trug, forderte sie auf einzutreten.

In diesem Augenblick klingelte Ludwigs Handy. Er trat ein paar Schritte beiseite und antwortete.

»Unser ehemaliger Chef ist hier«, sagte Almond.

»GT?«

»Richtig.«

Ein Eselskarren rollte klappernd vorbei. Er war mit Zwiebelsäcken beladen und offenbar auf dem Weg zum Markt.

»Richten Sie ihm bitte Grüße von mir aus.«

»Wir haben uns mit Menk unterhalten. Wir haben versucht, ihm Angst einzujagen. Leider ohne Erfolg.«

»Das kann ich mir vorstellen«, war Ludwigs einziger Kommentar.

»Sie haben keine Ideen auf Lager?«

»Im Augenblick leider nicht. Wir sind bei diesem Pater. Mal sehen, was dabei herauskommt.«

»Na gut. Bis morgen.«

Ludwig steckte sein Handy weg und folgte den anderen. Hinter einer Mauer verbarg sich ein riesiger verwilderter Garten mit Obstbäumen und hohem Bambus. Papageienähnliche Vögel flatterten herum, Grillen und Frösche lärmten um die Wette. Erst in einigen Stunden würde die tiefschwarze Nacht hereinbrechen, aber die wilden Hunde in der Nachbarschaft heulten und jaulten, als dürfte dieser Landstrich niemals zur Ruhe kommen. Im

Garten des Nachbarhauses grunzten einige Schweine, die vermutlich einem kurzen Winter entgegensahen.

Auf einigen grünen Plastikgartenstühlen nahmen sie Platz, und der Pater holte Wein.

Anri wirkte selig. »Ist es schön, wieder zu Hause zu sein?«, fragte Ludwig.

»Die Leute in Kachetien«, erwiderte Anri mit einem Lächeln, das nicht so recht den beabsichtigten Eindruck urbaner Überlegenheit vermittelte, »sind die Einzigen im ländlichen Georgien, die sich der Landflucht verweigern.«

»So habe ich mir immer Kolumbien vorgestellt«, meinte Walter.

Pater Grigol kehrte mit einer Karaffe und vier kleinen Tonbechern zurück, schenkte ein, nahm breitbeinig Platz, verschränkte die Hände hinter dem Kopf und lehnte sich zurück. Dann erklärte er in sonorem Russisch:

»Ich denke oft, dass jeder Teil dieses Landes ein unseliger Traum vom Paradies ist, der in einem fernen Reich gewebt wurde. Ich glaube, Sie haben recht. Unsterbliche, gequälte südamerikanische Seelen haben das Alasani-Tal nur geträumt. Es ist ihr Bild vom Garten Eden.«

Anri hob seinen Becher. »Auf die unsterblichen Seelen«, sagte er leise. »Auf die Vorfahren.«

»Gaumarjos«, sagte der Priester auf Georgisch.

Sie tranken. Der junge Rotwein war eiskalt, frisch und nicht zu süß, fast wie ein kräftigerer Himbeersaft.

Ludwig übersetzte seinem Sohn die Theorie des Geistlichen. Walter nickte. Minuten vergingen in der brütenden Stille. Schließlich sagte Ludwig: »Ich will alles über Pauline Hollister wissen.«

»Allen Ernstes?«, fragte Pater Grigol.

»Allen Ernstes.«

»Die Summe aller Laster bleibt immer gleich.«

Ludwig warf ihm einen fragenden Blick zu.

»Als unser letzter Präsident die Alltagskriminalität in diesem Land auslöschte«, fuhr der Geistliche fort, »sah er sich gezwungen, dafür etwas anderes in Kauf zu nehmen. Die Korruption verschob sich aufwärts, von den Dorfpolizisten und Bürgermeistern zu den Gouverneuren und Unternehmern beispielsweise. Eine effektivere, weniger auffällige und deswegen weniger störende Kriminalität. Von reinen Gangstermilizen und kleinen Mafia-Klans zu wohlerzogeneren Individuen, mit denen sich eher verhandeln ließ. Die normalen Kleinkriminellen wurden ins Ausland vertrieben, und zwar überwiegend nach Russland und gelegentlich auch in den Westen. Aber die Aristokratie! Auf die kann kein Land auf Dauer verzichten.«

Ludwig leerte seinen Becher. Pater Grigol nahm die Serviette von der Karaffe, die er zum Schutz vor den Fliegen daraufgelegt hatte, und schenkte dem Deutschen nach.

»Pauline war meine beste Freundin«, meinte der Pater. »Sie war ungemein begabt – in jeder Hinsicht. Sie war von den stärksten religiösen Visionen durchdrungen und erfüllt. In vielerlei Hinsicht war sie mein geistlicher Beistand und ich der ihre. Aber sie war auch, meine lieben Gäste, das unumstrittene Oberhaupt des kriminellen Georgien. Sie war unsere letzte Mafiakönigin.«

Anri mischte sich ein: »Aber das hätte uns doch bekannt sein müssen?«

»Wem?«

»Dem Sicherheitsdienst.«

Pater Grigol verdrehte die Augen. »Früher infiltrierten uns die Russen. Jetzt infiltrieren uns Idioten.«

»Äußerst bedauerlich, dass wir nicht häufiger herkommen können, um uns die Weisheiten der Genies anzuhören, die sich in diesem Landstrich aufhalten.«

»Bringen Sie Ihren Tölpel zum Schweigen«, forderte der Geistliche Ludwig auf, »ehe ich ihm mit einem Holzscheit das Maul stopfe.«

»Vielleicht sollten wir uns alle erst einmal beruhigen«, schlug Ludwig den beiden Georgiern vor.

Pater Grigol fauchte ein paar Worte, die nur aus Konsonanten zu bestehen schienen. Anri schaute entrüstet, aber Ludwig legte ihm die Hand auf den Arm.

»Wir sind hier zu Gast«, meinte er leise.

Anri nickte langsam. Und dann noch einmal. »Sie sind ein verdammt scheinheiliger Säufer.«

Ludwig war sofort beleidigt, aber dann fiel ihm auf, dass der Geistliche gemeint war.

Dieser grinste und bemerkte: »Seien Sie mal nicht so empfindlich, Kleiner.«

Anri erwiderte das Lächeln. »Auf diesen Abend«, sagte er und hob seinen Tonbecher.

»Auf diesen Abend! Gaumarjos«, erwiderte Pater Grigol und trank.

Ludwig kippte seinen Wein, und Pater Grigol schenkte nach. »Um welche Art der Kriminalität ging es da?«, wollte Ludwig wissen.

»Um Schmuggelei natürlich. In diesem Land gibt es kaum etwas zu stehlen, aber dafür umso mehr, was durch dieses Land geschleust werden muss. Die Seidenstraße wird es immer geben.«

»Kannte Pauline Hollister Mischa Menk?«

»Ja. Auch ich bin ihm einige Male begegnet. Er ist nicht unbedingt ein Mann, dem man seinen Hund über das Wochenende anvertrauen würde.«

»Wie lange ist er schon in Georgien?«

»Keine Ahnung. Zwei oder drei Jahre vielleicht.«

»Was hatten die beiden für ein Verhältnis?«

»Er betreibt ein großes Transportunternehmen mit einem Netzwerk, das sich von Kabul bis nach London erstreckt. Überwiegend Frauen und Heroin. Pauline bediente sich seiner Dienste für den Transport von Zigaretten und Benzin, gelegentlich ließ sie ihn auch Menschen ins Land schmuggeln, was ebenfalls ein lukratives Geschäft sein kann.«

»Und was für Leute?«

»Das weiß ich auch nicht so genau. Tiflis ist heutzutage das reinste Key West. Wer hätte das in den neunziger Jahren gedacht! Das Land hat sich von Bürgerkrieg und ewigem Dunkel in eine Art friedliche Oase mit ewigen Baukränen verwandelt. Alle möglichen ausgedienten Romantiker zieht es inzwischen hierher. Hier können sie sich in Frieden totsaufen. Gelegentlich lassen sie auch eine eher mäßige Gesichtsoperation durchführen, um sich eine neue Identität zuzulegen. Isländische Bankdirektoren, russische Medienmogule, die beim Kreml in Ungnade gefallen sind, und schwedische Waffenhändler, gegen die der Verdacht der Bestechlichkeit vorliegt. Amerikaner, die ihrer Exfrau in Arizona nicht die Hälfte ihres Vermögens überlassen wollen ... Tiflis und Batumi sind die reinsten Altersheime für Ausländer auf der Flucht. Inzwischen wohnen sie sogar schon in Sighnaghi. Wer hätte das gedacht!«

»Als ich Menk zuletzt observiert habe«, sagte Ludwig, »wühlte er gerade in Pauline Hollisters Reisetasche herum. Wer waren denn jetzt ihre Feinde?«

»Sie hatte keine. Darin bestand ihre größte Begabung. Mit äußerstem Geschick navigierte sie in diesen schwierigen Gewässern, als sei sie als Einzige im Besitz zuverlässiger Seekarten. Sie hatte zwar bessere Kontakte zur vorigen Regierung als zur jetzigen, aber Feinde? Nein.«

»Dann sollte die Frage in diesem Fall also besser lauten: Wer waren ihre Freunde?«

»Diese Frage wäre möglicherweise angebracht«, erwiderte Pater Grigol.

Ludwig machte eine ungeduldige Handbewegung.

»Ich kann nicht mehr sagen«, meinte der weiß gekleidete Riese und schüttelte den Kopf, »solange ich nicht mit Sicherheit weiß, dass sie tot ist.«

»Aber ich besitze doch ihre Vollmacht …«

»So, wie ich Paulines Mitteilung auffasse, lautet die Bedingung, dass sie dieses Erdenleben verlassen hat. Aber vielleicht ist mein Englisch ja unzulänglich?«

»Unsinn«, meinte Ludwig. Er beugte sich über den Tisch und fixierte den Pater mit dem Blick. »Ich rate Ihnen, alles zu erzählen, was Sie wissen, denn sonst könnten Sie in Schwierigkeiten geraten. In langwierige, unerträgliche Schwierigkeiten.«

Pater Grigol schnaubte verächtlich. Ohne weitere Erklärungen knöpfte er sein Leinenhemd auf.

»Schwierigkeiten machen mir keine Angst mehr«, sagte er und erhob sich, »seit mir die Russen und ihre Milizionäre Ende der Achtziger das hier angetan haben.«

Der größte Teil seines Oberkörpers war mit Brandnarben überzogen, die sich, nach der Verfärbung zu urteilen, vor dem Verheilen entzündet hatten.

»Es gelang ihnen, mich zu brechen, zum Teil jedenfalls«, fuhr Pater Grigol fort. »Allerdings empfinde ich seither kaum noch Schmerzen, sondern nur noch Unbehagen in verschiedenen Abstufungen. Vielleicht hat mir der Herrgott ja ein defektes Nervensystem mitgegeben, um mich besser für zukünftige Kämpfe zu rüsten.«

Ludwig seufzte. Irgendwie hegte er eine gewisse Sympathie für diesen Koloss und war erleichtert, ihn nicht foltern zu müssen.

»Wir könnten Ihnen Ihr Haus wegnehmen«, meinte Anri.

»Das ist nicht mein Haus.«

Anri sah ihn finster an. »Wir könnten dafür sorgen, dass Sie von der Kirche geächtet werden.«

»Ich gehöre einer Kirche an, die es gewagt hat, mich aufzunehmen.«

Ludwig rieb sich die Schläfen und goss sich einen weiteren Becher Wein ein. Walter betrachtete das Schauspiel mit einer gewissen Faszination – das Russisch, das gesprochen wurde, verstand er nicht – und konnte nur wilde Mutmaßungen über das Gesagte anstellen.

Sie kamen nicht weiter. Ludwig gab sich geschlagen, breitete die Arme aus und sagte:

»Setzen Sie sich, verdammt noch mal. Niemand hat um eine Stripshow gebeten.«

Der Pater leistete seiner Aufforderung Folge, knöpfte sein Hemd allerdings nicht wieder zu.

»Ich verzeihe Ihnen Ihre unverschämten Drohungen«, sagte er aufrichtig. »Allerdings: Meine Gastfreundschaft in Anspruch zu nehmen und dann …«

»Ja, ja. Und wie soll ich beweisen können, dass jemand nicht mehr lebt?«

»Dazu müssen Sie sie finden.«

»Tot oder lebendig«, murmelte Ludwig.

»Tot oder lebendig«, pflichtete ihm der Geistliche bei.

»Prost!« Anri hob seinen Tonbecher. »Auf unsere abwesenden Freunde!«

Urban Mystery Hotel
George-W.-Bush-Straße, Tiflis, Georgien
Sa., 2. Juli 2016
[20:30 MEZ+4]

Endlich hatte Jack Almond das Headquarter für sich. Eine halbe Stunde verbrachte er damit, im Obergeschoss auf und ab zu gehen. Draußen toste der Verkehr. Der Abend war unter der Glocke aus Smog und Schwermetall, die um diese Jahreszeit auf der Hauptstadt lastete, alles andere als kühl, und Almonds Kopfschmerzen verwandelten sich von leicht überdurchschnittlich zu beinahe majestätisch.

Dann war es endlich neun Uhr. Er betrat sein Büro, schloss die obere Schreibtischschublade auf und nahm ein verschlüsseltes Satellitentelefon heraus.

»Was gibt's?«, meldete sich Fran Bowden nach viermaligem Klingeln unwirsch.

»Hier ist Almond.«

»Ach? Lange nichts gehört.«

Fran Bowden war nach wie vor nur kommissarische CIA-Chefin, da es ihr bislang nicht gelungen war, sich genügend Stimmen im Kongress zu sichern. Der Präsident konnte es also nicht riskieren, sie offiziell zu nominieren. Wie viele andere Leute auch hatte Jack Almond eine Heidenangst vor ihr.

Er versuchte diese Angst, so gut es ging, zu bezwingen und sagte: »Es gab bislang nichts Interessantes zu berichten.«

»Jetzt aber schon?«

»Sie haben vermutlich von dem Terroranschlag heute Morgen in Tiflis gehört?«

»Im Hotel? Ja.«

»Licht glaubt, dass die Russen irgendwie dahinterstecken.«

»War es nicht einer dieser Islamisten?«

»Doch, aber die Sache ist komplizierter. Ich teile Lichts Auffassung, dass da etwas nicht stimmt. Ach ja, kennen Sie eigentlich Pauline Hollister?«

»Der Name kommt mir bekannt vor … Hat sie uns nicht vor einigen Jahren dabei geholfen, diesen Chinesen zum Überlaufen zu bewegen?«

»Genau. Gestern ist sie bei uns erschienen und wollte uns etwas erzählen. Jetzt ist sie verschwunden. Ich glaube, sie ist der Schlüssel zu diesem ganzen Schlamassel.«

»Ich schaue nach, was wir über sie wissen.«

»Gut. Übrigens ist GT jetzt ebenfalls hier. Die EXPLCO stellt Tiflis große Summen in Rechnung. Der georgische Staat scheint Beth Hayeford und mir mehr zu vertrauen als je der CIA.«

»Und Sie? Es gefällt Ihnen hoffentlich nicht zu gut im privaten Sektor?«

Almond war sich nicht sicher, ob sie dabei gelächelt hatte. In Bowdens Fall war es vermutlich besser, nicht davon auszugehen.

»Das ist der reinste Wilde Westen hier. Mit jedem neuen Kunden sollen die Loyalitäten gewechselt werden. Ehrlich gesagt, weiß ich nicht, wie ich mich verhalten soll.«

»Gut. Zum Jahreswechsel habe ich einen schönen Posten für Sie.«

Almond biss sich auf die Unterlippe, um nicht mit der Frage herauszuplatzen, was ihr genau vorschwebte. Es war besser, seinen Eifer zu verbergen, da sonst die Gefahr bestand, dass sie die

Schokolade an jemanden weiterreichte, der sich noch verdienter gemacht hatte.

»Das klingt interessant«, erwiderte er nur.

»Die EXPLCO ist ein Problem, Jack, das immer größer wird. Mittlerweile pinkeln sie uns ein bisschen zu oft ins Revier. Ich setze voraus, dass Sie etwas finden, was wir gegen sie verwenden können. Diese verdammte Hayeford hält keine ihrer Zusagen, und das werde ich ihr nicht mehr lange durchgehen lassen.«

Almond konnte nur Mutmaßungen anstellen, um welche Zusagen es sich handeln mochte.

»Hören Sie zu«, fuhr Bowden fort. »Wir werden diese spindeldürre Kuh in die Pfanne hauen, und wenn ich sie höchstpersönlich in Klaviersaiten verschnüren und ihren mageren weißen Arsch in Schnipsel schneiden muss. Sind wir uns einig?«

»Solange ich nicht zuschauen muss.«

»Jetzt seien Sie mal nicht so zimperlich.«

»Natürlich nicht«, erwiderte Almond. Er räusperte sich. »In die Pfanne hauen. Wird gemacht.«

Jack Almond fühlte sich mal wieder wie das fleißige Bienchen, das von verrückten Künstlern umgeben ist, was ihn ungemein deprimierte.

»Versuchen Sie, GT auszuhorchen, falls sich die Gelegenheit ergibt«, fuhr Bowden fort. »Er weiß sicher so einiges über Ihre beschissene Firma.«

»Ich werde es versuchen. Apropos Firma: Sagt Ihnen Fenris etwas?«

»Fenris?«

»Ja. Ein russisches Unternehmen.«

»Ich lasse das überprüfen.« Damit war das Gespräch beendet.

Almond drehte eine weitere Runde durch das leere Großraumbüro.

Er steckte in einer Zwickmühle. Auf Anweisung von Fran Bowden hatte er seinen Abschied von der CIA genommen und war mündlich beauftragt worden, die EXPLCO zu infiltrieren. Danach winkte ihm der Posten eines Chief of Station der CIA in einer Weltmetropole: Ankara oder vielleicht sogar Moskau. Sollte Fran Bowden jedoch mit seinem Einsatz nicht zufrieden sein, dann würde sie einfach von der Vereinbarung absehen oder, was noch schlimmer wäre, der EXPLCO-Leitung stecken, dass er seinen Arbeitgeber ausspioniert hatte. Dann stand er vor dem Aus.

Es war also ratsam, sie nicht zu enttäuschen.

KAUKASISCHE NÄCHTE

Landstraße von Achmeta nach Batsara
Pankissi-Tal, Kachetien, Georgien
So., 3. Juli 2016
[2:30 MEZ+4]

»Schau mal, wie verängstigt er ist«, sagte Bula und lachte höhnisch.

»Bist du dir sicher?«, erwiderte Ibragim.

»Schau ihn dir doch nur mal an.«

Seit einigen Sekunden befand sich der Mann, über den sie sprachen, wieder im Scheinwerferlicht ihres Honda CRV. Bula schaltete die Scheinwerfer und den Motor aus und ließ dann das Auto in der stillen Dunkelheit die letzten abschüssigen fünfundzwanzig Meter ausrollen. Nur vom Mondschein beleuchtet wartete der verängstigte Westeuropäer neben einem weißen Lieferwagen.

Sie befanden sich irgendwo zwischen Duisi, dem größten Dorf des Pankissi-Tals, und Birkiani, dem entlegensten Ort des Tals, der weiter nördlich an der Landstraße von Achmeta nach Batsara lag. Auf dem Weg Richtung Duisi waren sie nur wenigen Fahrzeugen begegnet. Die Sicherheitskräfte wagten sich ausschließlich in Kolonnen von drei oder vier Fahrzeugen in das Tal, und nur einem vollkommenen Schwachkopf konnte es entgehen, wenn sie sich näherten.

Immer schneller rollte der Honda den Schotterweg entlang, und Bula trat verzweifelt auf die Bremse, bis er begriff, dass er ohne

Motor nur mithilfe der Handbremse zum Stillstand kommen würde.

Immer wieder zog er an der Handbremse, zu guter Letzt mit Erfolg. Der Honda hielt einen halben Meter vor dem Kühler des Lieferwagens.

Bula atmete ein paarmal tief durch, um seine Nerven zu beruhigen. Besorgt sah Ibragim ihn an.

»Alles okay?«

»Ja, ja. Ich hasse einfach moderne Autos. Komm.«

Sie stiegen aus. Der Fremde betrachtete sie aufmerksam und gelassen zugleich. Bula musterte ihn ebenfalls.

Er war mittelgroß, eher gedrungen und trug das blonde Haar kurz. Mehrere Narben verunstalteten sein Kinn, was er mit einem Dreitagebart hätte verdecken können, doch er war glatt rasiert.

Nein, vielleicht war dieser hellhäutige Fremdling doch nicht verängstigt.

Auf Russisch sagte Bula die vereinbarte Losung: »Verkaufen Sie Waschmittel?«

»Waschmittel und vieles andere«, lautete die Antwort.

Einige Herzschläge vergingen, bis der Fremde um den Lieferwagen herumging und die Hecktüren öffnete. Die beiden jungen Männer folgten ihm.

»Alles, was ihr brauchen könnt.«

Bula nahm sein Handy aus der Tasche und benutzte es als Taschenlampe. Zu dritt kletterten sie in den Laderaum.

Der Fremde zog eine Plane beiseite. Darunter lagen wie versprochen vier Colt-M4A1-Karabiner (mit dem Sturmgewehr konnte man automatisch feuern, was Bula wichtig war, weil er professionell wirken wollte), 24 Magazine mit der NATO-Standardmunition 5.56 x 45 mm, zwölf amerikanische M67-Handgranaten mit einem Sprengradius von fünfzehn Metern, vier handliche Walkie-Talkies mit Bluetooth-Headsets und vier neue gefälschte georgische Pässe.

Ein Fahrzeug näherte sich aus der Ferne. Sofort schaltete Bula seine Handylampe aus und hielt aus unerfindlichem Grund die Luft an.

Sobald der Wagen oben auf der Straße vorbeigefahren war, machte er das Licht wieder an.

»Wo sind die Granatwerfer zum Montieren an die Sturmgewehre?«, fragte er.

»Die haben alle für überflüssig befunden.«

»Dann müssen wir noch einmal über den Preis verhandeln.«

»Den Preis? Aber nicht doch. Das hier ist ein Geschenk.«

Der junge Tschetschene schüttelte den Kopf. »Im Leben ist nichts umsonst.«

»Wir verfolgen die gleichen Interessen.«

»Das kann ich mir kaum vorstellen.«

Der Westeuropäer grinste. »Die Wege des Herrn sind gelinde gesagt unergründlich. Aber es stimmt. Es gibt etwas, was Sie für uns tun können. Hier.«

Aus der Tasche seiner khakifarbenen Shorts zog er einen USB-Stick.

»Es wäre uns eine Freude, wenn ihr dieses Video irgendwann am Vormittag ins Netz stellen könntet.«

»Und worum geht es?«

»Um eine Hinrichtung, die ganz in … eurem Stil durchgeführt wurde.«

»Wer ist es?«

»Der stellvertretende russische Verteidigungsminister.«

Bula sah ihn mit offenem Mund an.

»Kein großer Freund eures Volkes«, fügte der Fremde hinzu.

Das war der überflüssigste Kommentar, den Bula je gehört hatte.

Nein, diesem unbekannten Ungläubigen konnte er nicht vertrauen. Er musste auf der Hut sein. Aber wie lange konnte er diese Geschenke noch ablehnen, die Gott in letzter Zeit vor ihnen auftürmte?

Er dachte an seinen toten Onkel. Vor dreizehn Jahren hatte er sein Leben in Grosny geopfert, um einen russischen Major umzubringen. Was hätte er nicht alles getan, um einen russischen Minister in die Mangel zu nehmen!

Außerdem wäre das die perfekte Einleitung ihrer bevorstehenden Operation. Ein derartiges Video würde verhindern, dass die Welt seine kleine Gruppe ignorierte. Das Video würde Eindruck machen, und seine früheren Freunde würden es bereuen, ihm nicht gefolgt zu sein.

Bald würde der IS im Kaukasus in aller Munde sein, und dann würde er weiterwachsen. Irgendwo musste alles seinen Anfang nehmen.

Es war keineswegs verboten, sich zu verstellen, um gegenüber dem Feind die eigene Stärke zu übertreiben. Der Prophet erlaubte Kriegslisten und ermutigte sogar dazu. Obwohl Bulas Gewissen dagegen protestierte, sich mit fremden Federn zu schmücken, hielt er es für richtig, an dieser Scharade mitzuwirken. Schließlich hätte er diesen verhassten Russen selbst getötet, wenn er ihm zwischen die Finger geraten wäre.

»Gemeinsame Interessen«, sagte er mit gedämpfter Stimme und nahm den USB-Stick entgegen. »Ich glaube beinahe, du hast recht.«

»Na, siehst du.«

Bula betrachtete die Waffen und blätterte dann in den Pässen.

»Ihr habt eine hohe Meinung von unseren Fähigkeiten«, sagte er leise, »wenn ihr glaubt, dass wir den Angriff auf eine Botschaft überleben. Wir werden Märtyrer, genau wie unser Bruder in Tiflis gestern. Gott sei seiner Seele gnädig. Was sollen wir mit diesen Pässen im Paradies?«

»Der Plan ist vereinfacht und verbessert worden.«

»Und wie?«

»In jeder Beziehung. Hier steht alles.« Aus seiner Brusttasche zog der Fremde ein paar zusammengefaltete DIN-A4-Blätter. »Ihr könnt die Sache natürlich ganz nach euren Wünschen durchziehen, aber ich halte diese Vorgehensweise für die beste.«

Bula überflog die Unterlagen. Als er fertig war, nickte er mehrmals. Zu seinem Waffenbruder Ibragim sagte er mit einem Lächeln, das seine Erleichterung nicht verbergen konnte:

»Gott wird nicht zulassen, dass uns diese Mission misslingt.«

Gebiet 17
Sewan-See, Gegharkunik, Armenien
So., 3. Juli 2016
[7:30 MEZ+4]

Frauke Kochs Häuschen lag in Ufernähe und ein wenig abgeschieden vom übrigen Komplex. Früher einmal war es das »VIP-Chalet« des Hotels gewesen. Frauke Koch empfand diesen Ausdruck als ein so abgeschmacktes Beispiel westlicher Werbesprache, dass sie kaum darüber lachen konnte.

Sie war um fünf Uhr aufgestanden, hatte bereits eine Joggingrunde und ihre Gymnastik absolviert, geduscht und zum ersten Mal seit mehreren Wochen an ihrem Roman weitergeschrieben. Im Großen und Ganzen also ein guter Morgen: klar, kühl und produktiv.

Punkt halb acht klopfte es an der Tür.

»Ja?«, sagte sie und schloss den Browser auf ihrem Computer. Karl trat ein, machte die Tür hinter sich zu und sagte:

»Ich habe einiges zu berichten. Heute Nacht hat Berk im Pankissi-Tal die Waffen, die übrige Ausrüstung und auch das Video übergeben. Sie haben sich bereit erklärt, es ins Netz zu stellen. Berk müsste bald zurück sein, je nachdem, wie lange er am Grenzübergang aufgehalten wird. Ich habe ihm geraten, im Hotel zu übernachten, aber er behauptet, dass er gerne Auto fährt.«

»Ausgezeichnet.«

»Der Mann, der Pauline Hollister letzten Freitag am Marriott abgeholt hat, heißt Ludwig Licht. Er arbeitet für die EXPLCO, ein privates amerikanisches …«

»Das Unternehmen ist mir bekannt. Aber Moment mal, Licht?«

»Ja. Ludwig Licht.«

Koch schüttelte den Kopf. »Welchen Rang hat er zuletzt bekleidet? Hauptmann? Hauptmann Licht von der Abteilung II?«

»Genau.«

»Er hat einen meiner sogenannten Fortbildungskurse besucht, bei dem es in Wahrheit darum ging, besonders fähige Kräfte auszuwählen. Irgendwann 1986 oder 1987 haben wir vor seiner Beförderung ein längeres Gespräch geführt. Nicht unbegabt. Ein gewisser Hang zur Anarchie, aber im Großen und Ganzen durchaus fähig. Geradlinig, praktisch. Wir haben ihm damals die Berthorst-Ermittlung übertragen.«

Sie verstummte und fuhr erst nach längerem Schweigen fort: »Seit wann arbeitet er für die EXPLCO?«

»Seit 2012. Er war einige Jahre in den USA und ist seit Anfang letzten Jahres in Tiflis.«

»Und was hat er in den Jahren nach der Katastrophe getan? 1990 bis 2012 ist eine lange Zeit.«

»Er besaß ein paar Lokale in Berlin, hat aber auch, wie ich aus unterschiedlichen Quellen erfahren habe, diverse Aufträge für die CIA erledigt.«

»Ein tragisches Schicksal.«

»Zweifellos. Darum ist er auch ziemlich versoffen und ungepflegt.«

»Es wäre besser gewesen, wir hätten ihn beim Aufbau unserer neuen Bewegung angeworben. Haben wir Licht nicht auch auf Lotte Ulbrichts Beerdigung gesehen?«

»Ich weiß es nicht mehr. Doch, schon möglich. Jetzt, wo du's sagst.«

»2002. Was für Zeiten!«

»Das EXPLCO-Büro steht inzwischen rund um die Uhr unter Bewachung. Gestern ist übrigens noch einer der Chefs, Clive Berner, in Tiflis eingetroffen. Bis 2011 war er Chief of Station in Berlin.«

»GT.« Koch nickte. »Vor allen Dingen war er in den Achtzigern in Ostberlin der Toprekrutierer der Amerikaner.«

»Bist du ihm schon mal begegnet?«

»Nein. Ich weiß nicht einmal, ob ich je ein Foto von ihm gesehen habe. Aber ich erinnere mich noch gut, wie er seine Geschäfte betrieb – unberechenbar, launisch und nachlässig. GT und Licht …«

Sie verstummte. Vor ihrem inneren Auge sah sie Schatten, die sich über ein dunkles Feld bewegten.

»Was ist?«, fragte Karl.

»Erinnerst du dich an Fimbul?«

»Natürlich. Fimbul … unser Maulwurf, den wir nie gefasst haben. Ich war damals in einem anderen Bereich tätig und wasche daher meine Hände in Unschuld, was diese Niederlage angeht.«

»Niemand war schuld. Die Weltgeschichte kam uns in die Quere. Wir hatten schließlich nichts in der Hand außer diesem Päckchen aus einer Mülltonne in Prenzlauer Berg, die wir wegen einer ganz anderen Sache überwachten. Es war also ein glücklicher Zufall. Irgendjemand hatte mehrere hundert Negative dort zurückgelassen. Fotos von Akten laufender Operationen, die der Geheimhaltung unterlagen, Personalakten aus der Führungsebene und so weiter. Das Begleitschreiben war mit ›Fimbul‹ unterzeichnet.«

»Wann war das?«

»1987, glaube ich.« Sie verstummte erneut.

Fimbul. Irgendwo in ihrem Unterbewusstsein geisterte immer noch die abgebrochene Jagd auf diesen Verräter herum. Sie hatte sich die Eingebung, ihrer Organisation einen altnordischen Namen zu geben, nicht erklären können. Jetzt fiel es ihr plötzlich wie Schuppen von den Augen. Fimbul, der Wolfswinter, und der Fenriswolf, der …

»Sprich bitte weiter«, sagte sie.

Karl räusperte sich. »Gestern früh haben wir also Licht und einen Offizier des georgischen Sicherheitsdienstes beschattet. Sie sind von Tiflis zu einem Kloster in Kachetien gefahren. Wir kannten ihr Ziel, konnten sie also mehr oder weniger unauffällig verfolgen, aber darauf komme ich noch zurück. Jedenfalls haben sie sich dort mit unserem geschätzten Pater Grigol getroffen, ganz gemäß der Anweisung, die ihnen Hollister hat zukommen lassen, ehe wir sie … unschädlich gemacht haben.«

»Diese Begegnung kann ihnen aber auch nicht sonderlich weitergeholfen haben.«

»Wer weiß? Während sie die Gesellschaft von Pater Grigol genossen, hat Berk Initiative gezeigt. Ich weiß allerdings nicht, ob das so klug war. Jedenfalls hat er Lichts Auto aufgebrochen und einen Rucksack gestohlen, der unter anderem ein Notebook enthielt. Später zeigte sich, dass Licht seinen Sohn im Schlepptau hatte, der in Polen lebt und gerade zu Besuch ist. Einen gewissen Walter Licht. Er ist Schriftsteller und Journalist. Der Rucksack mit dem Notebook gehört ihm.«

»Jetzt wissen sie also, dass wir sie beschattet haben. Großartig!«

»Wie gesagt, ich bin mir nicht so sicher, ob das die beste Vorgehensweise war.«

»Warum hat er sich nicht mit mir abgesprochen?«

»Ich weiß nicht. Vielleicht ein Hang zur Anarchie?«

Frauke Koch lächelte eine Millisekunde lang. »Apropos Hang zur Anarchie – diesen verdammten Grigol hätten wir schon längst erschießen sollen.«

»Ich stimme zu. Jetzt ist es allerdings so … was das Notebook betrifft … Berk hat sich einen raschen Überblick über die Festplatte verschafft. Dort gibt es ein Manuskript.«

»Und?«

»Die Suche nach dem Stichwort ›Fenris‹ in dem Text hat zwölf Treffer ergeben und die nach deinem Namen fünfundzwanzig.«

Es war ein guter Morgen gewesen. Bis jetzt.

Mit finsterer Miene befahl Frauke Koch: »Ruf Menk an.«

Waschlowani-Straße
Lagodechi, Kachetien, Georgien
So., 3. Juli 2016
[9:30 MEZ+4]

»Ich habe ihre Angestellten angerufen«, sagte Pater Grigol. »Sie wissen also, dass Sie kommen.«

Ludwig und der Geistliche hielten sich im hintersten Winkel des düsteren Hauses auf, wo sich die Küche befand. Der alte, schmutzige Herd war mit einer großen, rostigen Gasflasche verbunden, wie das bei Leuten der Fall war, die ihre Gasrechnung nicht begleichen konnten. Leider war der gasbetriebene Boiler nicht daran angeschlossen, weshalb Ludwig eiskalt hatte duschen müssen.

Durchs Fenster sah er Walter und Anri, die im Garten standen und in eine Unterhaltung vertieft waren. Drei Kühe grasten auf der Rasenfläche, Morgenlicht fiel durch die Kronen der vielen Obstbäume und verwandelte die nächtliche Feuchtigkeit in aufstrebende Nebelpfeiler. Walter gestikulierte, und Anri nickte.

Walter gestikulierte noch mehr, Anri nickte erneut. Ludwig überlegte, ob das Thema des heutigen Tages Väter und ihre Unzulänglichkeiten lautete.

»Können Sie mir wenigstens verraten, wonach ich suchen muss?«, fragte Ludwig und trank einen Schluck des süßen, frisch gekochten türkischen Kaffees.

»Hören Sie, Freundschaft und Loyalität sind nicht die einzigen Gründe für meine Zurückhaltung. Pauline war dieses Land sehr wichtig. Bevor ich mir vom Umfang ihrer Pläne kein Bild gemacht habe … Nein, mehr als das kann ich einfach nicht preisgeben.«

»Pläne? Was für Pläne? Sie wollte nach Eriwan, um Nüsse zu verkaufen.«

Pater Grigol lächelte. »Das Leben ist nicht gerade zart mit Ihnen umgesprungen«, sagte er und legte Ludwig eine Hand auf die Schulter.

»Das Leben«, erwiderte Ludwig mit leiser Stimme, »ist nur ein unnatürliches Vorstadium des Todes.« Der Themenwechsel gefiel ihm zwar nicht, aber es tat gut, gewisse Dinge auszusprechen.

»Wir müssen uns nicht vor dem Tod fürchten. Bedenken Sie nur, wie lange Sie tot waren, bevor Sie geboren wurden. Daran haben Sie schließlich auch keine unangenehmen Erinnerungen.«

Ludwig versuchte, diesem Gedanken eine Chance zu geben, was ihm aber nicht recht gelingen wollte.

»Eine wahrhaftig tröstliche Perspektive«, sagte der Pater. »Finden Sie nicht auch?«

»Ich nehme Ihnen nicht ab, dass Pauline Hollister keine Feinde hatte«, sagte Ludwig und schob die Hand des Mannes von seiner Schulter.

»Nein, wahrscheinlich glaube ich selbst nicht daran. Mehr Zucker?«

Ludwig schüttelte den Kopf. Er nahm am Küchentisch Platz, während Grigol für sich und die anderen zwei einen weiteren Kaffee kochte. Nach dem kleinen Kupfergefäß zu urteilen hatte er nur selten Besuch.

»Jede Einzelheit, die Sie mir vorenthalten«, meinte Ludwig, »zieht die Sache unnötig in die Länge. Vielleicht lebt sie ja noch? Dann kommt es auf jede Stunde an. Wenn sie stirbt, bevor ich sie finde, ist das Ihre Schuld.«

»Sie wollte sterben.«

»Würden Sie sie erschießen, wenn sie Sie darum bitten würde?«

Als Ludwig diese wütende Frage ausgesprochen hatte, drängte sich ihm eine unauslöschliche Erinnerung auf: Eine Schlucht mit einem Bach in den Feuchtgebieten Floridas vor zwei Jahren. Das verzweifelte Wimmern einer Frau, die ihrem Leiden ein Ende bereiten wollte … Er hatte ihr die Pistole aus der Hand genommen und …

Ein Schauer durchlief seinen Körper, als wolle er die Vergangenheit abschütteln.

»Wie geht es Ihnen eigentlich?«, fragte Pater Grigol.

»Wie gewöhnlich ausgezeichnet. Guter Kaffee. Was ist da drin?«

»Orangenschale, Ingwer und Zimt. Das ist mexikanisch.«

»Waren Sie schon mal in Mexiko?«

»Nein. Die Grenzen der alten Sowjetunion habe ich nie verlassen und den Kaukasus eigentlich auch nicht.«

»Eine Welt für sich.«

»Zweifellos. Außerdem kommt die Welt zu mir. Die Touristen besuchen das Kloster, und ich nutze die Gelegenheit, um sie auszufragen.«

»Die Georgier sind neugierig.«

»Ha! Wenn Sie sich keine Reisen hätten leisten können, wären Sie vermutlich genauso wissbegierig. Beten Sie?«

»Zu Gott? Nein.«

»Warum nicht?«

»Keine Zeit.«

Der Geistliche lachte, doch es klang ein wenig verlegen. Ludwig vermutete, Pater Grigol wollte damit demonstrieren, dass er Ironie durchaus verstand, wenn sie sich in seiner Küche offenbarte, obwohl er in diesem Fall Einwände gegen ihren Gebrauch hatte.

»So«, sagte der Geistliche und stellte drei Tassen auf ein Tablett. »Jetzt können wir uns zu Ihren bedauernswerten Gefolgsleuten gesellen.«

Walter hatte ein paar große rotbraune Kaninchen in einem länglichen Käfig entdeckt und war begeistert. Ludwig wurde von Erinnerungen an die vielen Zoobesuche mit seinem Sohn heimgesucht.

»Perfekt für den Eintopf«, sagte Grigol in recht manierlichem Deutsch zu Walter.

Diesem entgleisten die Gesichtszüge. »Trotzdem nette kleine Kerle«, erwiderte er lahm.

»Kein bisschen.«

Grigol stellte das Tablett auf einem Tisch ab. Brot, Käse und Honig gab es auch.

»Greifen Sie zu«, sagte er und bediente sich selbst.

»Wem gehört das Haus?«, fragte Anri und biss in eine Brotscheibe.

»Haben Sie sich heute Nacht nur darüber Gedanken gemacht?«

»Nicht nur.«

»Das Haus gehört Ihnen.«

»Uns?«

»Dem Staat. Die Liegenschaft ist nicht im Grundbuch eingetragen, gehört also auf rätselhafte Art und Weise zum Nationalpark. Zeitweilig sah es so aus, als würde die Kirche das Anwesen für mich erwerben, aber das war noch zu Zeiten, als keine theologischen Differenzen unser Verhältnis trübten.«

»Aber wohnen dürfen Sie hier?«

»Fragen Sie nicht mich! Sie sind der Staat, Sie kleiner Tschekist.«

Anri verdrehte die Augen. »So schwer ist ein Eintrag ins Grundbuch nun auch wieder nicht.« In seiner Stimme schwang die Verachtung eines Stadtbewohners der ersten Generation für jene Leute mit, die er um jeden Preis hinter sich lassen wollte.

»Na, dann hat das sicher noch etwas Zeit.«

Ehe Anri etwas erwidern konnte, piepste sein Handy.

Er starrte eine geraume Weile auf das Display. »Was ist?«, fragte Ludwig.

»Der IS im Kaukasus hat den stellvertretenden russischen Verteidigungsminister hingerichtet. Geköpft. Das Video wurde soeben ins Netz gestellt.«

»Haben Sie einen Computer?«, fragte Ludwig den Geistlichen.

Sie kehrten ins Haus zurück. Im Wohnzimmer, das spärlich möbliert und dennoch chaotisch war, räumte Grigol ein paar Handtücher vom Couchtisch und klappte dann ein Notebook auf.

»Bitte schön«, sagte er. »Ich kann mir so etwas nicht anschauen.«

Anri nahm vor dem Notebook Platz und fand den Film wenig später bei YouTube. Ludwig setzte sich neben ihn.

Zwei große Männer und ein wesentlich kleinerer – vielleicht ein Jugendlicher – standen mit schwarzen Masken hinter ihrem gefesselten Gefangenen. An der Wand hingen schwarze Fahnen mit arabischem Text. Der junge Mann hob sein Schwert. Einer der Älteren hielt eine kurze Ansprache auf Arabisch, die mit russischen Untertiteln versehen war:

»Um die Befreiung des Kaukasus ernstlich voranzutreiben, ist es erforderlich, alle fremden Eindringlinge auszulöschen, nicht zuletzt die ungläubigen Russen, die der Verbreitung des Islam im Kaukasus seit Jahrhunderten entgegenwirken. Das ist die Strafe für ihren Übermut und für das Abschlachten unschuldiger Rechtgläubiger in Tschetschenien und Dagestan. Dieses Schicksal erwartet alle, die den Propheten schmähen.«

Der junge Mann, der eine zu große Uniformjacke trug, hielt sich mit dem Schwert bereit. Die beiden Älteren packten die Rückenlehne, an die der Gefangene gefesselt war, und kippten seinen Stuhl nach vorne, bis sich der Oberkörper des Russen in der Waagerechten befand. Dann knieten sie sich hin. Jetzt mussten sie nur noch die Stuhlbeine festhalten, während der Kopf des Gefangenen Richtung Kamera ragte.

Die Augen des Russen waren von Panik erfüllt. Ein Knebel dämpfte seine verzweifelten Schreie. Der junge Mann stellte sich breitbeinig hin und hob das Schwert.

»Allahu Akbar«, sagte der Mann, der die Erklärung abgegeben hatte. Der junge Mann nickte und ließ das Schwert niedersausen.

Der Kopf verschwand mit dumpfem Aufprall aus dem Bild. Zurück blieb ein dunkelrotes, fast schwarzes Rund mit etwas Weiß in der Mitte, dem Rückgrat. Blut schoss ins Zimmer, und drei Sekunden später endete das Video.

Anri sprang auf und rannte aus dem Zimmer. Ludwig wollte ihn zurückrufen, doch dann begriff er, dass sich der Ärmste übergeben musste.

Also wartete er ab. Eine gute Gelegenheit, sich zu stärken. Er leerte seinen zweiten Flachmann und schloss die Augen, während die Medizin ihre Wirkung entfaltete. Dann schraubte er die Flasche zu und ließ sie wieder in seiner Jackentasche verschwinden. Sein Magen, der den Kaffee anstandslos hingenommen hatte, protestierte nun. Für einen kurzen Moment glaubte Ludwig, vor Schmerzen gleich ohnmächtig zu werden, aber so leicht entkam er nicht. Also spielte er das Video erneut ab, um nach Anhaltspunkten zu suchen.

Gerade als er den Film zum vierten Mal anschauen wollte, kehrte Anri zurück. »Tut mir leid«, sagte er mit matter Stimme.

»Kommt vor. Verdammt, ich werde aus dem Video nicht schlau. Dem Jüngsten wird die Ehre zuteil, den tödlichen Schlag auszuteilen. Warum hält er dann nicht auch die Rede?«

»Vielleicht spricht er kein Arabisch? Nicht alle Tschetschenen im Pankissi-Tal beherrschen diese Sprache.«

»Er müsste doch genug Arabisch können, um etwas vorzulesen? Der Mann, der die Erklärung abgibt, hat den Text schließlich auch vor sich.«

»Keine Ahnung«, meinte Anri und nahm wieder Platz. Sie sahen sich das Video ein weiteres Mal an.

»Und diese Jacke?«, murmelte Ludwig. »Es ist doch verdammt heiß, um die vierzig Grad. Warum trägt er dann eine dicke Uniformjacke? Die anderen beiden haben nur dünne Sommeruniformen an.«

»Das Video wurde nicht bei Nacht aufgenommen, das sieht man«, meinte Anri, klickte auf Stopp und deutete auf das seitlich einfallende Licht. »Und auch nachts wird es nicht kälter als achtzehn oder neunzehn Grad.«

Ludwig ließ das Video wieder anlaufen. »Da«, sagte er und stoppte erneut. »Haben Sie das gehört? Seevögel!«

Er drehte die Lautstärke hoch und ließ die Sequenz erneut laufen. Nach dem Kreischen der Möwen war ein Motorengeräusch auszumachen.

»Ein Boot?«, schlug Anri vor.

»Ein Boot oder ein Jet-Ski«, stimmte Ludwig zu.

»Georgien hat ja nur eine Küste … Vielleicht ist das irgendwo bei Batumi?«

»Jedenfalls kann das Video nicht im Pankissi-Tal aufgenommen worden sein.«

»Nein.« Anri wandte sich vom Monitor ab. »Meine Kollegen versuchen die IP-Adresse zu ermitteln. Der Film muss allerdings auch nicht unbedingt dort aufgenommen worden sein, wo er ins Netz gestellt wurde.«

»Diese verdammte Jacke«, meinte Ludwig.

»Es gibt Leute mit niedrigem Blutdruck. Vielleicht ein alter Mann? Aber das wäre eher untypisch.«

Ludwig ließ das Video nicht noch ein weiteres Mal laufen. Sie schwiegen lange.

»Eine Frau«, sagte Ludwig plötzlich. »Sie versteckt ihren Körper und schweigt, damit man nichts merkt.«

»Ausgeschlossen.«

»Das stimmt, aber nur wenn es sich wirklich um Islamisten handeln würde.«

»Sie zweifeln an der Echtheit? Gestern haben sie eine Hotelbar gesprengt, und jetzt das hier. Und zu Ihrer Theorie, dass alles nur eine Maskirowka ist – die Russen würden doch wohl kaum einen ihrer eigenen Minister opfern?«

»Es wäre nicht das erste Mal, dass sie ihre eigenen Leute opfern. Der FSB hat vor Jahren ein ganzes Mietshaus in die Luft gesprengt, um die Tat anschließend den Tschetschenen in die Schuhe zu schieben.«

»Meinetwegen. Aber den eigenen Minister zu opfern ist etwas ganz anderes.«

»Ja, bedeutend einfacher.«

Anri erhielt eine weitere SMS.

»Jetzt berichten alle Fernsehsender darüber«, sagte er. Ein weiteres SMS-Signal. »Und das russische Außenministerium stellt ein Ultimatum. Georgien hat zwei Tage Zeit, die Täter festzunehmen.«

»Andernfalls?«

»Andernfalls ist mit ernsten Konsequenzen zu rechnen.«

Marriott Hotel
Rustaweli-Boulevard, Tiflis, Georgien
So., 3. Juli 2016
[10:35 MEZ+4]

Nachdem er wegen seines Jetlags eine höllische Nacht verbracht hatte, begnügte sich GT zu seinem späten Frühstück mit einem welken Salat in der Hotelbar. Mehr konnte er seinem Diabetes nicht zumuten, da er am Vorabend mit einer Großpackung Kitkat gesündigt hatte. Er saß an einem Tisch aus Korbgeflecht und schaute auf den tosenden Verkehr und die verängstigten Touristen hinaus, die nach der Altstadt suchten oder auch nur nach einer Fußgängerampel. Die Fenster waren wegen der Klimaanlage und des Lärms geschlossen, aber trotzdem stellte sich bei ihm das Gefühl ein, wieder jung in Paris oder halbwegs jung in Berlin zu sein. Alles war ihm lieber, als in Tiflis zu sein und sich alt und krank zu fühlen.

Etwa zehn Mal hatte er sich das Hinrichtungsvideo in seinem Zimmer angesehen, ohne klüger zu werden. Sofern er die Operation leiten sollte, hatte er einstweilen nicht viel beizutragen. Früher oder später würde er sich mit der CIA oder dem georgischen Sicherheitsdienst unterhalten müssen. Vorzugsweise später.

Er bestellte sich einen Cappuccino. Die Ärzte, die ihm mit seinem Blutdruck in den Ohren lagen, konnte der Teufel holen. Tee trinken, wenn man nachdenken musste, kam einfach nicht infrage. Das ging zu weit.

Nach fünf Minuten brachte ihm der Kellner die Tasse. Gleichzeitig legte er einen kleinen Umschlag auf den Tisch.

»Können Sie das Frühstück nicht aufs Zimmer setzen?«, fragte GT irritiert, aber der Typ war schon auf dem Weg zur Bar und tat, als hätte er ihn nicht gehört.

Da bemerkte GT, dass der Umschlag zugeklebt war. Er sah sich kurz um, bevor er ihn öffnete.

Die handgeschriebene Nachricht auf dem ordentlich zusammengefalteten Zettel war kurz und rätselhaft:

Katastrophe bahnt sich an. Zu zweit können wir sie noch abwenden. Es eilt. Heute 13 Uhr, Badehaus 5 bei den Schwefelquellen. Nimm die VIP-Suite und bestelle zwei Stunden mit Abreibung und Massage.

Vernichte diese Nachricht.
FIMBUL

Katastrophe bahnt sich an?

Ludwig neigte eigentlich nicht zu Übertreibungen. Wann hatte er zuletzt seinen Decknamen verwendet? Etwas äußerst Unerfreuliches schien sich zusammenzubrauen. Alles deutete darauf hin, dass der Deutsche den EXPLCO-Leuten in Tiflis nicht vertraute. Das war ihm kaum vorzuwerfen: Jack Almond, ihr schlimmster Repräsentant, war alles andere als vertrauenerweckend.

Aber heiße Schwefelbäder? Draußen herrschte eine Temperatur von neununddreißig Grad. Was für ein irrsinniger, beschissener Vorschlag.

Oder auch nicht. Abgeschiedenheit war von Vorteil.

GT knüllte den Zettel zusammen und schob ihn in die Hosentasche. Er warf einen Blick auf die Bar, aber der Kellner war verschwunden.

Dann ging er auf die Toilette, zerriss den Zettel und spülte ihn im Klo runter. Als er wieder die Bar betrat, sah er draußen eine lange Kolonne bewaffneter Truppen vorbeifahren. Eine Machtdemonstration, um die besorgten Städter zu beruhigen. Bei GT bewirkte sie das Gegenteil.

Er betrachtete die Torten in der Kühltheke. Grell beleuchtet drehten sich die Leckereien im Kreis und starrten ihn an, schamlos wie kleine Nutten.

Es war nicht das erste Mal, aber eines der letzten Male, dass sich Clive Berner einer Versuchung hingab.

Barataschwili-Straße
Sighnaghi, Kachetien, Georgien
So., 3. Juli 2016
[11:30 MEZ+4]

Umgeben vom Kleinen und Großen Kaukasus in der Ferne und von bewaldeten Hügeln in der Nähe, thronte Sighnaghi achthundert Meter über dem Meer. Kühn erstreckte sich der Ort mit seiner Bebauung aus pastellfarbenen Fassaden, dunklen Fensterläden und Türen sowie roten Dachziegeln über einige Bergrücken. Es war, als hätte sich eine italienische Kleinstadt aus dem Paradies gelöst, um es sich auf einigen hartnäckigen Wolken bequem zu machen.

Gegen halb zwölf erreichte Ludwig das Ende der Serpentinenstraße, die aus dem Tal hinaufführte, und fuhr durch eines der alten Stadttore. Der Niva holperte über das unebene Kopfsteinpflaster und keuchte erschöpft, weil er die gesamte Steigung in den niedrigsten Gängen bewältigt hatte. Nach zweihundert Metern ging es wieder steil bergab. Hier lagen der Basar, einige Supermärkte und Restaurants, das Hotel, Gasthäuser und vereinzelte Cafés mit europäischen Ambitionen. Danach ging es wieder steil bergan.

»Immer weiter hinauf«, befahl Anri, »bis zur Gabelung ganz oben, dann rechts.«

Und damit war das Sightseeing abgehakt.

Pauline Hollisters Haus und Kellerei lagen auf einem Berg nördlich der Stadt und verfügten über eine geradezu olympische Aussicht. Als Ludwig ausstieg, breitete sich vor ihm nicht nur das östliche Kachetien aus, ein Paradies aus Weinbergen, Karpfenteichen und Obstgärten. Rechts unterhalb schimmerte ihm außerdem die Landschaft Aserbaidschans mit ihren gelben, trockenen Farbtönen entgegen, über der die Hitze zitterte und tanzte.

Neben dem offenen Tor prangte ein geschnitztes Edelholz-Schild mit der Aufschrift:

HOLLISTER & SÖHNE
Teil einer achttausendjährigen Weintradition

Das dreigeschossige, in traditionellem Stil errichtete Haupthaus mit zwei großen Terrassen war vermutlich nicht älter als zehn Jahre. Dass die Bauherren aus dem Westen stammten, war mühelos zu erkennen: Die zahlreichen Panoramafenster sowie die Ausrichtung des Gebäudes zur Sonne hin räumten jeden Zweifel aus. Georgier stellten ganz andere Ansprüche an ihre Häuser, die möglichst abgeschieden, dunkel und kühl sein sollten. Außerdem waren die Fenster immer mit mehreren Stoffschichten verhängt. Draußen war draußen, und dort durfte man gerne verweilen, um über die Ewigkeit der Natur zu sinnieren. Das Innere eines Gebäudes stellte etwas ganz anderes dar. Hier fühlte man sich vor der Invasion der persischen Horden oder den neugierigen Nachbarn sicher, die ihre Parteibücher mit der größtmöglichen Anzahl von Goldsternen füllen wollten.

Eine Frau mit karottenroten Haaren, einem schwarzen, ärmellosen Kleid aus dünner Kunstseide und Pantoffeln aus hellblauem Plastik empfing sie auf dem gepflasterten Vorplatz zwischen Mauer und Haus. Sie war Mitte fünfzig und möglicherweise eine der vielen Witwen des Landes, aber Ludwig war sich da alles andere als sicher. In seiner Heimat hätte ihre Kleiderwahl nahegelegt, dass sie Freigängerin einer psychiatrischen Anstalt sei, aber in Georgien entsprach sie dem gängigen Ideal einer Frau, die Kinder zur Welt gebracht und damit den höchsten gesellschaftlichen Status erlangt hatte.

»Eka«, stellte sie sich vor und reichte Ludwig die Hand. »Ich bin Paulines Sekretärin und Haushälterin.«

»Ludwig. Danke, dass Sie sich die Zeit nehmen.«

»Wir tun alles, was in unseren Kräften steht, um die gnädige Frau wiederzufinden«, sagte sie auf Englisch, verwendete aber das georgische Wort »Kalbatoni« für Frau. Ihr angedeutetes Lächeln verflüchtigte sich rasch wieder. »Sie fehlt uns sehr.«

»Das verstehe ich. Können wir mit der Kellerei beginnen?«

»Kaffee? Tee? Chatschapuri? Meine Mutter hat gerade welche gebacken.«

»Die Kellerei«, wiederholte Ludwig.

»Soll ich Ihnen etwas in den Weinkeller runterbringen?«

»Das ist nicht nötig«, sagte Anri.

Die Frau stellte auf Georgisch um, und eine längere Diskussion entspann sich. Hände fuchtelten in der Luft herum, Augen wurden gerollt, und unfassbare Konsonantenkombinationen ergossen sich in heftigen Strömen. In einer heiklen Phase deutete Anri auf Ludwig und sagte etwas, was seine Kontrahentin zu einem kurzen, schallenden Gelächter veranlasste. Daraufhin wurde die erbitterte Diskussion fortgesetzt.

Zu guter Letzt breitete die Frau ihre Arme wie eine italienische Matrone aus und verkündete mit Nachdruck auf Englisch:

»Wir haben vereinbart, dass Sie das Essen mitnehmen, wenn Sie nachher fahren. Folgen Sie mir jetzt bitte.«

Sie ging auf eine stabile Tür an der Längsseite des Hauses zu und öffnete diese. Im nächsten Moment standen sie inmitten eines Geruchs aus einer anderen Zeit, in der es noch Galgen und Streckbänke gegeben hatte, Jutesäcke mit Gewürzen aus den entferntesten Bergregionen der Seidenstraße und nächtliche Verhandlungen über die Verheiratung von Bischofstöchtern im Austausch gegen Baumaterial für eine neue kleine Kathedrale.

Im Fußboden befanden sich etwa zwanzig Löcher – Öffnungen zu den birnenförmigen Qvevrigefäßen mit dem Fassungsvermögen einer Badewanne, die in die kühle, feuchte Erde eingelassen waren. Der Duft gärender Trauben hing wie ein Nebel im Halbdunkel.

An den Wänden standen Metallregale, eine Spüle sowie Arbeitstische mit Geräten zum Filtrieren und Abfüllen, Verkorken und Etikettieren der Flaschen.

»Der beste private Marani der Welt«, verkündete Eka sachlich und stolz.

Walter sah sich eingehend um. Anri nickte und sagte mit freundlicher Stimme, die seine Bitterkeit jedoch nicht ganz verbergen konnte:

»Für eine solche Kellerei wäre mein Vater nicht einmal vor einem Mord zurückgeschreckt.« Er schüttelte den Kopf. »Niemand verwirklicht die Träume der Georgier so gut wie die Ausländer.«

Eka sah ihn missbilligend an. »Sie kommen hierher und bauen unser Land wieder auf, das *andere* Ausländer zerstört haben.«

»Ja«, erwiderte Anri. »Da stimme ich Ihnen durchaus zu. Das war nur eine Feststellung.«

»Na dann«, meinte Ludwig und wandte sich an Eka. »Mir wäre es recht, wenn Sie uns einen Moment allein lassen könnten.«

Ihrer Miene war anzusehen, dass sie die Schlacht verloren hatte.

»Natürlich«, sagte sie mit mühsam erkämpfter Beherrschung und verließ den Keller, ließ die Tür jedoch offen.

Ludwig strich an den Wänden entlang, eine Bewegung, die die Natur dieses Auftrags widerspiegelte: Er drehte immer neue Runden und starrte in sich hinein, auf etwas, was er nicht verstand. Auf sein Herz.

Schließlich blieb er vor einer Tafel stehen, auf der die Qvevrigefäße aufgelistet waren, die von eins bis vierundzwanzig durchnummeriert waren. Auf dem Tisch daneben lag ein Stapel nummerierter Blätter, auf denen jemand verzeichnet hatte, welche Trauben sich in welchem Gefäß befanden und wie weit der Gärprozess gediehen war.

In der Mitte des Stapels lag ein Blatt Papier mit der Überschrift »27«. Es war mit dem Wort »Wolfsgrube« und einer Zahlenfolge versehen:

40^0
33’
52.5”

45^0
01’
09.0”

Ludwig runzelte die Stirn. Es konnte sich bei diesen Angaben keinesfalls um Temperaturen oder Zeitangaben handeln. Doch fügte man zur ersten Zeile ein »N« und zur vierten ein »E« hinzu, dann …

Er nahm sein Handy hervor, tippte auf die Karten-App und trug die Koordinaten ein. Die Nadel steckte im Uferstreifen einer Halbinsel in einem armenischen See.

Wie simpel. Zu simpel?

Zog ihn jemand an einem Strick in eine ganz bestimmte Richtung? Wie lange hatte Hollister diese Situation vorbereitet? Wie hatte sie überhaupt wissen können, dass es so kommen würde? Oder hatte sie sich einfach gegen alle Eventualitäten abgesichert?

Wer dachte an eine Eventualität wie diese? Pauline Hollister oder jemand anderes?

Ludwig stand, für die anderen nicht sichtbar, neben einem Bord, auf dem etwa zwanzig Halbliter-PET-Flaschen mit Tschatscha standen, dem Schnaps, der aus Traubenschalen gebrannt wurde.

Pauline Hollister hatte doch bestimmt nichts dagegen, dass er seine Flachmänner nachfüllte? Wäre sie dabei gewesen, hätte sie ihn sicher zum Probieren aufgefordert.

Nachdem er seine Flaschen gefüllt hatte, schob er den Zettel mit den Koordinaten in den Stapel zurück und gesellte sich zu Anri, der sich gerade in eine Rolle beschrifteter Etiketten vertiefen wollte.

»Sewan-See«, meinte Ludwig.

»Wie bitte?«

»Ich glaube, sie befindet sich am Sewan-See. Sie hat folgende Koordinaten hinterlassen.«

Er hielt ihm sein Handy hin.

Anri legte seine Stirn in Falten, deren Tiefe sein zartes Alter eigentlich hätte verhindern müssen.

»Das ist schlecht.«

»Die Hintergrundgeräusche im Video.« Ludwig dachte laut nach. »Seevögel, Motorboote …«

»Stimmt.«

»Vielleicht lebt sie ja noch. Wäre sie getötet worden, hätten sie das doch an die große Glocke gehängt. Schließlich hegen sie ja offenbar eine Vorliebe für öffentliche Auftritte.«

»Richtig.« Anri dachte nach. »Aber in Armenien habe ich nichts zu melden und die EXPLCO natürlich auch nicht. Das Land ist ein russischer Vasallenstaat. Und Waffen können wir dorthin keinesfalls mitnehmen.«

»Dann reisen wir eben als Touristen ein«, meinte Ludwig, »und setzen unseren Charme als Waffe ein.«

Badehaus 5
Altstadt von Tiflis, Georgien
So., 3. Juli 2016
[13:00 MEZ+4]

Seinen Gewohnheiten getreu betrachtete GT seine Umgebung nicht mit den Augen eines Touristen, sondern mit denen eines Immobilienspekulanten. Die Altstadt von Tiflis hatte, wie er feststellen konnte, ihren großen Boom bereits hinter sich und war von Hotel- und Restaurantbesitzern aufgekauft worden. Sie war in einem Stil saniert, der das Georgische, aber auch das Persische, Türkische und Armenische der Hauptstadt mit ihrer langen, blutigen Geschichte betonte: Glatt verputzte hellgelbe Fassaden, kunsthandwerkliche Schnitzereien an Balkongeländern und Erkern aus lackiertem oder bemaltem Holz. Märchenhafte Blech- und Eisenarbeiten, die an die orientalischen Gemälde von Alberto Pasini erinnerten.

Was es in der Altstadt von Tiflis ganz offensichtlich nicht gab, waren Bauwerke aus russischer und sowjetischer Zeit. Alt-Tiflis war das Schaufenster des neuen, freien Georgien, und dort gab es keinen Platz für jene Zeitspanne, obwohl sie Hunderte von Jahren gewährt hatte.

In einem kleinen Park oberhalb des Flusses lagen die Schwefelbäder. Nur die niedrigen Ziegelsteinkuppeln waren von der Straße aus zu sehen. Eine Weile irrte GT zwischen den Eingängen herum, bis er Badehaus Nummer 5 gefunden hatte.

Er öffnete die Tür und ging eine Treppe hinunter. Bereits hier stieg ihm ein leichter Schwefelgeruch in die Nase, und die drückende Feuchtigkeit fand er äußerst überflüssig, nachdem er eben bei fast vierzig Grad den Rustaweli-Boulevard entlanggeschlendert war. Mit hochrotem Gesicht und dem Keuchen eines gehetzten Seelöwen blieb er am Empfangstresen stehen.

Durch eine Seitentür erschien eine Frau Mitte vierzig, die sichtlich schlecht gelaunt war.

»Die VIP-Suite«, sagte GT. »Zwei Stunden. Abreibung und Massage.«

Die Frau nickte und warf einen Blick in das Kundenbuch. »Handtuch?«

GT zuckte mit den Achseln. »Klingt gut.«

»Das macht 150 Lari.«

Er reichte ihr das Geld passend und erhielt ein weißes Tuch aus grobem Stoff, das so groß war wie eine römische Toga. Vermutlich das erwähnte Handtuch.

»Zimmer eins«, sagte die Frau und deutete einen Gang hinunter.

Einige Stufen unterhalb saß ein sehniger Mann in Shorts und Badesandalen. Der Alte starrte geradeaus, als GT vorbeiging, zischte ihm dann aber in kaum verständlichem Russisch hinterher:

»Massage, zehn Minuten.«

GT nickte und setzte seinen Weg fort.

Die VIP-Suite bestand aus einer Umkleide und zwei Räumen mit hohen Gewölben, die blau und türkis gefliest waren. Das größere Becken dampfte, während das kleinere daneben vermutlich kaltes Wasser enthielt. Ein länglicher Steintisch in dem kleineren Raum war wohl für Waschungen und die Massage vorgesehen. An der Wand gab es eine Reihe von Duschen.

GT wusste nicht recht, was jetzt eigentlich von ihm erwartet wurde. Also zog er sich aus und ließ sich ins warme Wasser gleiten, das so heiß war, dass sein Herz zu rasen begann. Nach einigen Minuten stieg er aus, setzte sich auf den Rand des kalten Beckens und tauchte die Füße einige Zeit in das angenehm kühle Wasser, ehe er den Rest seines verblüfften Körpers ebenfalls hineingleiten ließ.

Dann wiederholte er die Prozedur, weil der Masseur nicht erschienen war, obwohl mittlerweile eine gute Viertelstunde vergangen sein musste.

Dieses Mal blieb er so lange im kalten Wasser, bis er sich wieder ins warme Becken sehnte. Anschließend ruhte er sich aus, stützte den Kopf auf den Beckenrand und schlummerte nach einer Weile ein.

Er erwachte davon, dass ihm ein paar Hände den Nacken kneteten. Instinktiv versuchte er zu entkommen, aber die Hände hielten ihn an den Schultern fest. Wie eine Katze beim Nackenbiss entspannte er sich und ließ sich auf einen Absatz im Becken sinken. Plötzlich spürte er kalten Stahl an seinem Adamsapfel.

»Wer ist denn jetzt der kleine Pissfisch?«, ließ sich eine Stimme von hinten vernehmen.

GT schluckte so heftig, als wollte er mit der Klinge unbedingt nähere Bekanntschaft schließen.

»Mich erinnert er eher an ein Walross«, meinte der Mann mit dem Messer. Auch er sprach Englisch mit leichtem Akzent.

»Glaub mir, er ist ein Pissfisch und nichts anderes.«

»Mischa«, sagte GT. »Mischa! Wir finden eine Lösung. Wir beide sind international tätige Geschäftsleute. Wir finden ganz bestimmt eine Lösung.«

»Diese Amerikaner.« Menk ging neben GT in die Hocke. Er war barfuß und trug eine weiße Leinenhose.

GT unterdrückte eine Panikattacke, und es gelang ihm, wieder gleichmäßiger zu atmen.

»Ich weiß, dass Sie Angst vor Ihren Auftraggebern haben«, sagte er mit möglichst fester Stimme. »Aber sind Sie davon überzeugt, dass Ihre Auftraggeber gewinnen werden? Denken Sie nach! Sperren Sie mich ein, bis diese ganze Sache vorbei ist. Kaufen Sie sich Zeit und warten Sie ab. Ich persönlich garantiere Ihnen eine saftige Belohnung.«

»Wenn das eure Logik ist«, meinte Menk nachdenklich, »dann hat sie ganz recht. Ihr Amerikaner habt keine Chance, jedenfalls nicht auf lange Sicht. Ihr habt ja keine Ahnung, was in den Leuten vorgeht. Ihr begreift nicht, was die Menschen antreibt. Ihr habt euer verdammtes Geld, das ihr euch von einer Bande verrückter Schlitzaugen geliehen habt, die euch vernichten werden, sobald sich eine Gelegenheit bietet. Ihr seid doch nichts als große, fette Babys mit euren chinesischen Kreditkarten und euren ferngesteuerten Flugzeugen.«

»Sie? Wer ist sie?«

Menk schüttelte den Kopf. Er erhob sich, warf einen Blick auf die Uhr und sagte:

»Mach ihn fertig.«

GT holte tief Luft und erstarrte. Die Klinge drang durch Haut und Sehnen ins Fleisch. Er wollte noch einige letzte Worte röcheln, aber kein Laut drang über seine Lippen.

Wie sinnlos, wollte er sagen. Vollkommen sinnlos.

AULD LANG SYNE

Tiflis, Georgien
So., 3. Juli 2016
[14:15 MEZ+4]

Aschgraue, schwere Regenwolken waren von Osten und Süden über Tiflis hereingezogen und entluden sich jetzt über der dankbaren Stadt. Bald plätscherten kleine Bäche die Abhänge herunter. Auf tiefer gelegenen Straßen pflügten Autoreifen durch die Fluten. Manche Fußgänger versuchten nicht einmal, dem Spritzwasser auszuweichen. Binnen zehn Minuten sank die Temperatur von neununddreißig auf fünfundzwanzig Grad. Die Gespräche endeten abrupt.

Einige Menschen hielten einfach nur inne und betrachteten das Schauspiel, andere suchten Schutz. Straßenhändler, die auf ihren Hockern geschwitzt hatten, traten unter ihren Sonnenschirmen hervor, breiteten die Arme aus und genossen die Abkühlung.

In der unterirdischen Kanalisation trieb ein toter Amerikaner.

Sein Mörder ging auf seiner Terrasse im Norden der Stadt unruhig auf und ab und kaute an den Fingernägeln. In seiner Wohnung saß seine etwas mitgenommene Geliebte und sah sich mit abgedrehtem Ton eine Bollywood-Serie an.

In einem Haus an der Autobahn Richtung Flughafen starrte ein sonnengebräunter Amerikaner auf den Bildschirm seines Computers. Er durchforstete Dutzende von Dateien, auf die er zu seinem großen Erstaunen ungehindert zugreifen konnte, Dateien eines Servers in Washington, die geheime Kundenkonten und geheime Zahlungen in Bitcoins über das Anonymisierungsnetzwerk Tor dokumentierten. Der Regen trommelte auf das nicht isolierte Blechdach. Im Lichtschein des Monitors sah es aus, als betrachte der Mann mit zunehmendem Entsetzen seine eigenen, unheilverkündenden Röntgenbilder.

Im Innenministerium südlich der Altstadt saßen zwei schweigsame Vertreter des georgischen Sicherheitsdienstes. Vor ihnen stand die Ministerin mit hochrotem Gesicht. Neben sich hatte sie den Generalstabschef, der vage Drohungen ausstieß und dabei immer wieder seinen fleischigen Zeigefinger hob. Die Ministerin und der Generalstabschef wechselten sich darin ab, die beiden blassen, übermüdeten Männer zusammenzufalten, die die oberste Verantwortung für die Sicherheit des Landes trugen. Auf einem Bildschirm im Hintergrund lief nonstop das Hinrichtungsvideo des russischen Ministers, und ausgebreitet auf einem großen Tisch lagen detaillierte Karten des Pankissi-Tals.

Der Strom fiel aus und setzte wieder ein. Ein Gully in Avlabari lief über. Der Asphalt riss wie nasse Pappe auf, als ein altes Wasserrohr unter der Straße platzte. Im Laufe weniger Minuten weihten Kinder den neuen Springbrunnen ein. Eine dreibeinige Hündin leistete ihnen Gesellschaft. Als sie versuchte, das Wasser abzuschütteln, fiel sie um, rappelte sich auf und setzte das Spiel fort.

Im Zoo am Heldenplatz betrachteten die Angestellten nervös die Wolken und fragten sich, ob die Überschwemmungen ebenso schlimm werden würden wie im Vorjahr. Die wenigen Tiere, die diese Katastrophe überlebt hatten, kauerten ängstlich in ihren Käfigen.

Je vier Jagdflugzeuge der georgischen, britischen und amerikanischen Luftwaffe zogen mit jaulendem Geräusch Richtung Westen zu einem Manöver an der Schwarzmeerküste. Ein britischer

Pilot in seinem Eurofighter Typhoon kommentierte amüsiert über Funk:

»Sieht aus, als hätten die da unten mehr erwischt, als sie verkraften können.«

Unverzüglich antwortete ein georgischer Leutnant aus seiner Suchoi Su-25: »Ich kann der Luftwaffe Ihrer Majestät versichern, dass sie weitaus mehr verkraften.«

Niko-Lomouri-Straße
Avlabari, Tiflis, Georgien
So., 3. Juli 2016
[14:35 MEZ+4]

Es dauerte anderthalb Stunden, um auf der befahrensten Straße des Landes nach Tiflis zu gelangen. Bei dem plötzlichen Wolkenbruch musste Ludwig zu allem Überfluss auf entgegenkommende Fahrzeuge reagieren, die sich halsbrecherische Überholmanöver lieferten. Anri machte ihn darauf aufmerksam, dass Walter keinen Pass mehr hatte. Also lieferten sie erst ihre Waffen im EXPLCO-Hauptquartier ab und brachten dann Walter nach Hause in die Niko-Lomouri-Straße.

Ludwig begleitete seinen Sohn nach oben.

»Wie sehen deine Pläne jetzt aus?«, fragte er, nachdem er sich umgezogen und seinen eigenen Pass eingesteckt hatte.

»Mir fällt schon was ein. Ich muss mir erst mal ein neues Notebook besorgen.«

»Auch das könnte ohne Pass ein Problem werden.«

»Warum?«

»Weil sie ihn für die Garantie brauchen. Aber du kannst doch so lange einfach meines nehmen, oder nicht?«

Walter schüttelte den Kopf. »Nein. Ich kaufe ein gebrauchtes. Wo gibt es welche?«

»Frag einen Taxifahrer, die sind das georgische Google. Am besten wendest du dich an einen von den jüngeren.«

Ludwig musterte seinen Sohn. Der Junge wirkte eleganter als bei ihrer letzten Begegnung: Er hatte sich den Bart gestutzt, die Haare geschnitten und vielleicht auch regelmäßig trainiert. Trotzdem sah er ziemlich mitgenommen aus, was nicht nur auf die fünf Jahre seit ihrem letzten Treffen zurückzuführen sein konnte. Aschgraue Ringe um die Augen und tiefe Falten auf der Stirn zeugten von anderen Entbehrungen und Widrigkeiten als nur den harten polnischen Wintern. Ein Kind, das zu viele Monate nachts geschrien hatte, eine Frau, die rückblickend nicht die Richtige war, eine Karriere, die an der ständigen Rücksichtnahme auf die Familie gescheitert war.

Ludwig wurde plötzlich klar, dass sein Sohn alles anders gemacht hatte als er selbst. Er hatte der Familie den Vorrang gegeben und war trotzdem nicht glücklich geworden.

»Wie geht es dir eigentlich?«, erkundigte sich Walter.

Ludwig erwachte aus seinem tranceähnlichen Zustand. »Manchmal frage ich mich … Weißt du, ich habe mal etwas über Experimente an Ratten gelesen. Dabei hat man festgestellt, dass man offenbar auch Erfahrungen vererben kann, nicht nur Eigenschaften. Wenn sich eine Ratte in einem Labyrinth gut zurechtfindet, dann finden auch ihre Jungen schneller ans Ziel als die anderen Jungtiere.«

»Und?«

»Ich denke an deinen Großvater. Ich glaube, er hat zu viel Schlimmes erfahren. Erst den ganzen Weg nach Stalingrad, dann das Gemetzel, anschließend die russische Gefangenschaft … Die meisten protzigen Stalingebäude in dieser Stadt wurden von deutschen Kriegsgefangenen gebaut. Wusstest du das? Sie haben auf ihrem langen Marsch nach Sibirien hier haltgemacht.«

»Tatsächlich? Ich bin mir aber nicht sicher, ob die Experimente, von denen du sprichst, wirklich aussagekräftig sind. Ich bilde mir ein, gelesen zu haben, dass …«

»Jetzt sei nicht so ein verdammter Idiot.«

»Ich werde mir Mühe geben.«

»Gut. Man erkennt diese Häuser an den Sockeln aus grob behauenen Felsblöcken. Pfui Teufel, Walter. Ich glaube, das Leiden meines alten Herrn hat sich in unseren Genen festgebissen. In meinen und in deinen. Wir hatten einfach keine Chance.«

Walters Miene drückte Unbehagen aus. »Ich muss dir noch etwas erzählen«, sagte er. »Über dieses Unternehmen, du weißt schon, Fenris.«

»Und?«

»Es gehört Frauke Koch, deiner früheren Vorgesetzten. Erinnerst du dich an sie?«

Die Zeit, fand Ludwig, hatte neuerdings die Tendenz, sich zu verdichten und ihn allmählich zu ersticken. Sein Leben, das ihm bislang wie eine Ewigkeit vorgekommen war, schien im Nachhinein auf nur wenige Tage zusammenzuschrumpfen.

»Ich erinnere mich vor allem an die Dinge, die man über sie gemunkelt hat«, meinte Ludwig. »Wir sind uns nur wenige Male begegnet. Sie müsste inzwischen um die siebzig sein.«

»Stimmt. Wann willst du eigentlich in Rente gehen?«

Ludwig zuckte mit den Achseln. »Allemal bevor ich siebzig bin.«

»Von allen Stasileuten, mit denen ich mich befasst habe, gebt ihr beiden am meisten her.«

»Freut mich ausgesprochen.«

»Sie hat mehrere Jahre in Kiew gelebt, wo sie den damaligen ukrainischen Präsidenten beraten hat. Auch an der versuchten Niederschlagung der Proteste auf dem Maidan war sie maßgeblich beteiligt. Sei also vorsichtig.«

Walter hatte im Befehlston gesprochen, obwohl seine Aufforderung sicher auch ein Quäntchen Fürsorglichkeit enthielt.

»In Kiew – also vermutlich im Auftrag der Russen?«

»Mehr oder weniger. Bei ihr weiß man nie so recht. Sie verfolgt ihre eigene Agenda. Inzwischen ist sie alleinige Aktionärin. Es spricht einiges dafür, dass das Geld von Überfällen auf Geldtransporte stammt und von Luxusautos, die im großen Stil in Deutschland gestohlen und dann in den ehemaligen Ostblock verschoben wurden. Als alleinige Besitzerin kann sie mit dem Unternehmen machen, was sie will. Fenris verfügt über enorme Rücklagen.«

»Wie groß sind die genau?«

»Das weiß ich nicht. Aber sie unterhält eine eigene kleine Privatarmee. Fünfzehn erfahrene Söldner. Holländer, Südafrikaner, Franzosen und Australier.«

»Und dieser See in Armenien? Hattest du von dem schon mal gehört?«

»Nein. Aber ich weiß, dass sie kurz nach ihrem Kiewer Aufenthalt in Eriwan aufgetaucht ist.«

»Ich hoffe, dass deine Nachforschungen über meine Person bedeutend weniger ergeben haben.«

»Ich bin mit dem bisherigen Ergebnis eigentlich ganz zufrieden.«

Einige lange Sekunden sahen sie sich in die Augen. Ludwig versuchte sich vorzustellen, wie sich der Bengel, dem er einmal das Schwimmen beigebracht hatte, in einen erwachsenen Menschen hatte verwandeln können, der an einer Geschichte … über ihn schrieb. Das war doch nicht normal!

»Geht es um Geld?«

»Bitte?«

»Machst du das für Geld oder für Ruhm und Ehre?«

Walter runzelte die Stirn. Er wirkte bedrückt, traurig.

»Ich will dich doch nur kennenlernen. Verstehst du das denn nicht?«

Ludwig wusste nicht, wohin mit seinem Blick. Er konnte nur mit Mühe atmen, als hätten sich seine Lungen in die Mittagspause verabschiedet. Draußen auf der Straße heulten Polizeisirenen. Ein Streifenwagen nach dem anderen fegte Richtung Präsidentenpalast vorbei.

Einmal hatte er Frauke Koch an einem Rednerpult in der Berliner Stasizentrale erlebt. Sie hatte einen westlichen Dokumentarfilm vorgeführt, den sie als »Propagandafilm« bezeichnet hatte. Den Höhepunkt bildete eine Szene, in der ein Mann im Niemandsland der Grenzschutzanlagen mit drei oder vier Kugeln erschossen wurde, die in seinen Rücken einschlugen und durch Bauch und Brust wieder austraten. Das Blut war Richtung Westen gespritzt.

Koch hatte den Film angehalten und gesagt: »Denken Sie daran, die Imperialisten versuchen unseren Zusammenhalt und unsere Entschlossenheit, der wir die Existenz unserer Gesellschaft zu verdanken haben, als Schwäche darzustellen. Als Schwäche! Das ist lächerlich. Wir dürfen uns nie dafür schämen, dass wir uns der Anpassung und Kapitulation verweigern!«

Dann spulte sie den Film zurück und zeigte die Todesschüsse noch einmal. Und ein weiteres Mal.

Wie lange war das her? Knappe dreißig Jahre? Oder dreißig Sekunden? Oder nur einen einzigen, alles verschlingenden Augenblick?

Ludwig kapitulierte vor der Übermacht der Zeit. Er brach auf und ging zu seinem Auto. Zurück an die Front.

Straße 7
Marneuli, Niederkachetien, Georgien
So., 3. Juli 2016
[17:20 MEZ+4]

Zum zweiten Mal verstand Ludwig Anris Anweisungen falsch und verpasste die richtige Ausfahrt des Kreisverkehrs, der das Herz von Marneuli ausmachte. Fluchend drehte er eine weitere Runde und erwischte schließlich die richtige Abzweigung.

»Diese verdammten Kleinstädte«, beschwerte sich Ludwig. »Ständig verfährt man sich. Die Kreisel und Kreuzungen sind so überdimensioniert, dass man den Überblick verliert. Man erkennt die Wahlmöglichkeiten immer erst, wenn es zu spät ist.«

Anri schwieg.

»Ja, ja, weiter geht's.«

Ludwig wusste, dass er während der Fahrt ausgesprochen übellaunig gewesen war, was natürlich an seiner Unterhaltung mit Walter lag.

»Waren Sie schon oft in Armenien?«, erkundigte er sich in einem Versuch, sich besser zu benehmen.

»Nein, das Land hat mich nie interessiert.«

Die Rivalität der beiden Länder war legendär. Eigentlich wäre es logisch gewesen, sich zu verbünden, denn diese zutiefst christlichen Länder wurden im Westen, Süden und Osten von muslimischen Nachbarn begrenzt. Aber Armenien hatte aus historischen Gründen Angst vor den Türken, die außerdem Aserbaidschan im Konflikt um Bergkarabach unterstützt hatten. Dies hatte die Armenier dem russischen Bären in die Arme getrieben, dem stets daran gelegen war, sich als unentbehrlicher Beschützer seiner ehemaligen Sowjetvasallen aufzuspielen.

Sie setzten ihre Fahrt durch die relativ flache Landschaft aus grünen Hügeln und Feldern fort, die bereits eine gelblich-müde Färbung aufwiesen. Ludwig versuchte, einen Plan auszuarbeiten.

»Walter meint, dass Koch über fünfzehn Söldner verfügt«, sagte er zu Anri. »Ihr Quartier zu stürmen ist also keine Option.«

»Lieber nicht.«

»Also müssten wir ein paar Leute anheuern … aber ich habe in Eriwan keine entsprechenden Kontakte, und selbst wenn, würde es eine Weile dauern.«

»Vielleicht können wir uns hineinschummeln?«

»Zweifellos die elegantere Lösung.« Ludwig dachte nach. »Wir könnten mit den Amerikanern drohen. Wer will schon eine Tomahawk-Rakete auf den Kopf kriegen?«

»Problematisch ist nur, dass eine solche Rakete den Russen auch nicht gefallen würde. Ich meine, wenn die Drohung überzeugend sein soll. Koch weiß ja, dass der Angriff auf ein Ziel in Armenien wie ein Angriff auf russische Interessen wirken würde.«

»Das ist wirklich heikel.« Ludwig verlangsamte, als er sich einem Streifenwagen näherte, der die Straße entlangtrödelte. Die durchgehende Mittellinie ließ ihm keine andere Wahl, als abzuwarten.

»Ich könnte GT anrufen«, fuhr er fort. »Der könnte sich mit Fran Bowden in Verbindung setzen, damit sie uns beisteht. Aber sie gehört nicht zu den Leuten, die man ohne Not in irgendetwas hineinzieht.«

»GT?«

»Lange Geschichte. Er ist gerade in Tiflis eingetroffen. Mein ewiger Chef, egal wo ich arbeite.«

»Auch bei der CIA?«, fragte Anri vorsichtig.

Ludwig sah keinen Grund, sich dumm zu stellen und seine Vergangenheit zu leugnen. Also antwortete er knapp: »Auch bei der CIA.«

Sobald er wieder überholen durfte, warf Ludwig einen Blick in den linken Seitenspiegel und wollte gerade Gas geben, als der Streifenwagen vor ihm plötzlich beschleunigte.

»Sie wollten uns doch tatsächlich zu einem Verkehrsvergehen verleiten«, murmelte Ludwig.

»Ja, sie versuchen es immer wieder. Gut, dass Sie sich beherrschen konnten.«

Das war nicht einmal ironisch gemeint. Ludwig hatte schon oft erlebt, wie georgische Fahrer die Beherrschung verloren. Rote Ampeln waren häufig mit einer Uhr versehen, die die verbleibenden Sekunden anzeigte. Zahlen unter zehn strapazierten die Geduld.

»Diese schreckliche Hitze«, meinte Ludwig und beschleunigte auf hundert. »Ich begreife nicht, wie ihr das aushaltet.«

»Tun wir nicht. Aber die Hitze geht wieder vorbei. Obwohl sie dann natürlich auch wiederkommt.«

Ludwigs Handy klingelte. Wortlos nahm er das Gespräch entgegen.

»GT ist verschwunden«, sagte Almond am anderen Ende. »Ich habe ihn immer wieder angerufen, und schließlich hat jemand geantwortet, der aber nur Georgisch sprach. Könnten Sie es mal versuchen?«

Ludwig bremste und hielt am Straßenrand. »Was heißt hier verschwunden? Wann haben Sie zuletzt mit ihm gesprochen?«

Das verhieß nichts Gutes. GT war alt und übergewichtig und litt an Diabetes … Was auch immer geschehen sein mochte, so war es ein schlechtes Zeichen, dass ein Fremder das Handygespräch angenommen hatte.

»Gegen Mittag. Er sagte, er sei an etwas dran, wollte mir aber nicht sagen, woran.« Nach einer betretenen Stille fügte Almond hinzu: »Schließlich ist er ja mein Vorgesetzter. Ich hatte also keine Möglichkeit einzugreifen.«

»Nein. Verdammt, wir haben uns gerade über ihn unterhalten. Okay, ich rufe ihn jetzt mal an. Welche Nummer hat er denn hier?«

Almond gab ihm die Nummer, und sie beendeten das Gespräch.

Ludwig musste es fünfmal klingeln lassen, erst dann meldete sich jemand am anderen Ende.

»Hier ist Kommissar Grebaschwili von …« Den Rest konnte Ludwig nicht verstehen und reichte Anri das Telefon. Ein längerer Austausch folgte. Wie üblich erreichte die Lautstärke recht umgehend ein Level, das einen heftigen Streit vermuten ließ, was manchmal der Fall war, meistens aber nicht. Ludwig verstand nur, dass der junge Georgier erst seinen Namen und Rang nannte und anschließend eine Zahlenreihe.

»Er ruft zurück, wenn er meine Angaben überprüft hat«, sagte Anri und legte das Handy auf das Armaturenbrett. »Eigentlich darf er nur … Angehörige informieren.«

»Waren das seine Worte?«

»Ja.«

»Dann ist GT tot.«

»Oder schwer verletzt. Mein Beileid.«

Ein langer Pepsi-Lastwagen fuhr vorbei, geriet etwas zu weit nach rechts und wirbelte eine Staubwolke auf. Die beiden Insassen des Ladas begannen zu husten.

Ludwig konnte sich ein Leben ohne GT einfach nicht vorstellen. Es war wie damals, als sein Vater gestorben war, nur schlimmer. Alle gehässigen Vorwürfe, die sich Ludwig aufgehoben hatte, um sie im geeigneten Moment vorzubringen, alle abschließenden Wortgeplänkel, die er bis ins Detail durchdacht und mit der richtigen Prise Bitterkeit gewürzt hatte. Alle hoffnungslosen Versuche, genau auf die richtige Art Abschied zu nehmen.

Aber so hatte er es sich wirklich nicht vorgestellt. Schließlich war Ludwig derjenige, der die Risiken einging. Er war immer davon ausgegangen, dass er als Erster sterben würde. Er würde das letzte Wort haben und einem von GTs idiotischen Plänen zum Opfer fallen. Und der Alte würde in alle Ewigkeit Ludwigs gehässiges Urteil im Ohr haben.

Auf seinen eigenen Tod bereitete er sich nun schon seit Jahrzehnten vor. GTs Tod hingegen kränkte ihn ungemein, denn er stellte einen unverzeihlichen Aufruhr gegen Ludwigs inneres Feudalsystem dar.

Das Fußvolk starb zuerst, so sah es die allgemeine Ordnung vor. Das war Ehrensache. Das Kanonenfutter starb und tränkte die Erde mit seinem müden, salzigen Blut, damit die Generäle weitere Schlachten austragen konnten.

Und die Zivilisten?

Er nahm einen beherrschten Schluck aus seinem Flachmann. Beinahe hätte er dem Himmel zugeprostet, sozusagen als Abschiedsgeste. Aber erstens wäre es die falsche Richtung gewesen. Und zweitens wollte er das Schicksal nicht herausfordern.

Die Zivilisten.

Nein. Niemals. Nein, nein, nein. Walter durfte nichts zustoßen. Auf gar keinen Fall.

Aber wenn nun doch Koch die …

Ein Klingeln riss Ludwig aus seinen Gedanken.

Anri nahm das Gespräch entgegen und hörte dem Kripobeamten am anderen Ende zu. Nach wenigen Minuten bedankte er sich und legte auf.

»Mein aufrichtiges Beileid«, sagte er zu Ludwig. »Er ist tot. Sie haben ihn in einem Schwefelbad gefunden. Er … es tut mir wirklich leid. Seine Kehle war durchgeschnitten, und er ist verblutet. Jede Hilfe kam zu spät.«

»Gibt es Überwachungskameras?«, fragte Ludwig gefasst.

»Im Bad? Dort gehen die Leute doch mit ihren Geliebten hin. Nein, es gibt keine Aufzeichnungen.«

»Und das Personal?«

»Weiß von nichts. Ganz offensichtlich wurden sie eingeschüchtert.«

»Darf ich?«, fragte Ludwig und griff nach dem Handy.

Dann rief er Almond an, um Bericht zu erstatten. Dessen Kommentar war nicht gerade einfühlsam, aber durchaus zutreffend: »Die Sache geht gerade vollkommen den Bach runter.«

»Wir sind im Hintertreffen«, meinte Ludwig, »und zwar gewaltig.«

»Sind wir überhaupt schon auf dem Spielfeld?«

Ludwig ignorierte diese rhetorische Frage. »Ich hätte da noch einen Wunsch«, sagte er. »Stellen Sie bitte zwei Leute rund um die Uhr zu Walters Schutz ab.«

»Ihr Sohn? Glauben Sie wirklich, dass …«

»Sie haben seinen Computer geklaut. Wenn sie es denn waren. Das Gerät enthält sensible Informationen. Zwei Mann zur Bewachung. Sie können mir die Kosten vom Lohn abziehen.«

»Kein Problem. Ich schicke die Leute sofort los. Ist er in Ihrer Wohnung?«

»Ja. Und sagen Sie ihm, er soll sich nicht anstellen. Manchmal kann er richtig stur sein.«

»Das kann ich mir vorstellen.«

Nachdem Ludwig aufgelegt hatte, öffnete er die Autotür und stieg aus. Nach zwanzig oder dreißig Schritten blieb er im Schatten einiger Bäume stehen und schloss die Augen. Die Kräfte verließen ihn, und er musste sich auf einen Felsen setzen.

Er gab sich redlich Mühe, sich alle Gelegenheiten ins Gedächtnis zu rufen, bei denen sich GT wie ein richtiges Schwein benommen und fatale Entscheidungen getroffen hatte, die andere ausbaden mussten. Er versuchte sich zu erinnern … aber nichts half. Die Nostalgie und der Schock verklärten seine Gedanken – als würde er seine Erinnerungen durch ein Whiskyglas betrachten. Er erinnerte sich nur an die Ereignisse, die er vergessen wollte.

Wir haben es geschafft, hörte er GT am Ufer eines künstlichen Sees bei ihrer ersten Begegnung sagen. *Wir haben diese verdammten feigen leningläubigen Wichser kleingekriegt. Das kann uns niemand nehmen. Wir haben sie in die Knie gezwungen. Wir werden keinen Orden erhalten oder Schlagzeilen machen, aber wir haben es geschafft.*

Dass es trotzdem noch Platz für weitere Gespenster gab!

Nach einer Weile gesellte sich Anri zu ihm. Sie schwiegen eine Weile, dann blickte Ludwig auf und sagte:

»Als ich am Freitag aufgewacht bin, hatte ich keine Ahnung, dass mein Leben plötzlich wieder einen Sinn bekommen würde. Ich werde die Leute finden, die dahinterstecken. Jeden einzelnen Scheißkerl, jeden Mann, jede Frau. Wie viele Verluste sollen wir denn noch hinnehmen, ohne zurückzuschlagen? Das ist doch peinlich. Eine verdammte Katastrophe.«

»Haben Sie einen Plan?«

»Ja. Erst spionieren wir den Feind aus. Mit etwas Glück haben wir einen Vorteil. Einen einzigen. Unsere Gegner haben so viele Erfolge verbucht, dass sie inzwischen vermutlich übermütig geworden sind. Also schleichen wir uns an und fühlen ihnen den Puls.«

»Ich verstehe nicht recht, wie wir das anstellen sollen.«

»Keine Sorge, ich habe eine Idee.«

»Eine gute?«

Ludwig neigte den Kopf zur Seite und schaute erst in die eine, dann in die andere Richtung.

»Eine mittelgute.«

»Und was tun wir«, fragte Anri düster, »wenn wir ihnen den ›Puls gefühlt‹ haben?«

»Dann formieren wir uns neu, sammeln die Truppen und fangen an, die Leute abzuknallen.«

Sameba-Kathedrale
Avlabari, Tiflis, Georgien
So., 3. Juli 2016
[18:35 MEZ+4]

Beim siebten Versuch fand Walter am Taxistand vor der Kathedrale einen Fahrer, der Englisch sprach.

»Ich suche einen Laden für gebrauchte Computer. Solche«, sagte er und zeigte ihm auf dem Display seines Handys das Foto eines Notebooks. »Aber ist überhaupt noch irgendwo geöffnet?«

Es war kurz nach halb sieben. Eine Viertelstunde zuvor hatte der Regen nachgelassen, und die Abendsonne brach durch die dünnen rosa und goldenen Wolken.

Der Fahrer nickte und erwiderte dann: »Steigen Sie ein.«

Walter nahm hinten Platz und suchte automatisch einen Sicherheitsgurt, den es aber nicht gab. Der Fahrer ließ den Motor seines grünen Opel Vectra an, fuhr los und griff gleichzeitig zu seinem Handy, um jemanden anzurufen.

Eine temperamentvolle Unterhaltung folgte, deren Inhalt Walter nur erraten konnte. Dann führte der Fahrer zwei weitere Gespräche. Anschließend sagte er zu Walter:

»Eine äußerst zuverlässige Person hat mir die nötigen Informationen gegeben. Wir haben uns auf einen, wie sagt man, Geschäftsplan geeinigt!«

»Ausgezeichnet«, sagte Walter. »Ausgezeichnet. Sie glauben also, es lässt sich machen?«

Der Fahrer lachte. »Alles lässt sich machen, und wie immer ist es nur eine Frage der Zeit und Geduld. Und natürlich des Gottvertrauens.«

Er bekreuzigte sich auf orthodoxe Art, und zwar von oben nach unten und von rechts nach links.

»Natürlich«, murmelte Walter.

Inzwischen befanden sie sich auf der Autobahn am östlichen Flussufer und fuhren Richtung Norden. Der Opel hatte ein Automatikgetriebe, das aber nicht richtig mithalten konnte: Es reagierte mit Verzögerung und blieb durchweg in einem zu niedrigen Gang, was ein anhaltend heulendes Motorengeräusch zur Folge hatte.

Das hinderte den Fahrer jedoch nicht daran, das arme Fahrzeug auf hundert Sachen zu beschleunigen und im Slalom die Spuren zu wechseln, wenn er sich einem anderen Verkehrsteilnehmer näherte, dessen Gottvertrauen nicht so groß war wie sein eigenes. Selbst ohne Georgischkenntnisse bereitete es Walter keinerlei Schwierigkeiten, den tieferen Sinn der vielen langen Flüche zu erraten, mit denen der Mann am Steuer alle anderen Fahrer bedachte.

Bei Rot stieg er auf die Bremse und hupte den Fahrer vor sich, schon fünf Sekunden bevor die Ampel auf Grün schaltete, an.

Rasch sah Walter ein, dass er seine Überlebensinstinkte vollkommen ausblenden musste. Als das nichts half, schloss er einfach die Augen und hoffte auf das Beste.

»Ich habe es wirklich nicht eilig«, brachte er über die Lippen.

»Das ist gut, denn im Augenblick ist tatsächlich viel Verkehr. Schneller geht es einfach nicht. Tut mir leid. Vielleicht mit einem BMW ...«

Walter wusste nicht, was er darauf antworten sollte.

Warum nur habe ich mir nicht einfach den Computer meines Vaters geliehen? Warum?

»Ich muss tanken«, sagte der Fahrer und bog bei einer Tankstelle ab. Er wechselte ein paar Worte mit dem Tankwart, der sich an der Zapfpistole zu schaffen machte, und zündete sich eine Zigarette an.

Leider hatte Walter noch nicht den Punkt erreicht, an dem ihm alles egal gewesen wäre. Zum ersten Mal in seinem Leben hätte er sich beinahe bekreuzigt.

»Zwanzig Lari«, sagte der Fahrer.

»Das geht ja noch. Für einen vollen Tank?«

»Nein, nur halb voll. Ich brauche zwanzig Lari.«

Jetzt erst fiel bei Walter der Groschen. Er zog seine Brieftasche hervor und reichte dem Mann einen Zwanziger.

»Sehr schön«, erwiderte dieser und gab das Geld an den Tankwart weiter.

Der Fahrer warf die Kippe aus dem Seitenfenster und fuhr an.

Walter drehte sich um und stellte fest, dass niemand die glühende Kippe austrat. Und schon bretterten sie mit hundert Sachen weiter durch die Gegend.

Der Fahrer machte das Radio an: dröhnender, sentimentaler russischer Rock in Moll. Gesungen von einem Mann, der seine Zigaretten vermutlich auf der Stirn des Schäferhundes ausdrückte, neben dem er jeden Morgen aufwachte, bevor er einen halben Liter Wodka konsumierte und sich über die Unzuverlässigkeit der Frauen ausließ.

»Wo kommen Sie her?«, brüllte der Fahrer.

»Aus Deutschland«, brüllte Walter zurück.

»Ein wunderbares Land!«

»Waren Sie schon einmal dort?«

Sie näherten sich der nächsten roten Ampel. »Haha! Nein. Schauen Sie sich mal dieses Bürschchen an, der mit Mamas Mercedes … so eine verdammte …«

Es folgte ein Schwall georgischer Flüche gegen einen jungen

Mann, der versuchte, an einer roten Ampel die Spur zu wechseln, um rechts abzubiegen.

»Das kann der vergessen, dass ich ihn vorlasse. So eine Schwuchtel. Schauen Sie sich den bloß an! *Schauen Sie sich den an!*«

Blech knirschte. Der Fahrer, dem das offenbar gerade recht kam, warf sich aus dem Auto. Mit einem einzigen geschmeidigen Satz stand er neben dem Mercedes und begann auf die Seitenscheibe einzuhämmern. Nach ein paar Sekunden kam der junge Fahrer seiner Aufforderung nach und ließ die Scheibe herunter.

Zwanzig Sekunden später endete die Auseinandersetzung damit, dass der Jüngling, der die ganze Zeit stur vor sich hin gestarrt und sich geweigert hatte, den Taxifahrer auch nur eines Blickes zu würdigen, diesem einen Geldschein reichte.

Sie fuhren weiter. Der Fahrer drehte die Musik leiser. Walter hörte ihn leise vor sich hin lachen.

»Hundert Lari«, sagte er grinsend. »So muss man mit diesen reichen Muttersöhnchen umspringen. Die zahlen alle keine Steuern, es ist also nicht mehr als gerecht. Irgendwann wird eben jeder zur Kasse gebeten.«

Walter wollte bereits fragen, wie viel die Lackreparatur kosten würde, doch dann ging ihm auf, dass das Geld vermutlich für andere Zwecke vorgesehen war, da sich der Wagen insgesamt in einem betrüblichen Zustand befand.

Weitere zehn Minuten ging es Richtung Norden und dann über eine hohe Brücke auf die Westseite des Flusses.

Irgendwo in einem Gewirr aus zehn- und fünfzehnstöckigen Häusern aus der Breschnew-Zeit gab Walter den Versuch auf, sich zu orientieren, und betrachtete einfach nur noch die vorbeiziehenden Gebäude. Einige waren frisch gestrichen, andere schienen einen atomaren Angriff überstanden zu haben, der sie den gesamten Verputz gekostet hatte. Nackt präsentierten sie sich jetzt der Welt. Aber auf den Balkons dieser skelettähnlichen Türme hingen trotzdem Kleidungsstücke und Satellitenschüsseln.

Im Unterschied zu ähnlichen Vierteln in Deutschland gab es hier wenigstens große, grüne Parks, und es herrschte rege Betriebsamkeit. Die Menschen, die hier wohnten, waren möglicherweise arm, aber alles andere als tot. Ihre Kinder lärmten und kreischten, bewarfen sich mit Fußbällen, hingen in Klettergerüsten und fuhren mit viel zu großen Fahrrädern, die von irgendwelchen westlichen Diplomaten zurückgelassen worden waren, durch die Gegend.

Auf der Straße standen die Händler mit Gemüse, Blumen, Honig, Kräutern, SIM-Karten, Glühlampen und Zigaretten, die stückweise zu haben waren. Rostiges Werkzeug, gebrauchte Kinderkleidung, Batterien und Verlängerungskabel wurden ebenfalls feilgeboten. Alte Autoreifen, die man aufgeschnitten und in grellen Farben bemalt hatte, dienten als Blumenkästen. Die Händler verschwanden erst, wenn keine Kunden mehr kamen, und das war gegen Mitternacht. Um sich die Zeit zu vertreiben, spielten sie Schach oder Backgammon oder brüllten in ihre Handys. Waren sie älter, saßen sie gelegentlich da, stützten das Kinn in die Hand und schliefen.

Wenn das hier eine kaukasische Favela ist, dachte Walter, dann zumindest eine ohne schwere Kriminalität und Hunger. In diesem Teil der Welt wurde Status eben anders definiert. Eine Wohnung in der Altstadt aus dem 19. Jahrhundert galt nicht unbedingt als charmant oder schick, sondern nur als alt. Wer hatte schon Lust, sich ohne Fahrstuhl in den fünften Stock zu begeben? Und wo sollten die Kinder spielen? Breschnew hatte gebaut, und das Ergebnis war vielleicht nicht triumphal, aber dauerhaft. Zumindest bis zum nächsten größeren Erdbeben, und wann das sein würde, entschieden Gott, seine Engel und die Heiligen.

Der Fahrer verlangsamte, holperte auf einen hohen Bürgersteig hinauf und parkte zwischen zwei verzinkten Mülltonnen.

»Haben Sie das Geld in bar dabei?«, fragte der Fahrer.

»Ja.«

»Wie viel?«

Die Unterhaltung nahm eine unangenehme Wendung, aber Walter sah keinen anderen Ausweg, als wahrheitsgemäß zu antworten.

»Fünfhundert Lari.«

»Fünfhundert? Meine Güte, kein Wort darüber zu Lexo. Fangen Sie mit zweihundert an. Und lassen Sie sich keinesfalls auf mehr als dreihundert hochhandeln.«

»Okay. Wer ist Lexo?«

»Ein fetter Idiot. Es ist ihm gelungen, meine Cousine zu verhexen, und sie hat ihn geheiratet.«

»Und er besitzt einen Computerladen?«

Der Fahrer drehte sich zur Seite und sah Walter verblüfft an. »Laden? Wissen Sie, was Sie auf den Tisch legen müssen, wenn Sie in einem Laden einkaufen? Da zahlen Sie ja auch noch die Miete, das faule Personal und diese abscheuliche ... wie heißt das doch gleich ... Mehrwertsteuer! In einen Laden zu gehen, um etwas zu kaufen, ist so, als würde man ein Bordell aufzusuchen, um mit einer Frau zu schlafen. Wieso für das ganze Drumherum extra zahlen? Warum nicht direkt zur Quelle gehen und sich die Kosten für alle Leute sparen, die auch noch die Hand aufhalten? Meine Güte, manchmal frage ich mich, ob ihr nicht alle einen Dachschaden habt.«

Damit meinte er natürlich die Westler, aber Walter war nicht beleidigt, weil er sich auch schon ähnliche Gedanken gemacht hatte.

»Da haben Sie sicher recht«, meinte er.

»Natürlich habe ich recht«, erwiderte der andere. »Und jetzt kommen Sie.«

Während die Dämmerung hereinbrach, gingen sie ein paar Häuserblocks weiter. Der Verkehr hatte sich beruhigt und entsprach jetzt ungefähr der Berliner Rushhour. Eine große, weiße Hündin unklarer Rasse leistete ihnen eine Weile Gesellschaft und erfreute sich an dem kurzen Glück der Zugehörigkeit. Vor der Haustür angelangt machte sie kehrt und verschwand, als hätte sie von Anfang an das Ziel der beiden Männer gekannt.

Das Codeschloss, das aus der Zeit der Abakusse und Dampflokomotiven zu stammen schien, bestand aus sechs großen, unnummerierten Tasten. Der Taxifahrer drückte mit viel Kraft auf drei davon, woraufhin sich irgendwo im Innenleben der Metalltür ein Bolzen mit einem rostigen Klicken zur Seite schob.

»Wie heißen Sie eigentlich?«, fragte Walter, als sie das dunkle Treppenhaus betraten.

»Oleg«, antwortete der Mann. »Das ist nicht mein richtiger Name, aber alle nennen mich so, weil ich ein Fan von Dynamo Moskau bin. Haben Sie Münzen? Ich brauche zehn Tetri.«

»Nein, wieso?«

»Verdammt, dann müssen wir zu Fuß gehen. Für den Fahrstuhl braucht man eine Münze.«

»In welches Stockwerk wollen wir?«

»Ins neunte. Ich habe aber keine Lust, irgendwo wechseln zu gehen.«

»Na, dann nehmen wir eben die Treppe.«

Sie begannen den Aufstieg. Diverse Pfützen ließen auf undichte Rohre schließen, außerdem lagen überall Kippen, Kippen und noch mehr Kippen. Von der Decke hingen abgeschnittene, verknotete und mit Isolierband zusammengehaltene Kabel sowie rotbraune Gasleitungen. Dieses Treppenhaus hätte als Schauplatz eines dystopischen Science-Fiction-Films herhalten können.

»Ich heiße übrigens Walter. So hat mich mein Vater getauft, weil er sich bei der sozialistischen deutschen Einheitspartei einschmeicheln wollte, die ihn … ganz genau im Auge behielt.«

»Ha! Also Ostdeutschland? Ihr wart ja noch bescheuerter als wir und habt tatsächlich an diesen Scheiß geglaubt!«

»Ich war noch ziemlich jung, als es damit ein Ende hatte. Seither weiß ich nicht so recht, woran ich glauben soll.«

»Glauben Sie an Gott, mein Freund. Und an die Liebe. Alles andere ist nur, wie nennt man das noch gleich … ein Pyramidensystem.«

Schweigend und immer atemloser kämpften sie sich aufwärts. Mit Pausen brauchten sie gut und gerne zehn Minuten.

Oben angelangt blieben sie einen Moment stehen, um zu verschnaufen. Dann klingelte Oleg an der Tür.

Der große, dicke Mann, der öffnete, war Anfang vierzig oder vielleicht auch nur neunundzwanzig, fast vollkommen kahl und trug ein Ziegenbärtchen. Sein Gesicht war gerötet, und sein massiger Körper füllte fast den ganzen Türrahmen aus.

»Das ist Lexo«, erklärte Oleg überflüssigerweise.

Walter gab ihm die Hand, stellte sich vor und durfte die Diele betreten. Die beiden Georgier fielen sich in die Arme und küssten sich auf die Wangen.

Oleg schob sich in dem engen Raum mit Klinkerboden an Walter vorbei und sagte: »Hier geht's rein.« Er deutete auf eine Tür rechts.

Walter schob die angelehnte Tür auf. Das zwanzig Quadratmeter große Wohnzimmer war zwar kein Laden, aber beinahe.

Auf einem Plasmabildschirm an der Wand lief eine georgische Castingshow. Drei Frauen in Kopftuch sangen mehrstimmig und spielten auf winzigen Saiteninstrumenten, während etwa zehn junge Männer in schwarzer Tracht wild um sie herumtanzten, was das Publikum sehr zu amüsieren schien.

Im Übrigen war das Zimmer mit Kartons angefüllt, die alle erdenklichen elektronischen Geräte enthielten: Spielekonsolen, Desktops, Notebooks, Fernseher, Stereoanlagen, Telefone, Tablets, Kabel, Adapter, Kopfhörer, Drucker und sogar ein paar Faxgeräte.

Lexo sagte etwas, und Oleg übersetzte: »Er erkundigt sich nach Ihren Wünschen. Er will Ihnen gerne helfen und hofft, dass ihr euch handelseinig werdet. Damit will er den Grundstein zu einer dauerhaften und erfolgreichen Geschäftsbeziehung legen.«

Walter nickte feierlich. »Ich hätte gerne ein Windows-Notebook.«

Das verstand Lexo und erklärte: »Apple ist aber besser.«

»Nein, ich will Windows.«

»Heute gibt es einen sehr guten Preis für Apple.«

»Mir ist wie gesagt Windows lieber.«

»Aber Apple ist angesagter. Super Design! Und erst das Gefühl! Windows? Ist doch nur was für schmutzige Bauern.«

Aus einem Schrank nahm er eine Flasche Finlandia Vodka und füllte drei Wassergläser.

»Bester Wodka der Welt«, sagte er und hob sein Glas. Walter trank einen kleinen Schluck.

Oleg leerte das halbe Glas.

Lexo trank keinen Tropfen und fuhr mit ernster Miene fort: »Das ist genau wie bei Computern. Nur das Beste.«

Verzweifelt sah Walter seinen Begleiter an.

Oleg zuckte mit den Achseln. Dann ließ er sich in einen Sessel sinken, zog eine Tüte Sonnenblumenkerne aus der Hosentasche und begann zu essen. Die Schalen rieselten leise auf das Linoleum. Er lächelte trunken und meinte:

»Nur eine lange Verhandlung ist eine gute Verhandlung.«

Weg 7
Niemandsland zwischen Georgien und Armenien
So., 3. Juli 2016
[20:15 MEZ+4]

Sie verließen den georgischen Grenzposten, einige weiße Gebäude mit großen Fenstern, jungen, gutgelaunten Polizisten sowie einer Bank, in der man Zölle mit Karte zahlen konnte. Dann näherten sie sich dem armenischen Posten, und damit einem anderen Zeitalter.

Ein ausgezehrter Mann mittleren Alters saß in einem Häuschen, dessen Fenster mit einer dicken Schmutzschicht überzogen war. Er trug eine braungrüne Uniform und eine riesige Mütze im KGB-Stil. Hinter ihm an der Wand lehnten zwei Kalaschnikows.

»Grund der Reise?«, fragte der Polizist, der sehr träge wirkte und nicht einmal in dem Pass blätterte, den ihm Ludwig hingelegt hatte. Auch der Kraftfahrzeugschein schien ihn nicht weiter zu interessieren.

»Urlaub«, entgegnete Ludwig.

»Zusammen?«, fragte der Polizist und zog eine Braue hoch.

»Das ist mein georgischer Dolmetscher.«

»Mit Georgisch können Sie hier nichts anfangen.«

»Auch sein Russisch ist besser als meins.«

»Ihr Russisch ist ausgezeichnet.«

»Vielen Dank.«

Ludwig wich dem Blick des Mannes nicht aus. Nach einer halben Ewigkeit schlug dieser die Augen nieder und begann im Pass zu blättern.

»Haben Sie Alkohol getrunken?«

»Heute noch nicht.«

»Sie haben eine Fahne.«

»Die ist noch von gestern.«

»Was haben Sie gestern getan?«

»Getrunken.«

»Wie viel?«

»Nicht genug.«

»Sie waren recht lange in Georgistan«, wechselte der Mann das Thema.

»Das stimmt«, erwiderte Ludwig.

»Und reisen jetzt zum ersten Mal nach Armenien?«

»Ja.«

»Haben Sie vor, die Grenzregion nach Aserbaidschan aufzusuchen?«

»Keinesfalls.«

»Das ist nämlich strengstens verboten.«

»Das ist mir bekannt.«

»Was haben Sie im Auto?«

»Nicht viel.«

»Antiquitäten?«

»Nein, das nicht.«

»Messer? Andere Waffen? Drogen? Arzneimittel? Tiere?«

»Nein, nein.«

»Bargeld?«

»Nur sehr wenig.«

»Wie wenig?« Der Polizist warf einen Blick auf ein anderes Wachhäuschen, das aber leer zu sein schien. »Zeigen Sie mir Ihre Brieftasche.«

Ludwig sah Anri an, der wie ein in die Enge getriebenes Pferd stur geradeaus schaute.

»Was meinen Sie?«, fragte Ludwig ihn auf Englisch.

»Ich fühle mich zurückversetzt in die schlimmen neunziger Jahre«, meinte Anri. Dann seufzte er. »Geben Sie ihm einfach die Brieftasche.«

Ludwig zog sie heraus. Der Polizist beugte sich vor und leerte sie mit rekordverdächtiger Fingerfertigkeit.

»Also kein Bargeld«, sagte er dann mit lakonischer Stimme und gab die Brieftasche zurück.

»Na so was. Ich muss das Bargeld zu Hause vergessen haben.«

»Kommt vor. Weiter vorne gibt es einen Geldautomaten. Für den Zoll und die Genehmigung zur Einführung eines Kraftfahrzeugs benötigen Sie Bargeld. Außerdem müssen Sie eine Autoversicherung für die Zeit Ihres Besuchs abschließen.«

»Das tue ich gerne.«

Rasch stempelte der Mann ihre Pässe und bedeutete Ludwig, weiterzufahren. Der Schlagbaum ging hoch.

Hinter ihnen hatte sich eine lange Schlange gebildet. Ludwig ließ den Motor an und fuhr los.

»Was wäre passiert, wenn ich kein Geld gehabt hätte?«, fragte er Anri.

»Nichts. Dann hätte er auf den nächsten exotischen Westler gewartet. Wie Ihnen sicher aufgefallen ist, hat ihn meine Brieftasche nicht weiter interessiert.«

»Weil Sie Georgier sind.«

»Ja. Deswegen bin ich arm. Vor allen Dingen weiß er, dass ein Georgier bei der Einreise in sein Land nie auf den Gedanken kommen würde, Bargeld mitzunehmen.«

Sie fuhren auf einem unbefestigten Weg zwischen niedrigen Gebäuden hindurch. Rauch stieg aus den Schornsteinen einiger Gaststätten, und in der Luft hing ein Geruch nach Gegrilltem, wie es ihn nur in ehemaligen Sowjetrepubliken gab – süßlich und wegen des nassen Brennholzes auch stechend. Ludwig entdeckte den Geldautomaten und fuhr langsamer.

»Wie viel soll ich abheben? Ich habe das Gefühl, dass es einiges kosten könnte.«

»Sechzig Dollar. Das macht drei Scheine, die Sie in drei verschiedene Taschen legen. Einen für den Zöllner, einen für die Einfuhr des Kraftfahrzeugs und einen für die Versicherung. Die Versicherungsleute sind meistens ehrlich und geben Ihnen vielleicht sogar Wechselgeld raus.«

Ludwig hielt an und stieg aus. Der Geldautomat erinnerte ihn an den Film *War Games*, eines der vielen seltsamen Videos, die er sich in den Neunzigern ausgeliehen hatte, um sich ein Bild davon zu machen, wie der Kalte Krieg im Westen geschildert wurde. Dabei fiel ihm die klassische, vom Computer geäußerte Zeile wieder ein:

Ein seltsames Spiel. Der einzig gewinnbringende Zug ist, nicht zu spielen.

Aber es war zu spät, diesen Rat zu beherzigen.

Ein magerer, dunkelhaariger Zwölfjähriger rannte auf ihn zu. Er trug Jeans, Turnschuhe und ein T-Shirt mit einem Rambo-Bild.

»Hallo!«, rief er auf Englisch. »Ich helfe Ihnen.«

»Ich komme auch so zurecht«, erwiderte Ludwig und zog seine Karte aus dem Geldautomaten.

»Sie und ich, wir werden gute Freunde. Sie haben einen schönen Niva. Der kommt mit den armenischen Straßen gut klar. Aber erst müssen wir die Genehmigung besorgen, sonst müssen Sie den ganzen Weg nach Eriwan zu Fuß gehen! Und das macht keinen Spaß. Kommen Sie mit.«

Mit großem Selbstvertrauen ging der Junge auf eine Tür zu. Ludwig zuckte mit den Achseln und trottete hinter ihm her.

Sie betraten einen Saal, der an einen alten Bahnhof erinnerte und in Afghanistan hätte liegen können. Ludwig war noch nie so vielen schmutzigen Kettenrauchern an ein und demselben Ort begegnet. Sie bildeten eine rastlose Schlange und schrien sich fortwährend an, schubsten sich, drohten einander mit dem Tod, brachen im nächsten Augenblick in schallendes Gelächter aus und boten ihren ehemaligen Todfeinden Zigaretten an.

An den Wänden standen einige Frauen mit verschränkten Armen und hochmütigen Mienen, die sich den Anschein gaben, als hätten sie nur ein paar Scheiben Wurst kaufen wollen und wären zufällig in die Schlachterei hinter dem Laden geraten. Ihre nikotingelben Finger waren untätig, denn wie in Georgien rauchten die Frauen auch hier nicht in Anwesenheit von Männern. Das wäre ein Anzeichen russischer Dekadenz oder Liederlichkeit gewesen.

Ungeniert drängte sich Ludwigs junger Begleiter an der Schlange vorbei und gab ihm dann ein Zeichen, sich neben ihn zu stellen. Als er der Forderung nachkam, hob ein allgemeines Lamentieren an. Alle schwenkten ihre Zulassungen, und ein untersetzter Mann verließ seinen Platz in der Schlange, was ihn seinem Ziel sicherlich nicht näher brachte. Seiner Miene nach zu urteilen sehnte er sich schon länger nach einer blutigen Schlägerei.

Aber der Junge grinste nur. Dann brüllte er wortreich etwas auf Armenisch, und alle Blicke richteten sich auf Ludwig. Eine halbe Sekunde später schlug die Stimmung um. Nach großem Gelächter wandten sich die Wartenden wieder ihren eigenen Belangen zu.

»Was hast du zu ihnen gesagt?«, fragte Ludwig.

»Dass Sie ein Zeuge Jehovas sind«, erklärte der Junge. »Das finden sie immer lustig.«

»Wie praktisch.«

»Zu jedem Schloss gibt es einen Schlüssel, mein Freund. Das habe ich irgendwo gelesen.«

*

Knapp eine Stunde und drei Zwanzigdollarscheine später hatten sie sämtliche bürokratischen Hürden überwunden. Von dem Versicherungsmann bekam Ludwig zwar kein Wechselgeld, dafür aber ein verkohltes Stück Braten und ein paar pralle, reife Tomaten.

Als sie den letzten Schlagbaum hinter sich gelassen hatten, war es fast dunkel. Die Umrisse von Kiefern und Tannen zeichneten sich vor einem bleistiftgrauen Himmelsgewölbe ab. In den Tälern lagen uralte Fabriken mit hohen schlanken Schornsteinen aus gebrannten Ziegeln. Aus einigen, zu denen sich die bleichen Skelette von Baukränen gesellten, stieg Rauch auf.

Die Straßen waren menschenleer und verkehrsfrei.

In den wenigen Häusern brannte kein Licht.

»Wo sind die ganzen Menschen?«, fragte Ludwig, nachdem sie eine Stunde lang Richtung Süden gefahren waren.

»In Eriwan.«

»Und was machen sie da?«

»Sie tun so, als würden sie Geld verdienen«, erwiderte Anri und gähnte herzhaft. »Die Armenier sind vielleicht in mancher Hinsicht rückständig, aber in Sachen Urbanisierung haben sie es sehr weit gebracht. Ich glaube, fast hundert Prozent der Bevölkerung lebt in der Stadt.«

»Tragisch.«

»Durchaus! Aber wer kann schon die Zukunft aufhalten?«

Kurz darauf schlief Anri ein, und Ludwig sann alleine über diese äußerst berechtigte Frage des jungen Mannes weiter.

GENOSSE LICHT

Terups Delicatessen & Deli
Sololaki, Tiflis, Georgien
So., 3. Juli 2016
[23:10 MEZ+4]

Das kleine skandinavische Restaurant in der Lado-Asatiani-Straße besaß viele Vorzüge, zu denen allerdings nicht eine gute Klimaanlage zählte. Im Obergeschoss war es heiß wie in einem Dampfkochtopf. Jack Almond wartete nun schon seit zwei Stunden darauf, dass sich die Gäste verabschieden würden – mit einer Ausnahme.

Neben Almond stand eine Papiertüte von Massimo Dutti, in der ein Stapel Ausdrucke und darauf einige Kleidungsstücke lagen, die er wenige Stunden zuvor gekauft hatte. Er hoffte, dass sie möglicherweise dem Freund der Frau passen würden, auf deren Okay er gerade wartete.

Sie saß in der gegenüberliegenden Ecke des Lokals. Kurzes Haar, südostasiatischer Ursprung, Jeansshorts und grünes Armeehemd, undefinierbares Alter. Auf dem Stuhl neben ihr ein Rucksack, an dem eine Isomatte festgeschnallt war. Im Gewimmel der Stadt würde sie zwischen den Wanderern und Fahrradtouristen, die in Georgien unterwegs waren, nicht weiter auffallen.

Beide behielten die Treppe im Blick. Inzwischen war das Lokal leer, bis auf den fröhlichen bärtigen Besitzer, der im Untergeschoss aufräumte und dabei sang.

Almond hatte die Übergabe nach allen Regeln der Kunst vorbereitet. Er hatte ein Internetcafé aufgesucht und sich in einen Hotmail-Account eingeloggt, den er nur für solche Zwecke verwendete. Er schrieb eine Mail, verschickte sie aber nicht, sondern speicherte sie als Entwurf. In der Mitteilung gab er, wie vereinbart, den Zeitpunkt mit »irgendwann nächste Woche« an (was neun Uhr am selben Abend bedeutete) und den Ort mit Roskilde (womit das skandinavische Restaurant gemeint war).

Irgendwo im Dubliner Bankenviertel gab es eine Schaltzentrale, von der aus drei Angestellte rund um die Uhr die Mail-Accounts der CIA in Europa im Auge behielten. Als sein Entwurf gelöscht wurde, wusste Almond, dass man seine Anfrage gelesen hatte. Eine halbe Stunde später leitete der Kollege in Dublin die Anfrage über einen anderen Mail-Account an die CIA-Filiale in Tiflis weiter. Die Bestätigung erschien als Entwurf mit folgendem Wortlaut in Almonds Postfach: »Ich bitte, auf diese Angelegenheit zurückkommen zu dürfen.« Was so viel wie Ja bedeutete. Almond löschte den Entwurf, loggte sich aus und löschte den Verlauf.

Natürlich bestand die Gefahr, dass die Agentin jetzt enttarnt wurde, weil fast alle Angestellten der amerikanischen Botschaft, die auch für die CIA arbeiteten, den Russen bekannt waren. Nur bei den neuen Mitarbeitern, die erst im letzten Vierteljahr nach Tiflis eingeflogen worden waren, bestand noch Hoffnung. Für Almond war es jedoch noch wichtiger, die eigene Enttarnung zu verhindern. Aber wenn er daran dachte, was GT vor einigen Stunden zugestoßen war …

Er wischte seine Bedenken beiseite. Schließlich hatte sich GT in eine Falle locken lassen.

Und trotzdem – warum war überhaupt jemand auf die Idee gekommen, mit diesem alten Irren Kontakt aufzunehmen? Wer wusste schon, dass die EXPLCO ein Büro in der Stadt unterhielt?

Dieses Doppelleben wird mir zu viel, dachte er. Irgendwann muss ich mich doch zurücklehnen dürfen, verdammt noch mal. In einem großen, kühlen Büro in Langley … in einem hell und sparsam möblierten, eiskalten Büro …

Oder auf einem Posten in einer halbwegs anständigen Hauptstadt. London. Madrid. Egal wo. Im Augenblick hätte er sich sogar mit Reykjavik begnügt. Vielleicht war ja sein Einsatz an diesem Abend der entscheidende Schritt auf dem Weg dorthin. Fran Bowden würde sein Geschenk zu schätzen wissen, so viel war klar. Ob das aber ausreichte? Wenn sie ihre Versprechen hielt, dann aus dem immergleichen Grund: aus kaltblütigem, abgebrühtem Egoismus. Niemand, außer der Herrgott persönlich, konnte dieser Frau den Puls fühlen.

Sein Handy summte in der Brusttasche: eine Nachricht von Walter Lichts Schutzpatrouille.

Schutzobjekt immer noch abwesend. Wir halten die Stellung vor der Wohnung. Warten auf weitere Anweisungen.

Der Mann, der den Text verfasst hatte, war zweifellos der ehemalige Navy-SEAL Colbert, ein Vollidiot und Vollzeitjunkie. Almond hatte zweimal versucht, ihn loszuwerden, aber das EXPLCO-Headquarter wollte ihn behalten, weil er fließend Deutsch und Arabisch sprach und weil die Abfindungssumme in seinem Vertrag versehentlich eine Null zu viel erhalten hatte.

Der private Sektor, dachte Almond und verstaute das Handy wieder in der Tasche, ist der einzige Bereich, der schlimmer ist als der öffentliche.

Die Frau in der Ecke nahm ihre Armbanduhr ab und legte sie auf den Tisch. Dann band sie sie verkehrt herum wieder um.

Das vereinbarte Zeichen. Almond erhob sich. Ohne sie anzusehen und ohne die Kleidertüte mitzunehmen, ging er die Treppe hinunter. Im Erdgeschoss, in dem es inzwischen stockdunkel war, wartete der dänische Besitzer des Lokals.

»Ich nehme gerne den Hinterausgang«, sagte Almond.

»Kein Problem. Wenn Sie mir folgen wollen?«, sagte der übereifrige Däne mit großem Ernst und deutete auf eine Treppe, die in die Küche führte.

»Darf es noch ein Gläschen zur Stärkung sein?«, fragte er, als sie unten waren.

»Nein danke, ich …«

Dann besann er sich. Solange ihm die CIA keinen Lohn zahlte, musste er sich auch nicht an ihre Dienstregeln halten.

»Warum eigentlich nicht.«

Der Däne füllte zwei große Gläser bis zur Hälfte.

»Apfelschnaps aus Gori«, sagte er stolz.

Almond probierte. »Nicht schlecht.«

»Mit einer leichten Zimtnote – das war mein Vorschlag.«

»Man dankt«, sagte Almond und kippte den Rest. Der Alkohol beruhigte ihn sogleich. »Und die Geschäfte laufen gut?«

»Nein, im Gegenteil. Wir machen zu.«

»Das tut mir leid.«

»Abwechslung tut gut! Vielleicht züchten wir stattdessen Schweine oben in Racha.«

»Eine wunderbare Idee«, erwiderte Almond zweifelnd und trank den letzten Tropfen. »Jedenfalls vielen Dank für Ihren Einsatz.«

Dann zog er ein Bündel Geldscheine aus der Tasche und legte es auf die Spüle.

»Es war mir in jeder Hinsicht ein Vergnügen«, sagte der Däne und begleitete ihn zum Hinterausgang.

Ausnahmsweise war es draußen kühler – der Regen am Spätnachmittag hatte ganze Arbeit geleistet. Almond wartete mehrere Minuten und ging dann durch einen niedrigen Torbogen auf den nächsten Innenhof. Von dort aus erreichte er den nächsten und trat schließlich zwei Blöcke weiter wieder auf die Straße. Dort, in dem Gewirr aus Taxis, heimwärts flanierenden Restaurantbesuchern und Straßenhändlern, löste er sich auf und wurde eins mit der Stadt, die er so sehr verabscheute.

Niko-Lomouri-Straße
Avlabari, Tiflis, Georgien
So., 4. Juli 2016
[0:15 MEZ+4]

Mit einem MacBook Pro in einem ramponierten, mit Klebestreifen reparierten Originalkarton unter dem Arm machte sich Walter vor der Kathedrale, wo ihn der noch nicht ganz nüchterne Oleg abgesetzt hatte, auf den kurzen Weg zur Wohnung seines Vaters. Manchmal ist es gar nicht so schlecht, ein paar Gläser intus zu haben, wenn man in dieser Stadt Auto fährt, dachte er. Dann sieht man alles gelassener und gerät nicht so schnell in Streit …

Walter war ungewöhnlich erschöpft. Allmählich begriff er, was sein Vater durchgemacht haben musste, um sich in dieser absurden Welt zu akklimatisieren. Oder aber – und dieser Gedanke trieb ihn fast zum Wahnsinn – der Alte war so sehr von Alkohol durchtränkt und von Liebe zu sich selbst erfüllt, dass er vollkommen abgestumpft war.

Nur jede dritte oder vierte Straßenlaterne brannte, aber der Präsidentenpalast erstrahlte in vollem Glanz, wodurch auch die Niko-Lomouri-Straße in ein fahles Licht getaucht wurde. Walter bemerkte zwei Gestalten vor der Haustür seines Vaters, die für Durchschnittsgeorgier etwas zu groß und viel zu durchtrainiert waren. Da entdeckten sie ihn.

»Licht«, rief der eine und kam näher.

»Ja?«, erwiderte Walter zögernd und blieb stehen.

»Wir müssen …«

Mehr hörte er nicht. Schräg hinter ihm auf der anderen Straßenseite sprang ein Motor an. Eine Sekunde später befand sich der Wagen auf seiner Höhe. Eine Tür wurde aufgerissen, und eine Hand packte ihn hinten am Hemd. Er ließ das Notebook fallen und wurde ins Auto gezerrt. Eine Gestalt beugte sich über ihn und zog die Tür zu. Unverzüglich fuhr das Auto wieder an.

Walters Kopf lag auf dem Schoß eines großen Mannes, der etwas außer Atem geraten war und ihn festhielt, indem er ihm eine Hand auf die Stirn presste. Wortlos starrten sie sich an.

Plötzlich rief der Mann am Steuer auf Deutsch: »Scheiße!«, zog den Kopf ein und riss das Lenkrad herum.

Zwei Pistolenschüsse hallten durch die junge Nacht. Die Windschutzscheibe zersplitterte zu zwei großen runden Spinnweben. Der Fahrer schaute rasch hoch, um sich zu orientieren, zog dann wieder den Kopf ein und gab Gas.

Der große Mann auf dem Rücksitz blieb gelassen. Er musste sich nicht einmal sonderlich anstrengen, um Walter festzuhalten, denn der war in erster Linie froh, sich nicht in der Schusslinie zu befinden.

»Fahr ich geradeaus?«, sagte der Fahrer atemlos. »Fahr ich geradeaus?«

»Ja, ja. Du kannst beschleunigen«, sagte der Riese. »Sie werden uns nicht mehr einholen. Ich habe keine weiteren Autos auf der Straße gesehen, sie müssen woanders parken. Pass auf! Brems ab, los, brems doch, verdammt!«

Der Riese nahm die Hand von Walters Stirn, und dieser richtete sich auf, um zu sehen, was passierte. Sie hielten auf einen Laternenpfahl zu, aber dem Fahrer gelang es noch rechtzeitig, den Wagen zum Stehen zu bringen.

»Setz dich wieder normal hin und fahr weiter«, wies ihn der Riese an.

Sein Deutsch hatte einen starken Akzent und klang schwerfälliger als das Berlinerische des Fahrers, das einen Migrationshintergrund verriet.

»Ja, ja«, erwiderte dieser. »Ist ja schon gut.« Er richtete sich auf und warf einen Blick in den Rückspiegel. »Mann, die Kugeln haben die Scheibe durchlöchert, und jetzt sieht man überhaupt nichts mehr.« Er holte ein paarmal tief Luft, sammelte sich, legte den ersten Gang ein und fuhr los.

»Tut mir leid, dass ich so unbeherrscht war«, sagte der Riese leise.

»Kein Problem. Ich war auf diesen Schlamassel einfach nicht vorbereitet. Wie geht es unserem Gast?«

»Bestens.«

»Na dann.«

Sie fuhren eine Weile bergab, dann ging es auf ebener Straße in nördlicher Richtung weiter.

Walter nahm seinen Mut zusammen und sagte:

»Ich glaube, da hat jemand einen riesigen Fehler gemacht.«

»Das glaube ich auch«, erwiderte der Fahrer. »Hoffentlich bleibt es bei diesem einen.«

Walter schleuste diese Bemerkung durch das Sprachzentrum seines Gehirns. Eine einleuchtende Deutung wollte sich jedoch nicht herauskristallisieren.

Die Männer vor dem Haus seines Vaters hatten seinen Namen gerufen. Sie hatten auf ihn gewartet und wohl kaum beabsichtigt, ihn zu entführen. Aber diese Leute hier?

»Wissen Sie eigentlich, wer ich bin?«, fragte er.

»Natürlich. Sie sind derjenige, der den großen Fehler begangen hat.«

M8
Vanadzor, Lori, Armenien
Mo., 4. Juli 2016
[1:20 MEZ+4]

Zehn Minuten vertrat sich Ludwig im Dunkeln neben einem Abgrund ohne Geländer die Beine. Die Scheinwerfer des Niva, in dem Anri schlummerte, waren ausgeschaltet. Als Ludwig zu seinem Auto zurückkehrte, hatte er sich einen Plan zurechtgelegt.

Er lehnte sich an den Wagen, zog sein Handy aus der Tasche und wählte Pauline Hollisters Nummer.

Nach dem dritten Klingeln wurde das Gespräch schweigend entgegengenommen.

Das Gespenst.

»Hallo?«, sagte Ludwig. »Sprechen Sie Deutsch? Hier ist Licht.«

Stille.

»Dürfte ich Sie bitten, das Handy an Frau Koch weiterzureichen?«

Nach einer langen Pause war eine Männerstimme zu vernehmen: »Es ist spät. Was darf ich ihr ausrichten?«

»Sie können ihr ausrichten, dass ich mich darauf freue, sie morgen früh in einem Gasthof südlich von Vanadzor zu treffen. Er befindet sich in der Nähe eines länglichen Friedhofs direkt am Fluss und öffnet um halb acht. Wir kommen zu zweit, Sie dürfen sie also gerne begleiten, falls sie das wünscht. Keine Waffen, keine Dummheiten. Manchmal ist es für alle Beteiligten von Vorteil, die Möglichkeiten zu einem konstruktiven Dialog auszuschöpfen.«

»Interessant«, erwiderte der Mann. »Ich denke aber, dass sie den Ort der Begegnung lieber selber wählt. Außerdem dauert es zwei Stunden …«

»Ja, ja. Dann also bis halb acht im Gasthof.« Ludwig beendete das Gespräch und setzte sich ans Steuer.

Anri starrte ihn an. Er hatte das Gespräch durch die kaputte Scheibe mitgehört.

»Morgen früh wird es eine Besprechung geben«, sagte Ludwig.

»Ja, das habe ich mitgekriegt … Erstaunlicher Plan, das muss ich schon sagen. Und was machen wir jetzt?«

»Jetzt kehren wir in die Stadt zurück, die wir soeben hinter uns gelassen haben. Dort suchen wir einen Geldautomaten. Und dann machen wir ein paar armenische Bullen ausfindig, die mit ihrem Lohn nicht hundertprozentig zufrieden sind.«

»Sie werden sie aber nicht zu einer Festnahme überreden können.«

»Das will ich auch gar nicht. Was haben uns unsere Gegner der letzten fünfzehn Jahre über asymmetrische Kriegsführung beigebracht? Es vereinfacht die Dinge, wenn man sich …«

»… menschlicher Schutzschilde bedient«, beendete der Georgier den Satz.

»Genau. Wir gönnen uns ein wenig Luxus und mieten uns menschliche Schutzschilde … die eine Dienstwaffe tragen. Nein, sie werden keine Lust haben, jemanden festzunehmen, aber es wird ihnen auch nicht gefallen, beschossen zu werden.«

»Könnte funktionieren«, räumte Anri ein.

»Ich habe schon mit schlechteren Karten überlebt.«

»Sie sind ein faszinierender Agent. Ihre Arbeitsmethoden sind wirklich inspirierend für mich.«

Ludwig wollte den vermeintlichen Sarkasmus mit gleicher Münze zurückzahlen, aber als er Anri betrachtete, wurde ihm klar, dass er seine Äußerung ernst gemeint hatte. Spätestens in diesem Moment begann Ludwig, an seinem eigenen Plan zu zweifeln.

»In der Einfachheit liegt die Stärke«, sagte er, wie um sich selbst zu überzeugen. »Man sollte sich nie verzetteln. Je einfacher der Plan, desto geringer die Fallhöhe.«

Jetzt war der richtige Zeitpunkt für den Flachmann gekommen. Anri wirkte kein bisschen erstaunt, was Ludwig irgendwie ein wenig kränkte. Ohne Widerrede nahm der junge Mann auf Ludwigs Aufforderung hin auch einen Schluck. Ludwig ließ den Motor an und wendete. Dann fuhren sie durch die Nacht auf die Morgendämmerung zu, von der nur die Götter wussten, wie sie aussehen würde.

M8
Vanadzor, Lori, Armenien
Mo., 4. Juli 2016
[7:20 MEZ+4]

Das Gasthaus, das ein blinkendes Schild am Straßenrand stolz zum Bistro erklärte, lag recht abgeschieden. Normalerweise hätte Ludwig das für einen Vorteil gehalten, jetzt aber kamen ihm Bedenken.

Auf dem unbefestigten Parkplatz, wo ein paar Welpen spielten, lag ein Brunnen. Das Gasthaus war alt mit einigen neueren Anbauten aus Wellblech, Styropor und Spanplatten. Die Fensteröffnungen auf der Rückseite hatten keine Scheiben, sondern nur Gardinen und Plastikplanen. Diese mochten vor Zugluft schützen, konnten jedoch nicht das Donnern des Flusses dämpfen, der unterhalb des Gebäudes vorbeiströmte.

Ludwig fühlte sich völlig zerschlagen, denn sie hatten die Nacht im Auto vor der Polizeiwache verbracht, eine Unannehmlichkeit, die Anri augenscheinlich nichts ausgemacht hatte.

Die beiden nahmen im Hinterzimmer Platz.

»Kaffee«, sagte Ludwig zu der Wirtin. Sie sah ihn enttäuscht an.

»Frühstück«, erwiderte sie.

»Nicht nötig.«

Sie nickte nachdrücklich. »Kaffee, Brot, Eier, Käse, Obst.«

»Klingt gut«, mischte sich Anri ein.

Punkt halb acht wurde aufgetragen. Ludwig stürzte den kochend heißen Kaffee in drei wohltuenden Schlucken herunter und bat um eine weitere Tasse. Er hätte alles für einen großen Wodka gegeben, beherrschte sich aber. Den Wodka konnte er sich hoffentlich später genehmigen.

Die Glocke über der Tür bimmelte. Kurz darauf betrat ein Mann in Ludwigs Alter die Gaststube.

»Licht«, sagte er.

»Allerdings«, entgegnete Ludwig.

Der Mann sah sich gründlich um. Er war dunkelhaarig und groß und trug ein pedantisch gestutztes Ziegenbärtchen, das ihm zusammen mit der runden Nickelbrille das Aussehen eines Lenin-Anhängers aus der Zeit um 1910 verlieh. Das schwarze Jackett und die graue Hose erinnerten an einen Hotelmanager, während seine Bewegungen ein wenig haifischartig wirkten – ein Eindruck, der durch seine spitze Nase noch verstärkt wurde.

»Wenn ich bitten dürfte«, sagte er und forderte Ludwig und Anri mit einer Handbewegung auf, sich zu erheben.

Sie standen auf und ließen sich filzen.

»Ausgezeichnet«, meinte er, nachdem er ihre Handys konfisziert hatte. »Die behalte ich, bis wir fertig sind. Warten Sie bitte einen Augenblick.«

Er entfernte sich.

Eine Minute später trat Frauke Koch ein.

Die rothaarige, zierliche Frau sah noch genauso aus, wie Ludwig sie in Erinnerung hatte. Vielleicht etwas verlebter, aber zugleich durchtrainierter. Ludwig wünschte sich, die Jahre wären ebenso schonend mit ihm selbst umgegangen.

Im Gegensatz zu früher trug Frauke Koch eine Armeeuniform, was schon ein gewisses Selbstvertrauen erforderte, da sie sich auf dem Territorium einer fremden Macht befand. Und schon wieder wurde Ludwig von gewaltigen Zweifeln an seinem Plan überwältigt.

Zu spät. Jetzt galt es, ihn durchzuziehen. Und Frauke Koch war, soweit Ludwig sehen konnte, unbewaffnet.

Ihr Untergebener lehnte mit verschränkten Armen an der Wand. Höflich bot Ludwig Frauke Koch einen Stuhl an, und sie nahm Platz, nachdem sie der Welt ein sehr kurzes Lächeln geschenkt hatte.

»Genosse Licht«, sagte sie.

»Oberst Koch. Oder erinnere ich mich falsch?«

»Heutzutage genügt Genossin Koch.«

Eine halbe Minute lang musterten sie einander. »Wo steckt Pauline Hollister?«, fragte Ludwig schließlich.

»Was willst du hier, Ludwig? Warum mischst du dich in fremde Angelegenheiten ein?«

Dass sie zum Du überging, war zwar erstaunlich, beeindruckte Ludwig aber nicht sonderlich.

»Wenn du meine Frage beantwortest, bringt uns das vielleicht weiter.«

»Pauline«, antwortete Frauke Koch und seufzte, »ist genau da, wo sie hingehört.«

»Das ist keine Antwort.«

Wieder ertönte die Glocke über der Tür. Vier übernächtigte, aufgeregte Polizisten traten ein und setzten sich an einen Tisch. Ihre Pistolen waren das Einzige, was Eindruck machte.

Koch bedachte erst die Polizisten und dann Ludwig mit einem finsteren Blick.

»Und ich war so höflich, deine Anweisungen für diese Besprechung zu befolgen.«

»Betrachte sie als Teil der Einrichtung.«

»Das tue ich. Und wenn diese … Möbelstücke … jetzt irgendetwas anrichten, habe ich durchaus ein paar Telefonnummern, die ich anrufen könnte.«

»Telefonnummern haben wir alle«, konterte Ludwig.

»Dann hättest du nicht diese Dorfdeppen anheuern müssen«, bemerkte Frauke Koch, die Ludwig durchschaut hatte.

»Ich bin ein Mann mit schlichtem Geschmack. Ich kann dir versichern, dass sie kein Deutsch verstehen. Wir können uns also ungestört unterhalten.«

»In diesem Punkt glaube ich dir sogar.« Sie wandte sich an Anri und ihren Gehilfen. »Ihr könnt gehen. Hier wird es langsam eng.«

Anri sah Ludwig fragend an, doch dieser nickte.

Als die beiden Sekundanten ins Vorzimmer verschwunden waren, schob Frauke Koch ihren Stuhl zurück, schlug die Beine übereinander und meinte: »Nettes Lokal.«

»Ja, nicht wahr? Ich würde mich gerne über deine Muslime unterhalten.«

»Meine Muslime?« Frauke Koch lachte. »Natürlich. Lass uns über meine Muslime reden.«

»Du solltest sie wieder an die Leine nehmen. Keine weiteren Terroranschläge! Such dir ein anderes Land, um es kaputt zu machen.«

»So lauten also deine Forderungen?«

»In etwa.«

Das Frühstück wurde serviert. Auch die Polizisten bekamen etwas zu essen, weitaus mehr als sie, und dazu Bier und Wodka. Sie ergriffen offenbar die erstbeste Gelegenheit, die soeben eingenommenen Dollars wieder auszugeben.

Koch verzog keine Miene. »Ich befürchte, meine Muslime sind zu stark geworden und lassen sich nicht mehr an die Leine legen.«

»Das ist sehr bedauerlich.«

»Sie haben ihre eigenen Beweggründe. Du weißt schon, das Paradies mit den zweiundsiebzig Jungfrauen und so.«

»Und dahin kommen sie … mit Hilfe deiner Waffen.«

Frauke Koch zuckte mit den Achseln. »Man kann über die Jugend von heute sagen, was man will, aber an ihrer revolutionären Begeisterung ist wirklich nichts auszusetzen.«

Waren Fanatiker wirklich zu ironischer Distanz fähig? Ludwig hatte seine leisen Zweifel.

»Glaubst du immer noch an den Kampf?«, fragte er.

»Natürlich. Du etwa nicht?«

»Schon damals nicht.«

»Nein, wieso auch. Soweit ich weiß, hast du ja dein Vaterland verraten.«

»Wie kommst du auf ...« Ludwig verstummte.

GT. Der alte Idiot war nach Tiflis gekommen, und Frauke Koch hatte die richtigen Schlüsse gezogen. Jetzt war er tot.

Aber reichte das aus? Möglicherweise.

Und dann war da ja auch noch Walters Buch. Walters verdammtes Buch ...

»Wir hätten dich beinahe gekriegt. Wir waren ganz nah dran. Erinnerst du dich an Major Berthorst?«

»Ja, mein Vorgesetzter bei der Spionageabwehr.«

»Diese Geschichte mit seiner rumänischen Geliebten – du hast ja damals die Ermittlung geleitet. Es war ein Prestigeauftrag, gegen einen Vorgesetzten ermitteln zu dürfen. Er hat dir ja so allerhand erzählt. Das war 1987.«

»Korrekt«, sagte Ludwig. »Eine unangenehme Episode.«

»Allerdings. Sie endete damit, dass Berthorst mit durchgeschnittener Kehle auf der Westseite gefunden wurde.«

»Es waren finstere Zeiten.«

»Die Tonbandaufnahmen der letzten Treffen sind verschwunden, sie haben sich in Luft aufgelöst. Worüber hat er wohl kurz vor seiner Ermordung geredet?«

»Administratives war noch nie mein Ding, ich muss die Bänder verschusselt haben.«

»Weißt du, was ich glaube? Ich glaube, dass er über Fimbul gesprochen hat.«

Frauke Kochs Blick enthielt die bitteren Vorwürfe einer verschmähten Frau und zugleich eine ungeheure Siegesgewissheit. Es kostete Ludwig keine große Mühe, die eigenen Gesichtszüge zu einer Maske erstarren zu lassen.

»Wir sind in Prenzlauer Berg über eine bestimmte Mülltonne gestolpert«, fuhr sie fort. »Am Kollwitzplatz, genauer gesagt.«

»Ich verstehe.«

»Was war das für ein Gefühl? Wie hast du dich gefühlt, als du alle verraten hast, die für das wahre Deutschland kämpften?«

»Genau wie sonst auch«, erwiderte Ludwig, »es war ein Routineauftrag.«

Frauke Koch blickte auf die Tischplatte, dann sah sie voller Schadenfreude hoch.

»Und wie war es für dich, als du dreizehn warst und deinen Vater verraten hast?«

Ludwig spannte ein Lächeln auf, mechanisch wie einen aus dem Nichts hervorgezauberten Regenschirm. Er erhob sich, ging zum Tisch der Polizisten, nahm zwei leere Wodkagläser und füllte sie, denn schließlich hatte er den Wodka bezahlt. Dann stieß er mit Frauke Koch an, und sie leerten ihre Gläser.

»Ich freue mich schon darauf, dich von diesem Planeten zu entfernen«, erklärte er.

»Eure Seite«, erwiderte Frauke Koch mit säuerlicher Miene, »scheint sich in den vergangenen Jahrzehnten dem lähmenden Gefühl hingegeben zu haben, dass ihr tatsächlich gesiegt hättet. Darum habt ihr immer noch nicht verstanden, was jetzt passiert.«

Ludwig nickte. »Auch Idioten können zurückschlagen.«

»Ach wirklich?«, erwiderte Frauke Koch leise.

»Stell dir uns doch einfach mal als einen alten Ochsen vor. Leicht zu verspotten, aber schwer aus dem Weg zu räumen.«

»Ich stelle mir euch lieber als eine alte Nutte vor. Man kann ihr nicht den Mund stopfen, aber sie mühelos flachlegen.«

»Oder sie kaufen«, meinte Ludwig.

Frauke Koch schien nachzudenken. »Kaufkraft war nie unsere starke Seite.«

»Tauschhandel funktioniert ja meistens auch.«

»Das müsstest du mir schon genauer erklären«, erwiderte sie mit unverhohlener Langeweile.

»Du gibst uns Hollister zurück und verrätst uns außerdem das Versteck deiner Dschihadisten. Und im Gegenzug ziehen wir einen Strich unter die ganze Sache.«

Frauke Koch grinste. »So etwas weiß ich zu schätzen, glaub mir. Das macht wirklich Spaß. Manchmal denke ich, dass ich zu viel Zeit am Computer verbringe. Es ist richtig erfrischend, unter Leute zu kommen. Unter Leute aus Fleisch. Und Blut.«

Sie maßen sich mit durchdringenden Blicken.

»Stimmt, außerordentlich erfrischend«, erwiderte Ludwig.

»Wobei es mich ehrlich gesagt nicht interessiert, einen Strich unter die Sache zu ziehen, wie du es vorschlägst. Mich interessiert etwas ganz anderes. Ich weiß natürlich nicht, ob ihr überhaupt zu so einer großen Operation fähig wärt, aber im Oktober finden hier Wahlen statt. Wenn ihr da für das richtige Ergebnis sorgen könntet …«

»Die prorussischen Parteien bringen es doch nicht einmal auf fünf Prozent.«

»Richtig. Sie haben aber mindestens fünfundzwanzig oder dreißig verdient.«

»Ob sich das machen lässt …«

»Meine Güte, das ist doch ein Kinkerlitzchen. In diesen Dingen hattet ihr doch schon immer ein gutes Händchen. Italien, Guatemala, Griechenland …«

»Selbst wenn es sich machen ließe«, fuhr Ludwig fort, »was mir ohne Unterstützung der CIA eher unwahrscheinlich vorkommt, und mit Hilfe von der Seite können wir definitiv nicht rechnen … Selbst wenn es sich also machen ließe, wäre doch jedem klar, dass es sich um ein getürktes Wahlergebnis handelt.«

Frauke Koch zuckte mit den Achseln. »Alle würden davon ausgehen, dass es sich um russische Einmischung handelt, zumindest wenn das Ergebnis eindeutig zu unseren Gunsten ausfällt. Und uns hassen ohnehin schon alle.«

Wir. Sie glaubt also, auf Seiten der Russen zu stehen, dachte Ludwig, aber stehen die Russen auch auf ihrer Seite? Vielleicht hat sie bei ihnen ja denselben Status wie die Dschihadisten bei ihr? Die Russen bedienen sich ihres revolutionären Eifers, wenn es ihren eigenen Zwecken dient …

»Das würde bestimmt zu einem Bürgerkrieg führen«, meinte Ludwig.

»Genau.«

Er schüttelte den Kopf. »Du bist doch vollkommen durchgeknallt.«

»Nein, Genosse, ich bin nur stur. Dieses Chaos muss einfach ein Ende haben.«

»Alles, was du tust, führt doch bloß zu noch mehr Chaos.«

»Nur kurzfristig. Das russische Imperium muss wiederhergestellt werden. Erst dann haben wir ein Gegengewicht zum amerikanischen Imperialismus, der die europäische Zivilisation auszulöschen droht.«

Ludwig gähnte demonstrativ. »Ich dachte, er droht den Marxismus-Leninismus auszulöschen?«

»Das hat er bereits«, fauchte Frauke Koch. »Ich rede von Wichtigerem. Ich rede von der europäischen *Rasse*.«

»Der arischen Rasse?«

»Das ist doch Unsinn.«

»Wie bitte?«

»Ich spreche von der europäischen Kultur. Und damit von der europäischen Rasse, frei von amerikanischer und …«

»Und was? Jüdischer Einmischung?«

»Sagen wir mal so: In den Punkten, in denen sich Hitler und Stalin einig waren, lagen sie nicht immer falsch.«

Ludwig kratzte sich den Bart. »Solche Dinge hat man uns nicht in der Schule beigebracht, als noch Leute wie du unterrichtet haben.«

»Nein, aber es ist an der Zeit, dass du dich weiterbildest. Dass du die Augen öffnest und dich umsiehst. Das Einzige, was gegen die Amerikaner hilft, das Einzige, was ihrem widerlichen Einfluss in jedem Bereich der Gesellschaft entgegenwirken kann …«

»… ist ›ein wahrhaft faschistischer Faschismus‹«, ergänzte Ludwig.

Frauke Koch wirkte beinahe glücklich. »Offenbar hast du deinen Dugin gelesen.«

»Das eine oder andere Highlight seiner Produktion habe ich durchaus zur Kenntnis genommen. Aber ich habe sein Werk eigentlich eher für eine Art postmodernes Comedy-Projekt gehalten. Gewissermaßen Woody Allen als Stand-up-Komiker auf einer Nebenstraße des Newski-Prospekts.«

»Immer dieser Sarkasmus«, bemerkte Frauke Koch. »Was für ein kläglicher Verteidigungsmechanismus.«

»In den letzten sechzig Jahren hat er mich noch nie im Stich gelassen. Das ist mehr, als sich von irgendwelchen politischen Ideologien behaupten lässt.«

»An irgendwas muss man schließlich glauben. Ich respektiere durchaus Menschen, die sich einer Kirchengemeinde anschließen, auch wenn dies ein Versagen auf individueller Ebene bedeutet. Zumindest folgen solche Leute einem grundlegenden menschlichen Bedürfnis. Was bleibt dir denn schon am Ende – außer einem Haufen kleinbürgerlicher Zynismen?«

»Nicht viel.«

»Wer nicht am Aufstand teilnimmt, ist Teil der Reaktion.«

Ludwig nickte. »Die Reaktion ist eine stolze und edle Tradition und hat bedeutend weniger Elend auf dem Gewissen.«

»Wenn alle so dächten, stünden wir immer noch auf einer Stufe mit den Tieren.«

»Genau das meine ich.«

Frauke Koch verzog ihr Gesicht zu einer Grimasse grenzenloser Verachtung.

Der Bulle, der am meisten getrunken und am wenigsten geredet hatte, trat an ihren Tisch und schenkte nach. Frauke Koch lehnte ab, und Ludwig musste beide Gläser leeren.

»Von dir hatte ich wirklich mehr erhofft«, bemerkte sie. »Vielleicht sogar, dass du dich für ein höheres Ziel anwerben lassen würdest.«

»Hattest du diese Hoffnung auch bei dem russischen Minister, den du geköpft hast?«

»Anfänglich schon. Aber jetzt schlage ich vor, dass du mir zuhörst.«

»In Ordnung.«

Ludwig konnte es kaum fassen und jubelte innerlich, was nicht nur auf den Wodka zurückzuführen war: Er hatte Frauke Koch dazu verleitet, den Mord an dem Russen zuzugeben. Ein altes, solides Diktiergerät, das er an einem Dachbalken befestigt hatte, zeichnete alles auf.

»Ich gebe euch drei Stunden, um die Grenze zu überqueren und dorthin zurückzukehren, wo ihr hergekommen seid«, fuhr Frauke Koch fort. »Anschließend kann ich für eure Sicherheit in diesem Land nicht mehr garantieren. Wenn ihr wieder in Georgien seid, will ich, dass ihr mir nicht in die Quere kommt und meinen Unternehmungen keinerlei Beachtung schenkt. Sonst könnt ihr tun und lassen, was ihr wollt. Du darfst deinen Vorgesetzten nichts von diesem Gespräch erzählen, oder höchstens, dass es eine falsche Fährte war. Konzentrier dich lieber auf die Muslime.«

»Das klingt alles sehr abwegig.«

»Nein«, erwiderte Frauke Koch und erhob sich, »denn wir haben deinen Sohn.« Dann ging sie und ließ Ludwig alleine zurück.

Die Türglocke bimmelte. Anri trat ein, blieb dann aber wie angewurzelt stehen und warf Ludwig einen mitleidigen Blick zu.

Dieser schloss die Augen und grübelte über seine momentane Lage nach:

Frauke Koch musste eliminiert werden, ehe sie Millionen von Menschen mit ihrer Tollwut infizierte.

Die Zeit war knapp.

Und ihm selbst waren die Hände gebunden.

DIE PERSÖNLICHE EBENE

Central Park
West Manhattan, New York City, USA
Mo., 4. Juli 2016
[2:15 MEZ-4]

Unter Beth Hayefords Balkon breitete sich die Metropole aus – mit ihrer schwülen Nacht, dem warmen Asphalt und der elektrischen Beleuchtung. Die Pferdekutschen mit den Touristen rollten noch durch den Central Park, und bei den gelben Taxis hatte gerade eine neue Schicht begonnen.

Ganz oben in Beth Hayefords Stadt, ganz oben in ihrer Welt. Sie gehörte zur obersten Schicht der Oberschicht. Als sie ihren Whisky Sour auf dem Marmortischchen abstellte, befand sie sich so hoch über dem Treiben auf der Straße, dass sie sogar das Klirren der Eiswürfel hörte.

Lange stand sie reglos da, so lange, bis sich Kondenswasser unter dem Glas ansammelte. Zerstreut strich sie mit dem Zeigefinger durch die Pfütze, ohne zu merken, dass sie ihren Namen schrieb.

An den Anfang des Telefongesprächs, das sie vor einer halben Stunde mit Fran Bowden geführt hatte, erinnerte sie sich noch deutlich, und auch an das Ende. Von dem Dialog dazwischen hatte sich ihr nur Folgendes eingeprägt:

»Das FBI führt gerade eine gründliche Haussuchung in Ihrer Zentrale in Washington durch«, hatte Fran Bowden gesagt. »Für

Sie persönlich habe ich nur einen Rat und hoffe, dass Sie ihn beherzigen: Suchen Sie sich so viele Anwälte wie möglich. Ich meine es gut mit Ihnen, Beth, und warne Sie aus alter Freundschaft. Die Juristen der EXPLCO werden alles versuchen, um diese Katastrophe auf Sie abzuwälzen. Sie wissen verdammt gut, dass sie für die Aktionäre einen Sündenbock brauchen.«

»Wie viel Zeit bleibt mir?«, hatte Beth Hayeford gefragt.

»Bis morgen um sieben. Ich habe sie ausdrücklich gebeten, Ihnen eine Galgenfrist einzuräumen, damit Sie sich vorbereiten können. Mehr kann ich leider nicht für Sie tun.«

»Ich bin Ihnen zu Dank verpflichtet, Fran.«

»Da bin ich mir nicht so sicher. Aber lassen Sie uns diese Sache glatt über die Bühne bringen.«

»Das liegt auch in meinem Interesse.«

Aus alter Freundschaft … Ich meine es gut mit Ihnen … Ich habe sie ausdrücklich gebeten …

Auf der meterhohen Mauer, die sie von Manhattan und dem Rest der Milchstraße trennte, stand eine leere orange Medikamentenverpackung. Ein letztes Mal schrieb Beth Hayeford ihren Namen in das lauwarme Wasser auf dem Marmortischchen.

Glatt über die Bühne. Ich meine es gut mit Ihnen. Elizabeth Hayeford. Als sie in sich zusammensank, glaubte sie aus nächster Nähe und zugleich aus tiefster Vergangenheit die Stimme ihres Vaters zu vernehmen:

Lass sie nie an dich ran, Beth. Niemals.

Urban Mystery Hotel
George-W.-Bush-Straße, Tiflis, Georgien
Mo., 4. Juli 2016
[13:00 MEZ+4]

Es war ein Uhr, als Ludwig schlecht gelaunt das Büro von Jack Almond betrat. Anri folgte ihm, hielt aber lieber ein wenig Sicherheitsabstand.

»Wie konnte das überhaupt passieren, verdammt noch mal?«, brüllte Ludwig den Amerikaner an, der gerade Akten in Umzugskartons verstaute. »Was für Schwachköpfe haben Sie eigentlich mit Walters Personenschutz beauftragt? Wo stecken sie jetzt? Und wieso muss ich das von Frauke Koch erfahren statt von Ihnen? Ich habe mich gefühlt wie ein Idiot, dem es die Sprache verschlagen hat!«

Almond hielt inne, schaute von einer offenen Schublade hoch und sagte:

»Das waren Colbert und Dorr.«

»Colbert!«

»Ich hatte sonst niemanden. Gegen elf hat sich Colbert gemeldet und berichtet, dass sie vor Ihrer Wohnung warten. Die ganze Nacht war dann Funkstille. Vor einigen Stunden ist Dorr hier aufgekreuzt und hat erzählt, dass er auf Colberts Anweisung hin acht Stunden lang in der Gegend herumgefahren ist, um das Auto zu finden, mit dem Ihr Sohn entführt wurde … Allerdings war es auch so schon eine ereignisreiche Nacht, glauben Sie mir.«

»Diesen verdammten Colbert bringe ich um.«

»Gut. Aber dieser Posten wird ohnehin aufgelöst. Es gibt uns nicht mehr.«

»Wieso das denn? Was soll das heißen?«

»Das FBI hat eine Razzia bei der EXPLCO veranstaltet. Die Firma ist lahmgelegt.«

»Und wie lautet der Verdacht?«

»Geldwäsche, Verstöße gegen Sanktionen, Zahlungen an fremde, den USA feindlich gesinnte Mächte, außerdem Bestechung von …«

Ludwig lachte freudlos. »Ein ganz normaler Tag in unserer Branche also!«

»Ich weiß. Jemand muss richtig schlechte Laune bekommen haben. Vielleicht die Konkurrenz.«

Fenris, dachte Ludwig, war ja so ein Konkurrent.

Aber dann hätte Frauke Koch sicherlich damit geprahlt.

Welche anderen Feinde gab es, die …

Die CIA? Aber die hatte doch die EXPLCO damit beauftragt, ihre Probleme in Tiflis zu lösen. Das kam ihm eher unwahrscheinlich vor. Sofern es nicht so war wie sonst auch. Es gab nämlich verschiedene Fraktionen innerhalb der CIA.

Vor fünf Jahren in Berlin hatte Jack Almond zu Hause bei Mama angerufen und gepetzt.

»Bowden«, sagte Ludwig. »Steckt Fran Bowden dahinter?«

»Keine Ahnung«, erwiderte Almond etwas zu schnell.

»Und was haben Sie jetzt vor?«, fuhr Ludwig leise fort.

»Keine Ahnung.«

»Schauen Sie mich an! Was haben Sie vor? Kehren Sie zur CIA zurück?«

»Ich weiß es nicht. Jetzt packe ich erst mal meine Sachen und empfehle Ihnen, dasselbe zu tun.«

»Ich muss noch einen Auftrag abschließen«, sagte Ludwig. »Her mit den Schlüsseln.«

»Das kann nicht Ihr Ernst sein. Außerdem gilt Ihr Visum nur für die Dauer Ihres Jobs bei uns.«

Es war nicht der richtige Tag, um sich Ludwig Licht in den Weg zu stellen. Er trat ein paar Schritte vor, packte Almond wie ein Huhn im Genick und knallte sein Gesicht auf die Tischplatte. Ein Knirschen war zu hören, als sein Nasenbein brach.

Almond begann zu schreien.

Anri räusperte sich, unternahm aber nichts.

»Die Schlüssel, habe ich gesagt!«, rief Ludwig. »*Die Schlüssel!*«

Almond zog eine Schreibtischschublade auf.

»Nehmen Sie sie schon«, keifte er. »Ist mir sowieso scheißegal.«

Ludwig nahm den Schlüsselbund und ließ das Genick des Amerikaners los. Dieser ließ sich auf einen Stuhl sinken und hielt sich eine Serviette unter die blutende Nase.

»Und Sie begleiten mich!«, brüllte Ludwig Anri an.

»Was ist hier eigentlich los?« Anri sah aus, als hätte er gerade einer heftigen Urszene beigewohnt.

Ludwig hielt die Schlüssel in die Höhe. »Es bekommt den Waffen nicht gut, wenn sie einfach nur herumliegen.«

Weißes Haus
1600 Pennsylvania Avenue, Washington, D.C., USA
Mo., 4. Juli 2016
[8:15 MEZ-4]

Fran Bowden war es durchaus gewohnt, sich im Weißen Haus aufzuhalten, weil sie dort mindestens einmal wöchentlich an der Erörterung der Sicherheitslage teilnahm. Sie war es jedoch nicht gewohnt, vorgeladen zu werden. Nachdem man sie durch den Südeingang eingelassen und zum Westflügel eskortiert hatte, wurde sie weder vom Präsidenten noch von seinen Sicherheitsberatern empfangen, sondern vom Stabschef.

»Nimm Platz, Fran«, sagte dieser, als sie sein Büro neben dem Oval Office betreten hatte. »Kaffee? Tee?«

Fran Bowden schüttelte den Kopf. Das Ganze verhieß nichts Gutes. In keinerlei Hinsicht.

Der Stabschef war glatzköpfig, korpulent und für seine Kaltblütigkeit bekannt. Jetzt lächelte er, was ihn so zu ermüden schien wie einen Misanthropen, der sich um ein Kind kümmern muss und einen ersten und einzigen Versuch unternimmt, dieses um den Finger zu wickeln.

Bowden schaute demonstrativ auf ihre Armbanduhr.

»Wir haben in Langley gerade viel zu tun«, erklärte sie, »ich würde also gerne …«

»Natürlich, natürlich.«

Der Stabschef lächelte erneut, jetzt allerdings entspannter. Er war erleichtert, dass ihm der Small Talk erspart blieb.

»Hör mal zu, Fran«, sagte er. »Uns sind heute Morgen einige Fakten zur Kenntnis gelangt.«

Bowden öffnete den Mund und schloss ihn ebenso schnell wieder.

Eisige Kälte breitete sich in ihrer Magengrube aus.

»Ehrlich gesagt ärgert es uns«, damit meinte er sich und den Präsidenten, »jetzt schon eine Weile, dass sich deine Nominierung so lange hinzieht. Dieser Kongress wird für seine Uneinigkeit und Ergebnislosigkeit in die Geschichte eingehen.«

Der Stabschef nickte nachdrücklich und erwartete vermutlich Zustimmung, die jedoch ausblieb.

Sie war es verdammt leid, immer an die Glasdecke (oder »Aasdecke«, wie sie es nannte) zu stoßen. Dass ihr der Kongress Steine in den Weg legte, hatte allerdings nichts damit zu tun, dass sie eine Frau oder dass sie schwarz war, sondern lag daran, dass sie von Bush senior, Bush junior und nicht zuletzt von Cheney und Rumsfeld protegiert worden war. Sie hatte den Krieg gegen den Terrorismus unterstützt und sich für das Folterprogramm und die CIA-Geheimgefängnisse in aller Welt ausgesprochen, und das war seit geraumer Zeit aus der Mode gekommen. Das Gemeine daran war, dass sie eigentlich nie an den Kreuzzug gegen den Islamismus geglaubt hatte. Sie hatte ihr Handwerk während des Kalten Krieges erlernt und interessierte sich eigentlich nur für die Russen und vielleicht auch für die Chinesen. Leute, die herumrannten und sich selbst in die Luft sprengten, stellten ein Ärgernis, aber keine existenzielle Bedrohung dar. In diesem Punkt war sie sich paradoxerweise mit dem Präsidenten einig. Er hatte ihr die Führung der CIA nur deswegen überlassen, weil sie die einzige Kandidatin war, die die Republikaner im Kongress billigten.

Damit waren nicht die Republikaner das Problem, sondern die verweichlichten Demokraten. Und darin lag Hayefords Aufgabe.

Zumindest in der Theorie. Vor etwa einem Jahr hatte sie Fran Bowden zugesichert, für die Unterstützung der Demokraten zu sorgen, da sie als Veranstalterin von Fundraising-Banketten in New York jeden Zweiten von ihnen in der Tasche hatte. Dieses Versprechen hatte sie nicht gehalten.

Zugegeben, sie selbst hatte ihren Teil der Vereinbarung vielleicht auch nicht ganz erfüllt. Darüber ließ sich vortrefflich streiten: wer den ersten Schritt tun und wer dem anderen vertrauen sollte und so weiter. Aber diese Sache war einfach zu blöd.

»Fran?«

»Ja, Mark?«

Sie kehrte in die Gegenwart zurück.

»Kurz gesagt, Fran, wir sind zu dem Schluss gekommen, dass wir diese verfahrene Situation beenden müssen. Heute Nachmittag gibt der Präsident Ron Harrimans Nominierung zum CIA-Chef bekannt.«

»Ron *Harriman*!«

»Genau. Er hat im Geheimdienstausschuss sehr viel geleistet, er arbeitet hart, er ist beliebt ...«

»Beliebt.« Fran Bowden spuckte dieses Wort beinahe aus. »Um was für Fakten geht es eigentlich, Mark? Wovon redest du überhaupt?«

»Die Sache ist kompliziert. Heute Morgen ... hast du schon davon gehört? Beth Hayeford wurde heute Morgen in ihrer Wohnung in Manhattan tot aufgefunden.«

»Ja. Selbstmord, wenn ich mich nicht irre.«

»Richtig. Ehe sie sich entschloss, aus dem irdischen Dasein zu scheiden, hat sie einige Informationen verschickt. Sie betreffen dich und deine Arbeitsmethoden. Glücklicherweise hat sie diese Mail nur an mich gesendet. Zumindest hoffe ich das. Ich würde mich als diskret und professionell bezeichnen, und du kannst dich darauf verlassen, dass aus diesem Büro nichts durchsickert.« Er machte eine ausholende Geste.

Fran Bowden gelang es gerade noch, nicht laut zu lachen. »Meine Arbeitsmethoden?

»Offenbar hast du letzten Sommer einen Angestellten in einem Lager in Alexandria halb totgeschlagen. Aber …« Er hob die Hände. »Alte Geschichten aufzuwärmen nützt nichts. Wir haben allerdings das deutliche Gefühl, dass aus deiner Nominierung einfach nichts werden kann, jedenfalls nicht, solange solche Gerüchte im Umlauf sind. Das verstehst du doch sicher.«

Diese verdammte magere weiße Hexe, dachte Fran Bowden.

Wie eine Biene hatte Beth Hayeford ihre letzten Kräfte darauf verwendet, sie zu stechen.

»Ja«, erwiderte Fran Bowden mit belegter Stimme. »Das verstehe ich sehr gut. Und wie sieht meine berufliche Zukunft aus?«

»Aus Tiflis kommen schlimme Nachrichten. Der Bombenanschlag auf ein Hotel, die Enthauptung des stellvertretenden russischen Verteidigungsministers, die Ermordung eines ehemaligen CIA-Mannes in einem Badehaus, und jetzt behauptet die DIA, die Russen würden eine Invasion des Pankissi-Tals vorbereiten. Welche Informationen liegen dir darüber vor?«

»Die Fraktionen im Kreml streiten unentwegt, und man weiß nie, wer gerade das Sagen hat. Aber die Armee verfügt ja über Bereitschaftspläne. Zurzeit findet nördlich des Gebirges ein großes Manöver statt, was an sich nichts Ungewöhnliches ist. Geübt wird vielerorts, damit wir nicht wissen, was sie eigentlich im Schilde führen.«

»Was hältst du davon, deine Karriere mit einem Posten als Botschafterin abzurunden?«

Immerhin vermied er das Wort »krönen«, damit hätte er dann doch zu dick aufgetragen.

Bowden holte tief Luft. »Ich vermute, ich sollte nicht wählerisch sein?«

»Nicht wirklich«, erwiderte der Stabschef. Er kniff die Augen zusammen. »Weißt du, manchmal habe ich den Eindruck, dass du in eine andere Zeit gehörst. Vielleicht kommen deine Fähigkeiten in einem Umfeld, das etwas … altmodischer ist, besser zur Geltung? Ich kann dir versichern, dass du freie Hand hast, solange kein Krieg im südlichen Kaukasus ausbricht. Wir haben weiß Gott anderswo genug zu tun.«

»Und ich darf mir meine Mitarbeiter aussuchen?«

»Schwebt dir jemand Besonderes vor?«

»Jack Almond als Chief of Station.«

»Müsste ich wissen, wer das ist?«

»Nein. Er befindet sich bereits in Tiflis.«

Der Stabschef zuckte mit den Achseln. »Na dann.«

»Nur damit wir uns recht verstehen«, fuhr Fran Bowden fort. »Meinetwegen werde ich Botschafterin. Aber bis die Krise abgewendet ist, steht mir die gesamte Botschaft, einschließlich des CIA-Personals, zur Verfügung. Ich habe nicht die Absicht, durch die Gegend zu ziehen und lächerliche Hotels einzuweihen. Und ich werde keinesfalls Anweisungen von Ron Harriman entgegennehmen. Der Typ ist ja beschränkt. Im Ernst, Mark. Er kann nicht mal einen Kaffee trinken, ohne dass ihm ein Angestellter zeigen muss, wie's gemacht wird. Ich habe gesehen, wie …«

»Ja, ja, ich weiß. Du hast freie Hand, in vernünftigem Rahmen, versteht sich. Diese Angelegenheit muss vor der Wahl im Herbst eine Lösung finden, Fran. Unsere fröhliche Kandidatin ist ja mit dem impliziten Versprechen angetreten, dass sie unsere gegenwärtige Politik weiterführen wird. Es sähe also nicht gut aus, wenn wir Georgien verlieren würden. Das wäre das reinste Eisenhower-China-Debakel, und ein gewisser Pavian aus der Fifth Avenue hätte plötzlich freie Bahn.«

»Die hat er vielleicht auch so«, meinte Fran Bowden.

»Wie meinst du das?«

»Ich bin mir hinsichtlich der Wahl einfach nicht so sicher wie du.«

Der Stabschef starrte sie an, als hätte sie den Einfluss des Monds auf die Gezeiten infrage gestellt. Statt ihr zu widersprechen, entschied er sich, ihr Statement zu ignorieren und zur Sache zurückzukommen.

»Wie gesagt: Du hast freie Hand. Es ist schließlich dein letzter Posten – was können wir schon tun? Dir etwa mit Kündigung drohen?«

Er lachte.

Fran Bowden lachte nicht.

Old Kentucky Barbecue
Akaki-Beliaschwili-Straße, Tiflis, Georgien
Mo., 4. Juli 2016
[16:50 MEZ+4]

Valery Simms hatte in ihrem Lebenslauf drei gute Eigenschaften hervorgehoben, aber »relaxed« gehörte nicht dazu. Zum zehnten Mal erkundigte sie sich bei einem der Kellner nach den Wimpeln.

»Sind bereits unterwegs«, antwortete der kleine Mann. »Müssten jeden Moment hier sein.«

Valery hustete, weil der Grill qualmte, schüttelte den Kopf und sagte: »Das haben Sie vor einer Stunde auch schon gesagt.«

»Nein, das muss Giorgi gewesen sein.«

»Den 4. Juli kann man nicht ohne Fahnen feiern.«

»Ich verstehe, aber sie sind unterwegs, Miss Simms.«

Sie würde ihrem Chef nie verzeihen, dass er ihr die Verantwortung für diese Veranstaltung aufgebürdet hatte. Sie arbeitete erst seit acht Monaten bei der amerikanischen Botschaft. Acht Monate! Und ausgerechnet ihr hatte man diese Sache aufgehalst. Glücklicherweise sprach das Personal des Restaurants ganz passabel Englisch, und sie versuchte sich damit zu trösten, dass es noch schlimmer hätte kommen können.

Das Old Kentucky Barbecue lag ein paar Straßen südlich des großen amerikanischen Botschaftsgeländes neben einem Dutzend anderer amerikanisch anmutender Restaurants und mehreren riesigen Hotels. Als sie das Lokal im April bei milden Wetterverhältnissen reserviert hatte, war ihr der Innenhof mit dem großen Holzkohlegrill perfekt vorgekommen. Jetzt waren es achtunddreißig Grad, allerdings nur, wenn man sich von dem glühenden Grill fernhielt. Valery schwitzte, als läge sie selber auf dem Rost.

Dann trafen die Taxis mit den ersten Gästen ein. Das Lokal lag an einer stark befahrenen Straße, und niemand wollte bei diesem Smog und dieser Hitze zu Fuß gehen.

Valery gab allen die Hand und schickte sie zu dem Tisch mit den Drinks. Und dann erschien auch noch der weißrussische Botschafter, von dem alle gehofft hatten, dass er zu Hause bleiben würde. Was, wie Valery auffiel, ihre eigene Schuld war: Der Botschafter hatte ihr zwar nur drei Minuten für die Besprechung der Gästeliste eingeräumt, aber sie hätte auf einer eindeutigen Stellungnahme in Bezug auf den Weißrussen beharren müssen. Niemand freute sich über die Anwesenheit des Vertreters einer Diktatur, und dass er alles, was er hörte, garantiert an seine russischen Verbündeten weitertragen würde, machte die Sache auch nicht besser.

»Sehr erfreut!«, zwitscherte sie dem kleinen Mann zu, der eine gewisse Ähnlichkeit mit einem Geier hatte.

»Ich bin ja neu in der Stadt«, sagte der Weißrusse. Mit einer routinierten Handbewegung stellte er sein erstes Glas ab und nahm ein zweites. »Da ist es gut, gleich möglichst viele Leute kennenzulernen.«

Momentan schien er sich allerdings vor allem für Valerys Dekolleté zu interessieren. Also wandte sie sich rasch weiteren Neuankömmlingen zu.

Gegen halb sechs waren alle siebenundfünfzig Gäste eingetroffen. Einige flüchteten schleunigst in den klimatisierten Teil des Restaurants. Die einzige amerikanische Flagge war eine Südstaatenfahne hinter der Bar.

Valery hatte es längst aufgegeben, die Abwesenheit des Botschafters eingehender zu erläutern, und sagte nur noch: »Nach Washington zurückbeordert.« Was ja auch stimmte. Der Chef des Botschafters, der Außenminister, hatte seit Langem eine Reise nach Tiflis geplant, aber nach dem Hotelanschlag kalte Füße bekommen. Er fragte sich, ob er den Besuch nicht ganz absagen sollte. Offiziell befand sich also der Botschafter in Washington, um diese Frage zu klären, was natürlich genauso gut telefonisch gegangen wäre. Alle Botschaftsangestellten ahnten, dass sie einen neuen Chef bekommen würden.

Dank der Abwesenheit des Botschafters waren weniger aufwendige Sicherheitsvorkehrungen nötig gewesen. Statt der ursprünglich vorgesehenen zehn bewaffneten Bodyguards genügten jetzt zwei, die sich, wie von Valery angeordnet, unauffällig unter die Leute gemischt hatten. Valery entdeckte einen der beiden beim Grill und überlegte sich, wo er wohl seine Dienstwaffe hatte.

Jetzt war der Zeitpunkt für die Rede gekommen. Sie läutete mit einer Glocke, wartete, bis alle verstummt waren, und sagte dann mit lauter Stimme:

»Liebe Freunde und Kollegen. Die Botschaft der Vereinigten Staaten in Georgien heißt Sie herzlich zur Feier des Unabhängigkeitstages an diesem strahlend schönen 4. Juli willkommen. Wir sind sehr gerührt, dass Sie so zahlreich erschienen sind, und hoffen, dass Sie einen schönen Abend verbringen werden! Hiermit erkläre ich das Büfett für eröffnet. Gott segne Amerika, und Gott segne die Republik Georgien!«

Alle klatschten. Die Staatssekretärin des georgischen Außenministeriums, eine Frau in Valerys Alter, kam zu ihr und bedankte sich persönlich.

Erleichtert atmete Valery auf. Ihre Stimme war laut genug gewesen, und sie hatte kein Wort ihres vorbereiteten Textes ausgelassen. Die Gäste schienen sich wohlzufühlen, soweit das in der fürchterlichen Hitze überhaupt möglich war. Alles lief wie geschmiert. Zum Teufel mit den Wimpeln. Vielleicht war es sogar ein Vorteil, dass sie fehlten, dadurch wirkte die Veranstaltung moderner und unaufgeregter. Gerade unter den europäischen Gästen hatten viele eine Abneigung gegen jede Form von Nationalismus.

Jetzt hielt allerdings ein weißer Lieferwagen vor dem Eingang des Gartenlokals. Oh nein. Was tun, wenn die verdammten Wimpel jetzt doch noch geliefert wurden? Eines hatte sie in den wenigen Monaten in Georgien gelernt: Ablehnen war unmöglich. Wo es nur ging, musste man zusammenarbeiten und den Dingen ihren Lauf lassen. Mit anderen Worten: Die Wimpel entgegennehmen, zahlen, darauf warten, dass der Kurier wegfuhr, und den Plunder dann beiseitelegen. Der Einwand »Sie sind zu spät dran, die Wimpel werden nicht mehr gebraucht« war ausgeschlossen, denn dann würde sie den Rest des Abends damit verbringen müssen, in holprigem Russisch ihren Standpunkt zu erklären.

Es blieb ihr also nichts anderes übrig, als rauszugehen. Als sie nur noch zwei Schritte vom Wagen entfernt war, wurde die Beifahrertür geöffnet. Ein junger Mann mit einem langen Bart in einem weißen Gewand stieg aus. In der Hand hielt er eine Maschinenpistole, die er schweigend auf sie richtete.

Eine Erinnerung, vielleicht aus einem ihrer Lieblingsfilme, veranlasste sie, sich zur Seite zu werfen. In diesem Augenblick begannen die Schüsse: ein ohrenbetäubendes, knatterndes Donnern. Valery hatte keine Ahnung, ob sie getroffen worden war, und versuchte möglichst schnell wegzurobben.

Drei weitere Männer stiegen aus dem Fahrzeug. Auch sie waren bewaffnet. Schreie und Kreischen waren aus dem Lokal zu vernehmen. Dann verstummten die Schüsse einige Sekunden lang.

Einer der Angreifer rief einen Befehl, und die anderen drei lösten je eine Handgranate von ihren Gürteln, entsicherten diese und warfen sie über die Mauer.

Weitere Schreie und noch größere Panik. Dann drei dicht aufeinanderfolgende Explosionen, die zu einer einzigen Detonation verschmolzen.

Valery hatte sich inzwischen zehn oder fünfzehn Meter entfernt. Sie wagte nicht aufzustehen und ließ sich stattdessen einen Abhang hinunterrollen.

Jetzt betraten die Männer das Lokal und begannen um sich zu schießen.

Die Gäste aus siebzehn Ländern schrien wie Schlachtvieh.

Es war sechs Uhr abends. Der Verkehr toste in beide Richtungen. Immer wieder ertönten Geschosssalven aus dem Innenhof. Die Schreie gingen in jammernde Gnadenrufe über. Hörte sie etwas, oder bildete sie sich das nur ein? Schritte in Blutlachen? Knie, die über den Boden rutschten …

Wenn die Einbildung durch Fakten bestätigt wird, dachte sie plötzlich, handelt es sich nicht mehr um eine Einbildung.

Immer wieder ging ihr dieser Satz durch den Kopf. Schweiß lief ihr aus jeder Pore, jeder Herzschlag glich einer Explosion in ihrer Brust. Valery Simms warf ihre hochhackigen Sandaletten weg und begann zu rennen.

ALASKA

Unbekannter Ort
Republik Georgien
Mo., 4. Juli 2016
[18:20 MEZ+4]

Endlich wurde ihm der Sack vom Kopf gezogen. Walter war jedes Zeitgefühl abhandengekommen, und er konnte nur Mutmaßungen darüber anstellen, wie lange sie schon unterwegs waren. Vier Stunden? Sechs Stunden? Er wusste nur, dass sie Richtung Westen gefahren waren. In der letzten Viertelstunde war von vorn starkes Sonnenlicht durch das Sackleinen gedrungen.

Der Riese fuhr, und der Mann, der sich Mischa nannte, saß neben ihm. Walter hatte die Rückbank für sich, konnte aber nicht flüchten, da sein Handgelenk mit einem Kabelbinder am Sicherheitsgurt vor seiner Brust befestigt war, sodass er unfreiwillig eine napoleonartige Pose einnahm.

»Wie geht's?«, fragte Mischa.

»Kann ich einen Schluck Wasser bekommen?«

»Aber sicher.«

Walter bekam eine Flasche Mineralwasser. Er trank und sah sich um. Sie fuhren über eine rostige Brücke. Schräg hinter ihnen lag ein fruchtbares Tal im rosa Licht des frühen Abends. Palmen, Obstbäume, ein Flussdelta.

Vor ihnen erstreckte sich eine ganz andere Landschaft. In der Ferne ragten schneebedeckte Gipfel auf.

»Mit dem Sack auf dem Kopf wird Ihnen beim Autofahren übel«, meinte Mischa. »Wir fahren jetzt in die Berge. Darum habe ich Ihnen den Sack abgenommen. Ich liebe diesen Wagen, also reißen Sie sich verdammt noch mal zusammen.«

»Kannst du den Wagen dort oben stehen lassen?«, wollte der Riese wissen.

»Mal sehen. Wir verhandeln noch. Der Hubschrauber steht mir eigentlich ohne Gegenleistung zu. Aber sie ist eine knallharte Verhandlungspartnerin.« Dann wandte er sich wieder an Walter: »Versprochen? Gekotzt wird nicht.«

»Ich passe auf«, versicherte Walter.

Das Objekt von Mischas Fürsorglichkeit war ein Toyota mit Allradantrieb, vermutlich ein Land Cruiser. Er hatte schwarze Ledersitze und das Lenkrad links, was ihn zu einer echten Rarität machte.

Jetzt ging es steil bergauf. Walter spürte den Druck auf den Ohren und zwang sich zum Gähnen.

»Wie gesagt, ich weiß von nichts«, wiederholte Walter zum zehnten Mal. »Wenn Sie mich freilassen, kann ich …«

»Schnauze. Niemanden interessiert, was Sie wissen. Sie sind eine Handelsware.«

»Ich bin aber für niemanden von Wert, glauben Sie mir. Ich habe keine reichen Verwandten, und meine Zeitung hat die strikte Policy, kein Lösegeld zu zahlen.«

Der Riese grinste und sagte etwas, was Walter nicht verstand. Mischa lachte höhnisch.

»Was haben Sie gesagt?«, erkundigte sich Walter verzagt.

Mischa erwiderte amüsiert: »Er hat gesagt: ›Glück für ihn, dass er so ein Hübscher ist, sonst hätte man gut Lust, ihm den Sack wieder überzustülpen.‹«

Verärgert verzog Walter das Gesicht. »Wohin fahren wir überhaupt?«

»Das geht Sie gar nichts an«, antwortete der Riese.

»Früher oder später sehe ich es ja doch.«

»Allerdings.«

Nach einer Viertelstunde verlief die Straße ebener, und linker Hand weit unter ihnen lag ein großer türkis funkelnder See, der immer schmaler wurde und schließlich in einen Fluss überging. Erst nach einer Weile fielen Walter die langen Baumstämme auf, die gemächlich in die entgegengesetzte Richtung trieben. Für einen Augenblick, in dem sich die Wirklichkeit auflöste, meinte er, sich auf dem Weg nach Alaska zu befinden.

Der Riese umrundete einige Felsbrocken und trat dann auf die Bremse. Auf der Fahrbahn lagen Felsblöcke unterschiedlichster Größe. Ein Dutzend Kühe stand auf der Gegenfahrbahn und glotzte dumm in die Landschaft. Ein Lastwagen gegenüber hatte gehalten, und der Fahrer hupte anhaltend, aber das Vieh ließ sich nicht beeindrucken. Der Lastwagen fuhr langsam an und zwang die Tiere, sich ins Geröll zurückzuziehen. Dem Riesen blieb nichts anderes übrig, als einige Meter zurückzusetzen.

Nach diesem Intermezzo vergingen nur zehn Minuten bis zum nächsten Zwischenfall. Dieses Mal waren es Schweine, Esel und ein größerer Wasserrohrbruch.

»Laut Google Maps dauert es zweieinhalb Stunden dorthinauf«, murmelte der Riese. »Das glaube ich erst, wenn wir am Ziel sind. So ein verdammtes Chaos, ist ja schlimmer als bei uns in Moldawien.«

»Ich war seit meiner Kindheit nicht mehr in Moldawien«, meinte Mischa.

»Sei froh. Die Hälfte der Leute sind immer noch Kommunisten, und der Rest ist entweder abgehauen oder hat es noch vor.«

»Mein Vater hat sein Dorf geliebt und oft davon erzählt, von den Tälern, dem Fluss und den Heuwagen.«

»Sentimentaler Schwachsinn«, meinte der Riese. »Die Russen hätten alles plattmachen sollen.«

Mischas Handy klingelte. Er starrte einige Sekunden auf das Display und antwortete dann.

»Ja?«

Eine aufgebrachte oder aufgekratzte russische Stimme schrie ihn an. Mischa hörte geduldig zu, bis die Litanei beendet war. Dann sagte er:

»Ich hoffe, du erleidest einen qualvollen Tod, ehe du ins Paradies eintreten darfst. Mehr Hilfe habe ich dir nicht zu bieten. Ruf mich nie wieder an.«

Damit war die Unterhaltung beendet. »Sie haben es also überlebt?«, fragte der Riese.

»Zwei von ihnen. Jetzt müssen sie allein zurechtkommen. Ich gebe ihnen höchstens drei Stunden. Die Georgier werden sie mit stumpfen Sensen massakrieren, zu Recht. Kannst du dir vorstellen, dass dieses verdammte Pack tatsächlich mit einem Fluchtfahrzeug gerechnet hat?« Er schüttelte den Kopf und steckte sein Handy weg.

»Ziemlich unangenehm, das Ganze«, meinte der Riese leise.

Mischa warf einen langen düsteren Blick auf den Abgrund und den Fluss. »Wir reden nie mehr darüber.«

»In Ordnung.«

Eine halbe Minute später rief Mischa: »Verdammt! Wir müssen die Handys loswerden. Gibst du mir deines?«

Der Riese reichte es ihm. Walter nutzte die Gelegenheit und sagte, er müsse pinkeln.

Sie hielten bei einem Wäldchen neben einem Wasserfall. Der Riese, nicht Mischa, schnitt den Kabelbinder durch.

»Wir gehen zusammen«, erklärte der Kahlköpfige. »Sie, ich und das Messer.«

Danach bekam Walter eine Flasche Wasser und ein sehr postsowjetisches Kaffeegetränk unklarer Herkunft mit dem Namen LOTTE.

»Wollen Sie auch eine?«, fragte der Riese, als er sich eine Zigarette anzündete.

»Ich habe aufgehört«, erwiderte Walter und nahm eine.
»Heute ist sicher ein guter Tag, um wieder anzufangen.«
»Das habe ich mir auch gerade gedacht.«
Mischa öffnete die Heckklappe des Land Cruisers, nahm einen Klappspaten heraus und zermalmte damit die beiden SIM-Karten. Die Handys vergrub er, nachdem er die Akkus herausgenommen hatte, am Straßenrand.
»Was zahlt er Ihnen an Honorar?«, erkundigte sich Walter.
Der Riese lächelte. »Dieser Versuch führt zu nichts.«
»Ich bin nur neugierig.«
»Ich weiß. Das scheint ein wiederkehrendes Problem Ihrer Persönlichkeitsstruktur zu sein.«
Offenbar wirkte Walter beeindruckt, denn der Riese fuhr fort: »Meine Mutter ist Psychologin.«
»Ach so. Und Ihr Vater?«
Der Riese grinste noch breiter. »Schlachter.«
»Ich komme mehr nach meiner Mutter«, erklärte Walter und trat die Zigarette aus, obwohl er sie nur zur Hälfte geraucht hatte.
»So, so«, erwiderte der Riese. »Bei mir ist es umgekehrt.«

Innenministerium
Dimitri-Gulia-Straße, Tiflis, Georgien
Mo., 4. Juli 2016
[20:15 MEZ+4]

Ludwig schaute durch die verspiegelte Fensterscheibe in den Vernehmungsraum, in dem die junge amerikanische Frau in eine Decke gehüllt saß und trotzdem bibberte. Momentan war sie allein.

»Valery Simms«, sagte Anri mit leiser Stimme, als hätte sie ihn sonst hören können. »Die Polizei hat sie vor einer Stunde gefunden. Sie irrte auf der linken Uferpromenade herum. Die einzige Überlebende des Anschlags, die nicht auf der Intensivstation liegt.«

»Wie viele Tote bislang?«

»Dreiundvierzig«, antwortete der kleine, untersetzte Mann, der sich bisher auf Abstand gehalten hatte. Wenn sich Ludwig nicht irrte, war er der stellvertretende Innenminister und somit für den Sicherheitsdienst zuständig.

Ludwig schüttelte nur den Kopf.

»Heute ist ein düsterer Tag in unserer Geschichte«, sagte der Minister, »ein weiterer düsterer Tag.«

»Ist sie ansprechbar?«

»So einigermaßen. Immerhin verfügen wir dank ihrer Aussage über eine Beschreibung des Terroristenfahrzeugs. Leider hat uns das noch nicht weitergebracht. Ein weißer Lieferwagen! Wir gehen davon aus, dass es sich um einen Ford Transit oder einen Mercedes Sprinter handelt, aber wer weiß. Davon gibt es unzählige. Sie hat von insgesamt vier Tätern berichtet. Zwei von ihnen liegen tot im Restaurant. Sie trugen gefälschte Pässe bei sich. Zwei Terroristen befinden sich also auf der Flucht, wahrscheinlich Richtung Batumi und türkische Grenze. Dort stehen drei Teams der Spezialeinheiten und zwei Kampfhubschrauber bereit. Sobald sich die Täter nähern, werden sie vernichtet.«

»Vielleicht sollten wir versuchen sie festzunehmen?«, meinte Anri.

Der Minister würdigte ihn keines Blickes, sondern sagte zu Ludwig: »Bitte folgen Sie mir.«

Er öffnete eine Tür und führte sie einen langen, grell erleuchteten Korridor mit gelben Wänden entlang und dann einige Treppen hinunter, bis sie schließlich in einem stockdunklen Keller angelangt waren. Nach einigen Metern ging durch einen Bewegungsmelder das Licht an.

»Dieser Weg ist eine Abkürzung«, erklärte der Minister, als sie vor einer dunkelbraunen Stahltür anlangten.

Dann öffnete er die Tür mithilfe eines Codes. Einige Meter vor ihnen im Halbdunkel stand ein Mann in beigem Anzug und weißem Hemd.

»Bitte schön«, sagte der Minister und schloss die Tür hinter Ludwig und Anri.

Der Mann im Anzug trat einige Schritte vor. Die Nase, die hohen Wangenknochen und das blonde Haar verrieten, dass er Russe und nicht Georgier war.

Ludwig ging auf ihn zu, aber sie gaben sich nicht die Hand.

»Guten Abend«, sagte der Mann auf Russisch. »Darf ich Sie ins Freie begleiten? Vielleicht können wir auf dem Weg ein paar Worte wechseln.« Dann ging er voraus.

Erst jetzt erkannte ihn Ludwig. Es war Iwan der Vortreffliche, wie die Georgier den reichsten Mann des Landes nannten, wenn sie ihn nicht kurz und gut als den »Oligarchen« bezeichneten. Er war zwar in Georgien geboren, aber russischer Herkunft. In den neunziger Jahren hatte er einige Zeit in Moskau verbracht und dort sein Vermögen erworben. Beharrlichen Gerüchten zufolge geschah in Georgien nichts, was nicht von ihm gebilligt worden war – oder vom russischen oder vom amerikanischen Botschafter, vorzugsweise von allen dreien. Allerdings gab es seit Jahren keinen russischen Botschafter mehr im Lande, in dieser Hinsicht war die Lage also ein wenig diffus.

»Gerne«, erwiderte Ludwig. Anri schwieg.

»Ich habe mir sagen lassen, dass Ihr Arbeitgeber seine Tätigkeit auf georgischem Territorium eingestellt hat«, meinte Iwan und blieb stehen. »Das ist bedauerlich. Aber wir würden gerne Ihre Dienste in Anspruch nehmen.«

»Wir?«

»Ich habe einige Papiere dabei«, antwortete Iwan und klopfte sich auf die Brusttasche des Jacketts. »Aber erst einmal hätte ich gerne gewusst, was Sie bereits in Erfahrung gebracht haben. Mit wem haben wir es zu tun? Wer steckt hinter den Taten dieser Unmenschen?«

Ludwig warf Anri einen fragenden Blick zu. Dieser zuckte mit den Achseln und meinte:

»Was meine Chefs wissen, erfährt er ohnehin.«

Iwan lächelte. »In dieser unglückseligen Zeit können sie gute Ratschläge gebrauchen.«

Also erzählte Ludwig ihm alles, von Anfang an: von Pauline Hollisters Kontaktaufnahme und Verschwinden, von Mischa Menk, dem Mord an GT, von Frauke Koch und ihrer Privatarmee in Armenien, von der Enthauptung des russischen Ministers und dem Zusammentreffen mit ihr im Gasthaus.

Er beendete seinen Bericht mit den Worten: »Ich weiß also nicht, ob Pauline Hollister noch am Leben ist. Ich weiß nicht, was Frauke Koch im Schilde führt. Ich weiß nur, dass sie dieses

Land destabilisieren und eine russische Intervention provozieren will.«

»Ich wünschte mir, wir könnten ihren Stützpunkt bombardieren«, meinte Iwan, »aber wir wollen die Russen keinesfalls weiter reizen, indem wir auf armenischem Territorium angreifen. Hingegen gibt es auf armenischer Seite verschiedene Fraktionen. Vielleicht sollte ich mich mit einer alten Freundin in Verbindung setzen und sie fragen, was sie von einem Söldnertrupp in ihrem Land hält.«

Ludwig nickte. »Die Leute, die dahinterstecken … haben meinen Sohn.«

»Wie alt?«

»Fünfunddreißig.«

»So ein Pech.«

»Ja. Ich brauche jede erdenkliche Hilfe.«

»Dann helfen wir uns gegenseitig, mein Freund.«

Iwan streckte die Hand aus, und Ludwig schlug ein. Dann räusperte er sich und sagte: »Allerdings muss ich freie Hand haben.«

»Wenn Ausländer in diesem Land etwas haben, dann freie Hand. Sagen Sie, was Sie brauchen. Waffen?«

»Waffen habe ich.«

»Wozu wollen Sie sie einsetzen?«

»Frauke Koch verfügt über eine Armee, die vermutlich nicht einfach nur dasitzt und den Klimawandel studiert. Ich weiß nicht zu welchem Zweck sie sie hat, möglicherweise als Vorhut eines Militärputsches in Georgien. Wir benötigen eine kleine, flexible Truppe, die sie aufhalten kann.«

»Wie viele Leute?«

»Nicht viele, aber bloß keine Buchhaltertypen.«

»Hm. Ich glaube, ich habe das Richtige für Sie. Im Gefängnis Rustavi gibt es eine besondere Abteilung …«

»Vorsicht«, sagte Anri leise zu Ludwig.

Iwan machte eine beschwichtigende Handbewegung. »Mag sein,

dass sie nicht so diszipliniert sind, aber es geht für sie ums Ganze. Man würde ihnen als Gegenleistung die Begnadigung anbieten.«

»Was sind das für Leute?«, fragte Ludwig.

»Ach, ein sehr gemischter Verein ... Leute, die vielleicht etwas ... übereifrig, könnte man sagen, im Dienst des vorigen Regimes tätig waren.«

»Folterer, Vergewaltiger und Henker«, murmelte Anri.

»Tja«, meinte Iwan. »Jedes Talent hat seine Blütezeit. Wir können es uns im Augenblick nicht leisten, kleinlich zu sein. Die Russen werden aus dem heutigen Attentat Profit schlagen, da können wir uns sicher sein. Wir haben die Armee in höchste Alarmbereitschaft versetzt und mit der allgemeinen Mobilisierung begonnen. Was immer das bringen mag. Wenn sie wollen, können sie uns plattmachen. Aber noch ist es vielleicht nicht zu spät.«

»Vielleicht nicht«, erwiderte Ludwig nachdenklich.

Schweigend gingen sie weiter. Fünf Minuten später erreichten sie die nächste Tür, die ebenfalls mit einem Code-Schloss gesichert war. Iwan tippte die Zahlenkombination ein und öffnete.

Sie befanden sich in einem kleinen Lagerraum voller Regale mit Zahncreme, Reinigungsmitteln, Haushaltspapier, Wasserkochern, Kerzen und Streichholzschachteln. Hinter einem blauen Vorhang mit gelben Sternen waren Stimmen zu hören: Kunden, die einem Verkäufer Fragen stellten.

Auf einem Bett mitten im Lagerraum lag eine alte Frau und schlief unter einer lila Fleecedecke.

Iwan sah Ludwig lange an, dann fragte er: »Was haben Sie vor, falls es uns gelingt, eine gute Truppe für Sie zusammenzustellen?«

»Die Grenze zu überqueren und den Stützpunkt von Frauke Koch am Sewan-See zu eliminieren.«

»Das wird nicht ganz einfach werden.«

»Aber auch nicht sonderlich schwer. Könnte man uns nicht einfliegen?«

»Ich erkundige mich.«

»Und Sie?«, fragte Ludwig. »Was haben Sie als Nächstes vor?«

»Wir rücken morgen früh mit einem Bataillon ins Pankissi-Tal vor. Die Soldaten sind dem Innenministerium direkt unterstellt.«

»Und wozu soll das gut sein?«, fragte Anri.

»Irgendwas müssen wir schließlich unternehmen.«

»Zwei Terroristen sind tot«, beharrte Anri, »und zwei auf der Flucht. Wir sollten uns besser darauf konzentrieren, die beiden zu finden. In Pankissi gibt es keine weiteren Terroristen.«

»Woher wissen Sie das?«

»Na, dann hätten sie sich heute Nachmittag sicher beteiligt. Das waren die letzten Leute, die Frauke Koch auftreiben konnte.«

Iwan verschränkte die Arme. »Spielt alles keine Rolle. Wir müssen ein Zeichen setzen. Sowohl den Einwohnern des Pankissi-Tals als auch der Welt gegenüber. Der Ministerpräsident hat bereits entschieden. Morgen früh geht es los, vor laufenden Fernsehkameras. Aber vielleicht sollten wir ja das Büro von diesem ... wie heißt er noch gleich ... diesem Menk durchsuchen?«

»Ja«, erwiderte Ludwig. »Das ist wohl unvermeidlich. Er ist Frauke Kochs Handlanger hier in der Stadt und kümmert sich für sie um die Logistik. Ich befürchte allerdings, dass er Walters Kidnapper ist.«

»Dann gehen wir besonders vorsichtig vor«, meinte Iwan.

Irgendwie fiel es Ludwig schwer, ihm zu glauben.

»Übrigens«, fuhr Iwan fort, wischte sich den Schweiß von der Stirn und knöpfte den obersten Knopf seines Hemdes auf. »Ich habe gerade gehört, dass die Amerikaner eine neue Botschafterin ernannt haben. Ihr Name ist Francesca Bowden.«

»Sie ist doch CIA-Chefin«, erwiderte Ludwig mit leiser Stimme.

»Offenbar nicht mehr. Kennen Sie sie?«

»Wir sind uns hin und wieder begegnet.«

»Was ich über sie gehört habe, hat mir immer gefallen.«

»Da haben wir vermutlich nicht dieselben Dinge gehört.«

»Angesichts des heutigen Massakers wird sie vermutlich Leute brauchen. Ich schlage vor, dass Sie mit ihr zusammenarbeiten.«

Ludwig lachte freudlos. »Ein großartiger Plan.«

»Ich fürchte, ich habe ihr gegenüber bereits Ihren Namen genannt. Tut mir leid. Von Ihren Meinungsverschiedenheiten konnte ich schließlich nichts wissen …«

»Wenn Washington sie hierherschickt«, fiel ihm Ludwig ins Wort, »dann haben die Amerikaner dieses Land praktisch verloren gegeben.«

»Wieso?«

»Sie ist der reinste Bulldozer und gilt nicht als sonderlich russenfreundlich. Moskau wird das als riesige Provokation auffassen. Und wie bekannt warten die Russen im Augenblick nur auf eine Provokation.«

Iwan lächelte erneut, das breite, etwas mitgenommene Grinsen von Kriegsveteranen, die schon alles gesehen haben, oder von Raubtieren, die ihren Hunger in Antriebskraft verwandeln können.

Womöglich ist er der reichste Mann im Kaukasus, dachte Ludwig, aber es würde mich nicht wundern, wenn er als einer der Allerärmsten zur Welt gekommen wäre.

»Vielleicht eignet sie sich ja für diesen Posten«, meinte Iwan.

»Ja. Oder sie sorgt dafür, dass uns alles um die Ohren fliegt.«

»Hoffentlich bleibt uns diese Art von Dramatik erspart«, meinte Iwan angewidert.

Aus der Innentasche seines Jacketts zog er ein paar Papiere. »Das hier sind zwei Mitarbeiterausweise«, erklärte er. »Aus dem einen geht hervor, dass Sie für mich arbeiten, aus dem anderen, dass Sie bei unserem höchst geschätzten Sicherheitsdienst angestellt sind. Je nach Situation können Sie entscheiden, was Ihnen besser weiterhilft. Ich habe mir bereits erlaubt, eine angemessene Summe auf Ihr Konto bei der Liberty Bank zu überweisen. Danke für dieses Gespräch. Gott segne Georgien. Möge er unserem Land viele Siege bescheren.«

Mit diesen Worten verließ er den Raum, nachdem er noch kurz innegehalten und den EU-inspirierten Vorhang betrachtet hatte.

Ludwig und Anri verweilten noch einen Augenblick und starrten die Frau unter der Decke an, die mittlerweile vor Schmerzen jammerte.

Schließlich flüsterte Anri:

»Ihnen ist doch klar, dass dieser Mann seine eigenen Beweggründe für die Freilassung der Gefangenen hat?«

»Keine Ahnung«, meinte Ludwig müde. »Hat er das?«

Er trat auf den Vorhang zu.

»Ja.« Anri blieb stehen und hielt Ludwig zurück. »Er will, dass möglichst viele von ihnen draufgehen. Weil sie in politischer Hinsicht auf verschiedenen Seiten stehen.«

Ludwig dachte nach. »Eure Bürgerkriege von damals sind mir egal«, erwiderte er unsicher.

»Mag sein. Aber Sie sind ihnen nicht egal.«

Unbekannter Ort
Republik Georgien
Mo., 4. Juli 2016
[21:10 MEZ+4]

Gegen Ende der Fahrt brach die Dämmerung herein, rasch, als hätten die höheren Mächte die Geduld verloren. Walter konnte bald nur noch die majestätischen weißen Gipfel und den klarsten Sternenhimmel seines Lebens erkennen. Sie befanden sich, wie er dem Höhenmesser des Armaturenbretts entnehmen konnte, auf einer Höhe von tausendvierhundert Metern. Ihr Weg hatte sie durch vereinzelte Dörfer geführt, in denen die Zahl der Kühe und Schweine die der Menschen weit übertraf. Die Ortsnamen sagten ihm nichts.

Gegen neun bogen sie von der kurvenreichen, aber immerhin asphaltierten Hauptstraße ab und rumpelten einen engen, unbefestigten Weg entlang. Der Riese drosselte das Tempo. Das Fernlicht tauchte die spärlichen Häuser, Äcker und Weiden in ein düsteres Grau, und die wenigen Menschen wirkten wie lichtscheue Gestalten aus den Gespenstergeschichten seiner Kindertage.

Die Strecke wurde noch holpriger, als sie in einen steilen, morastigen Weg abbogen, der eigentlich nur ein Trampelpfad für Kühe zu sein schien. Bald hatten sie die Höhe von tausendsechshundert Metern über dem Meeresspiegel erreicht.

»Sind wir hier auch wirklich richtig?«, fragte Mischa den Riesen.

»Aber sicher. Ich war vor vier Tagen hier, und so schlecht ist mein Gedächtnis auch wieder nicht.«

»Wie kalt ist es eigentlich? Die Leute tragen ja Mützen und Daunenjacken.«

»Vier Grad«, antwortete der Riese.

»Pfui Teufel.«

»Tagsüber steigt das Thermometer auf fünfundzwanzig Grad.«

»Wo sind wir überhaupt?«, wollte Walter wissen.

»Auf dem Olymp«, erwiderte der Riese und lachte, »auf dem Dach der Welt und in der Wohnung der Götter.«

Nach zwanzigminütigem Kampf gegen Schlamm und Schwerkraft und nach unzähligen Flüchen des Riesen und ebenso vielen Ermahnungen Mischas, den Wagen zu schonen, ging der Wald in ein weitläufiges Wiesenplateau über. Am anderen Ende lagen nur wenige Meter vom Abgrund entfernt zwei niedrige Blockhäuser mit Teeranstrich. Sie waren beleuchtet, und aus beiden Schornsteinen stieg Rauch. Fünf SUVs verschiedener Marken parkten in einem Halbkreis davor. Fünfundzwanzig Meter von den Häusern entfernt stand ein Hubschrauber.

Der Riese fuhr zu dem größeren Gebäude und stellte den Motor ab. Als er die Tür öffnete und Walter an diesem Tag von seinem zweiten Kabelbinder befreite, drang feuchtkalte Luft ins Auto, als hätte jemand kurzerhand eine Portion Winter herangebeamt. Die Stille war jedoch nicht vollkommen: Von der Rückseite des Hauses war ein Brummen zu hören, vermutlich ein Stromgenerator.

»Dann gehen wir jetzt rein«, sagte Mischa.

Der Riese und Walter folgten ihm. Die Tür des größeren Hauses ging auf, und ein gelber Lichtschein fiel auf die abgegraste Wiese. Im Lichtschein stand eine ältere rothaarige Frau in Tarnuniform und Stiefeln.

»Da ist ja der junge Herr Licht«, sagte sie. »Willkommen in Swanetien bei unserer kleinen Befreiungsarmee.«

DIE PUTZFRAU

Leonidze-Straße
Altstadt von Tiflis, Georgien
Mo., 4. Juli 2016
[22:10 MEZ+4]

Kurz nach zehn verließen Ludwig und Anri das Kellerlokal, in dem sie sich eine Flasche Rotwein und einen Teller fettige Chatschapuri mit Käsefüllung geteilt hatten.

»Ich rufe Sie morgen an«, sagte Anri, als sie sich unter den großen Platanen auf der Leonidze-Straße voneinander verabschiedeten. Die Prachtstraße aus dem 19. Jahrhundert war eine der schönsten der Stadt, und Ludwig hätte hier nur zu gern gewohnt, trotz allem, was er von georgischen Bekannten gehört hatte, die baufälligen, zugigen und feuchten alten Häusern nichts abgewinnen konnten.

Ludwig nickte und machte sich auf den Weg. Nach etwa hundert Metern kontrollierte er sein Guthaben an einem Geldautomaten. Wie von Iwan versprochen, hatte sein Konto eine ordentliche Aufbaukur durchlaufen.

Vielleicht kann ich den Jungen ja freikaufen?, fiel ihm ein.

Einige Sekunden lang machte ihn dieser Gedanke so glücklich, dass er beinahe in Tränen ausgebrochen wäre. Dann aber besann er sich.

Es geht ihnen nicht um Lösegeld, dachte er. Sie wollen mich. Also muss ich …

Aber nicht jetzt. Noch nicht. Frauke Koch musste gestoppt werden. Egal, was geschah, Ludwig würde GT rächen.

Noch ist die Zahl der Trauernden größer als die der Bestatteten.

Dieser Satz hatte sich in seinem Kopf festgesetzt. Wo hatte er ihn nur gehört? Oder hatte er selbst ihn vor tausend Jahren gedacht? *Noch ist die Zahl der Trauernden auf meinem ewigen Begräbnis größer als die der Toten.*

Ludwig setzte seinen Weg bis zu der hässlichen Brücke aus Glas und Plastik fort, die ein Wahrzeichen der Stadt war, deren Namen er jedoch vergessen hatte. Irgendetwas mit Liebe, Freiheit oder Frieden. Oder Zukunft? Unter dem monströsen Bau strömte der Fluss dahin, so braun wie immer.

Es nieselte, und die Touristen drängten sich unter dem Glasdach der Brücke und schossen Erinnerungsfotos. Japaner, Chinesen und zahlreiche Russen. Viele Inder, einige Araber, Türken und Perser.

Allerdings nur wenige Westler. Die meisten Europäer, die nach Georgien kamen, wollten sich nicht amüsieren, sondern das Land von dem Bösen erlösen.

Ich offenbar auch, dachte Ludwig. Was für eine Farce!

Er ließ die Brücke hinter sich und überquerte einen kläglich ausgeschmückten Betonplatz, der, wie er wusste, den Namen »Park der Liebe« trug. Der vorige Präsident hatte ihn seiner singenden Mätresse zum Geschenk gemacht – versehen mit einem Konzerthaus, das jetzt als das leerste der Welt über der kahlen, toten Fläche aufragte.

Vier Elektroautos für Kinder waren an einen Fahrradständer gekettet, der unter einem verblichenen Heineken-Sonnenschirm aufgestellt worden war. In der trockenen Erde scharrten ein paar Tauben, ohne fündig zu werden.

Nach etwa hundert Metern gelangte Ludwig zu einer steilen Felswand mit einer Treppe. Als er die Autobahn und sein Stammlokal Café Flowers erreicht hatte, schwor er einen heiligen Schwur: Keinen Tropfen mehr, bevor sich Walter in Sicherheit befindet.

Aber je mehr Ludwig über diesen Vorsatz nachdachte, desto deutlicher wurde ihm ein wichtiger, bislang übersehener Aspekt. Wenn er keinen Schlaf fand, und sei es nur für eine Nacht, würde er seinem Sohn auch nicht helfen können.

Also betrat er die Aussichtsterrasse mit Blick auf den Fluss und einen großen Teil der Stadt und modifizierte seinen Vorsatz: Keinen Tropfen mehr nach diesem Abend.

Auf der Terrasse saßen verstreut einige Paare. Sie stocherten in ihrem Essen, nippten an bernsteinfarbenem Wein, tauschten feuchtfröhliche Konspirationstheorien auf Russisch aus oder führten zuversichtliche Gespräche darüber, wie sie ihren Alltag neu gestalten würden, wenn die Ferien vorüber waren und sie nach Hause zurückkehrten. Fitness, kein Alkohol, vielleicht keine Zigaretten mehr. Vielleicht ein weiterer Versuch, den Kinderwunsch zu verwirklichen.

»Ich will nicht nach Hause«, hörte Ludwig eine Frau seufzen. »Können wir nicht einfach hierbleiben?«

»Du bist doch nicht ganz bei Trost«, erwiderte ihr Mann. Er zündete sich eine Zigarette an und meinte: »Weißt du, was hier ein Arzt verdient?«

»Aber alles ist doch so billig, das muss sich doch ausgleichen?« Der Mann schüttelte den Kopf und betrachtete die Lichter der Stadt.

Ludwig nahm Platz, winkte den ewig missmutigen ukrainischen Kellner herbei und bestellte ein Warsteiner und ein halbes Glas Jim Beam.

»Nichts zu essen?«, fragte der Ukrainer wie immer.

»Nein danke«, erwiderte Ludwig.

»Vielleicht ein Stück Kuchen oder …«

»Nein danke.«

Aus dem Lokal erklang die immer gleiche Sampler-CD, Hits der Achtziger und Neunziger, Paul Young, Bryan Adams und Sting. Selbst die verdammte Band Vaya Con Dios war im Café Flowers unsterblich. Ludwig hatte dem Wirt ein paar CDs des begnadeten Hamlet Gonashvili geschenkt, doch der Wirt war Weißrusse und konnte mit toten georgischen Helden nichts anfangen.

»Den Touristen gefällt das nicht«, meinte er verunsichert. »Sie wollen es lieber modern.«

Ludwig bestellte eine erste Runde, dann eine zweite und noch eine dritte. Erst nach Mitternacht hob er seinen Blick vom Tisch und starrte in den giftgelben, smoggesättigten Nachthimmel.

Sterne waren keine zu sehen, auch nicht der Mond. Die Nacht breitete sich aus, mit all ihren verrückten Monstern.

Gute hundert Kilometer nordöstlich, bei strikter Funkstille und in sechstausend Metern Höhe über dem Großen Kaukasus, murmelte ein Major der russischen Luftwaffe vor sich hin:

»Niemand wird unsere prächtigen Jungs sehen, wenn sie aus dem Himmel fallen.«

Niko-Lomouri-Straße
Avlabari, Tiflis, Georgien
Di., 5. Juli 2016
[9:00 MEZ+4]

Es war wirklich ein fürchterliches Gehämmer, und erst nach geraumer Zeit ging Ludwig auf, dass es von seiner eigenen Wohnungstür kommen musste. Er zog das Laken vom Bett, wickelte es sich um die Taille und öffnete. Vor ihm stand Jack Almond. Er war gekleidet, als sei er auf dem Weg ins Fitness-Studio, und trug ein Pflaster auf der Nase.

»Darf man eigentlich nie schlafen?«, knurrte Ludwig und ließ den Amerikaner eintreten.

»Es ist neun Uhr, verdammt.« Almond marschierte ins Wohnzimmer und sah sich um. Es war sein erster Besuch in Ludwigs Wohnung. »Wie lange wollten Sie denn noch faul herumliegen?«

Ludwig gelangte nur mit Mühe in die Küche, wo er sich auf die Suche nach Kopfschmerztabletten machte.

»Was wollen Sie?«, fragte er ungehalten.

»Fran Bowden ist in der Stadt. Sie wird die neue Botschafterin.«

»Das habe ich bereits gehört.«

»Was soll das heißen? Woher?«

Ludwig zerkaute drei schweineteure importierte Aspirintabletten und schluckte den Brei mithilfe des nach Chlor stinkenden

Kranwassers herunter. Mit einer angewiderten Grimasse kehrte er zu dem Amerikaner zurück.

»Ich weiß es nicht mehr genau.«

Almond schüttelte den Kopf. »Wir sind mit ihr verabredet.«

»Wieso sind Sie überhaupt noch hier? Ich dachte, Sie wollten um jeden Preis weg.«

»Jetzt bin ich bis auf Weiteres der Chief of Station.«

»Hier in Tiflis?« Ludwig lachte freudlos. »Moment, nur damit ich das recht verstehe … Sie haben den Posten als Chief of Station in Berlin aufgegeben, um im Auftrag von Fran Bowden bei der EXPLCO zu spionieren. Sie haben den Auftrag zur allgemeinen Zufriedenheit ausgeführt … und das ist jetzt Ihre Belohnung?«

»So könnte man es ausdrücken, ja. Sie haben doch sicher von den Russen gehört?«, wechselte Almond das Thema. »Heute Nacht haben sie das Pankissi-Tal besetzt.«

Überrascht starrte Ludwig Almond an. »Ich dachte, die georgische Armee würde …«

»Die Russen sind ihnen zuvorgekommen. Fallschirmjäger. Heute Nacht. Wir wissen noch nicht, wie viele, aber sie haben jedenfalls östlich von Achmeta Straßensperren errichtet. Damit ist das Tal abgeschnitten und befindet sich in ihren Händen. Der russische Außenminister hat im Fernsehen eine kurze Erklärung abgegeben. Angeblich handelt es sich um einen befristeten polizeilichen Einsatz. Die russischen Truppen würden sich in Abstimmung mit der Bevölkerung vor Ort zurückziehen, sobald ihre Aufgabe beendet sei.«

»Und mit der Bevölkerung vor Ort meint er die Muslime, die gerade in russische Gewehrmündungen starren«, murmelte Ludwig. »Tschetschenen, die schon einmal vor den Russen fliehen mussten, und Kisten, die nie irgendeinen Ärger gemacht haben.«

»Genau.«

»Aber der letzte Terroranschlag hat sich doch gar nicht gegen die Russen gerichtet«, dachte Ludwig laut.

»Nein. Und genau das stärkt ihre Legitimität. So, wie die Russen es sehen, versinkt Georgien in totaler Anarchie, mit fatalen Folgen für die Staatengemeinschaft. Washington kann nach dem gestrigen Massaker nicht mehr gegen den Einmarsch protestieren. Die Zahl der Toten ist inzwischen auf dreiundfünfzig gestiegen, fünfunddreißig davon sind amerikanische Staatsbürger.«

»Und was tun die Georgier?«

»Sie warten ab, was vermutlich auch das Klügste ist.«

»Stimmt.«

»Ziehen Sie sich endlich an. In einer Viertelstunde sollen wir oben bei der Kathedrale sein.«

»Dann müssen Sie mir auf dem Weg einen Kaffee ausgeben.«

»Ja, ja«, erwiderte Almond. »Aber können Sie mir nicht endlich verraten, wer Ihnen erzählt hat, dass Fran Bowden in der Stadt ist?«

»Denken Sie nach, dann fällt es Ihnen vielleicht ein.«

Ludwig verschwand im Schlafzimmer, öffnete den Kleiderschrank und wühlte darin herum, bis er seinen besten Leinenanzug gefunden hatte.

Hinter den Kleidern hingen zwei Achselholster. Er wählte das, in dem eine nagelneue Baby Desert Eagle steckte, die er am Tag zuvor aus dem EXPLCO-Lager gestohlen hatte. Die übrigen Waffen und die Munition befanden sich in einem Lagerraum, zu dem nur Anri und er Schlüssel besaßen.

Erst als er sich wenig später die Zähne putzte, wurde Ludwig klar, dass ihn die verdammten Amerikaner brauchten, weil es sonst niemanden gab.

*

Der Morgen war bewölkt und kühler als erwartet. Während Ludwig den steilen Kopfsteinpflasterweg hochging, leerte er den Pappbecher, den ihm Almond an einem der Lavazza-Stände ausgegeben hatte.

Früher oder später würde es wieder Herbst werden, und er hatte genug Geld auf dem Konto …

Walter. Es konnte keine Zukunft geben, solange der Feind Walter in seiner Gewalt hatte.

Sie erreichten die Mauern, die den Platz unterhalb der Kathedrale umgaben. Zehn Meter neben dem Tor hing ein frisch geschlachtetes Lamm an einem Ast. Das Blut auf der Erde war dunkel wie Teer. Zwei Männer waren damit beschäftigt, das Tier zu zerlegen. Auf der anderen Seite des Tores standen zwei schwarz glänzende Cadillacs Escalade mit roten Diplomatenkennzeichen und zwischen ihnen eine Limousine. Wie es sich gehörte, wurde die Limousine von den Gorillas der amerikanischen Botschaft bewacht.

Ludwig ging durch das Tor und drückte den bettelnden Witwen ein paar Münzen in die Hand. Dann kaufte er eine Handvoll kleiner Kerzen.

Almond, der jeden Kontakt mit der örtlichen Bevölkerung zu verabscheuen schien, musste warten, bis ihn Ludwig wieder eingeholt hatte.

»Sie beißen nicht«, erklärte Ludwig dem Amerikaner.

»Nein, aber lästig sind sie.« Almond warf einen finsteren Blick auf die Uhr. »Kommen Sie jetzt, sie wartet nicht gern.«

In der Kathedrale hing der Weihrauch schwer in der Luft. Irgendwo in einem Nebenraum probte ein Frauenchor. Leute jeden Alters gingen von einer Ikone zur nächsten, von Grab zu Grab und von Altar zu Altar. Zwei magere Jugendliche, vermutlich Brüder, fielen weinend vor der heiligen Nino, die vor gut 1600 Jahren die Nation christianisiert hatte, auf die Knie. Ludwig fragte sich, ob ihre Tränen echt waren, aber was spielte das eigentlich für eine Rolle? Das Erlebnis, das sich die jungen Männer einbildeten, ihre Überzeugung, dass ihre Frömmigkeit von Gott dem Herrn belohnt werden würde, war ebenso stark wie die Gewissheit, dass der Regen auch beim nächsten Mal senkrecht fallen und die Erde durchnässen würde.

In der Kirche wurde zwar keine Messe gelesen, aber ein Geistlicher stand in einer Ecke und sprach zu einer Gruppe Soldaten.

Die Kathedrale war neu, ein Riesenprojekt, das Iwan der Vortreffliche finanziert hatte. Gerüchteweise hieß es, sie sei wie ein Baum und ihre Wurzeln würden ebenso weit in die Erde reichen wie ihr höchster Turm in den Himmel. Was sich in den Katakomben unter der Kirche befand, darüber konnten nur Mutmaßungen angestellt werden. Bunker für die Mächtigen des Landes? Oder Kerker für die heimlichen Feinde der Nation?

Ludwig Licht war kein frommer Christ, doch der Aufenthalt in diesen Regionen hatte seine Sichtweise relativiert. Auch wenn er nicht wirklich an Gott glaubte, so fühlte er sich aber auch nicht mehr gegen alle verbliebenen Voodoo-Dämonen der Weltgeschichte gefeit.

Eine von diesen nahm vor ihm Gestalt an: Fran Bowden, die in den letzten fünf Jahren sichtlich abgenommen hatte, aber immer noch eine imposante Frau war. In diesem Augenblick fiel sie vor dem Patriarchen der georgisch-orthodoxen Kirche auf die Knie und küsste seinen Ring. Alle Kirchgänger starrten in ihre Richtung: Vermutlich kam es nicht oft vor, dass sich eine schwarze Frau in Kostüm und hochhackigen Schuhen segnen ließ.

Eine normale Botschafterin wird sie nie, dachte Ludwig. Ihr Auftrag war ähnlich diskret wie die Landung eines Flugzeugträgers.

Ganz richtig waren auch ein paar junge Männer mit teuren Fotoapparaten und Notizblöcken zur Stelle. Offenbar sollte über das Ereignis berichtet werden.

Da entdeckte Fran Bowden Ludwig und Almond. Sie erhob sich und dankte dem Patriarchen, der sich daraufhin entfernte. Die Journalisten folgten seinem Beispiel.

Ludwig trat auf sie zu und sagte: »Willkommen im südlichen Kaukasus.«

In diesem Augenblick kamen zwei von Fran Bowdens Leibwächtern auf ihn zu, doch die Amerikanerin scheuchte sie weg. Sie nahm Ludwigs Arm und führte ihn in eine abgelegene Ecke.

»Ich habe soeben zwölf Stunden in einem Flugzeug verbracht«, sagte sie leise. »Ich habe Almonds Bericht gelesen und außerdem versucht, so viel wie möglich über die Hintergründe herauszufinden. Schließlich bin ich fündig geworden. Ich glaube, es geht um Folgendes: Die Terroranschläge, Frauke Kochs Versuch, das Land zu destabilisieren und einen russischen Angriff zu provozieren, das alles deutet auf ...«

»... Pauline Hollister hin«, ergänzte Ludwig.

»Genau. Pauline Hollister. Sie war im Winter 2013/2014 in Kiew und hat mit Frauke Koch in einem Hotel am Maidan gewohnt. Sie ... Wissen Sie was? Dieser Geistliche da drüben starrt mich jetzt schon seit zehn Minuten an.«

Im nächsten Moment löste sich Pater Grigol mit erhobener Hand aus den Schatten, als wollte er sich gewaltsam einen Weg bahnen.

»Grigol«, sagte Ludwig. »Keine Gefahr, ich kenne ihn.«

Erneut scheuchte Fran Bowden ihre Bodyguards weg.

Als der Geistliche vor ihnen stehen blieb, sagte er atemlos: »Wir haben ... wie soll ich sagen ... ein ganz schönes Problem am Hals.«

»Noch eins?«, fragte Ludwig.

»Sie sind die neue Botschafterin aus Washington, nicht wahr?«

Fran Bowden nickte und stellte sich vor.

»Sehr erfreut«, sagte Pater Grigol.

Die drei setzten sich in Bewegung.

»Angesichts dieses Vorfalls in Pankissi muss ich Ihnen etwas erzählen«, meinte Grigol. »Die Geschichte wird allmählich zu gefährlich.«

»Ich höre«, sagte Fran Bowden.

Pater Grigol blieb stehen und packte Fran Bowden an den Schultern, als würden sie sich schon von Kind auf kennen.

»Im Jahr 2012 hat Pauline Hollister einen letzten Einsatz für das alte Regime geleistet«, sagte er leise.

Ludwig warf ihm einen fragenden Blick zu. Aus dem Augenwinkel sah er Jack Almond, der fünfzehn Meter entfernt stand und so tat, als wäre er in ein Gemälde vertieft.

Grigol zog Fran Bowden und Ludwig zu sich heran, bis sie Kopf an Kopf standen. Er sah sich um und sagte noch leiser:

»Die Militärführung und der Präsident waren sich darin einig, dass Georgien keine russischen Überfälle mehr erdulden soll. Sie haben Pauline Hollister zum Einkaufen geschickt. Nach Islamabad.«

Ludwig war sprachlos. Fran Bowden sah den Geistlichen an, als hätte er ihr ein Messer in den Bauch gerammt.

»Und die Pakistani sind, wie Sie wissen«, fuhr der Geistliche fort, »keine großen Russlandfreunde.«

Ludwig fehlten immer noch die Worte. Schließlich sagte er: »Die Georgier haben eine …« Dann verstummte er wieder.

Pater Grigol nickte, schloss die Augen und flüsterte:

»Wir besitzen zwei mit Atombomben bestückte Kurzstreckenraketen.«

Samreklo-Straße
Avlabari, Tiflis, Georgien
Di., 5. Juli 2016
[10:10 MEZ+4]

Ludwig, Fran Bowden, Pater Grigol und Almond nahmen in der schwarzen Lincoln-Limousine Platz. Ihnen gegenüber saßen Anri und der Oligarch Iwan. Einer der Leibwächter schloss die Türen, und die Beratung in dem gepanzerten, abhörsicheren Fahrzeug konnte beginnen.

Almond ergriff als Erster das Wort. »Heute früh hat die georgische Sicherheitspolizei in der Tifliser Niederlassung von Menk Shipping eine Razzia durchgeführt, aber nichts gefunden. Auch die Durchsuchung von Menks Wohnung ist ergebnislos verlaufen.«

Ludwig rieb sich die Schläfen, und Almond fuhr fort:

»Die beiden Terroristen, die den gestrigen Anschlag überlebten, sind heute Nacht von georgischer Polizei auf einem Parkplatz in Batumi erschossen worden. Von einem ihrer Handys war am Abend zuvor auf einem auf Menk Shipping registrierten Telefon angerufen worden. Der Anruf dauerte weniger als eine Minute. Das angerufene Handy befand sich zu diesem Zeitpunkt auf der einzigen Straße, die von Sugdidi in Mingrelien durch das Gebirge nach Mestia führt. Wir haben versucht, dieses Handy zu orten, aber der Anschluss existiert nicht mehr.«

»Swanetien«, bemerkt Anri.

»Genau«, erwiderte Almond. An Fran Bowden gewandt erläuterte er: »Die höchsten noch bewohnten Dörfer befinden sich auf etwa zweitausendvierhundert Metern, und einige Gipfel sind bis zu fünftausend Meter hoch. Aus irgendeinem Grund hat sich Mischa Menk dorthin begeben.«

»Und was ist mit Frauke Koch?«, erkundigte sich Ludwig.

Iwan räusperte sich. »Meine Freunde in Armenien haben gestern spätabends einen Erkundungsflug über ihrem Stützpunkt durchgeführt. Er wirkte verlassen.«

»Laut unserer Grenzpolizei«, sagte Anri, »ist sie gestern um kurz vor zwölf in Gesellschaft zweier Deutscher und eines Südafrikaners nach Georgien gereist. Die Polizei überprüft gerade, welche anderen Fahrzeuge die Grenze etwa zum selben Zeitpunkt passiert haben.«

»Swanetien – kein schlechter Ort für die Stationierung von Kurzstreckenraketen«, meinte Ludwig.

Fran Bowden nickte.

»Warum?«, wollte Almond wissen.

»Sie haben eine größere Reichweite, wenn man sie aus dem Gebirge abfeuert«, antwortete die neue Botschafterin.

Iwan runzelte die Stirn und rutschte etwas hin und her, schwieg jedoch.

Anri sah Fran Bowden an. »Was für Raketen?«

»Wer sind Sie eigentlich?«, entgegnete sie.

»Das ist unser Kontaktmann vom Sicherheitsdienst«, erklärte Almond.

»Ich dachte, *er* wäre das?«, sagte Fran Bowden und nickte in Iwans Richtung.

Dieser stieß ein hohles Lachen aus und meinte: »Wir ziehen alle an einem Strang.«

»Und was heißt das im Hinblick auf die momentane Lage?«, wollte Fran Bowden wissen.

»Niemand will einen Krieg mit Russland. Erst einmal müssen wir die Russen dazu bringen, sich aus dem Pankissi-Tal zurückzuziehen. Und was diese Raketen betrifft … es stimmt, dass sie sich in Swanetien befinden.«

Pater Grigol nickte.

»Und wo genau?«, fragte Ludwig.

»Das weiß ich nicht, aber irgendwo weit oben. Ich kann Ihnen versichern, dass wir sie vollkommen unter Kontrolle haben.«

»Und wen meinen Sie mit ›wir‹?«, erkundigte sich Fran Bowden kühl.

»Die Regierung des Landes.«

»Es ist mir schleierhaft, warum Sie sich nicht mit uns beraten haben. Sie wollen doch Mitglied der NATO werden? Vielleicht sollten Sie sich erst einmal an den Atomwaffensperrvertrag halten!«

Iwan seufzte. »Was die ehemalige Regierung getan hat, darüber weiß ich nichts. Aber eines ist sicher – Sie hätten das nie genehmigt.«

»Womit Sie verdammt recht haben! Was soll das überhaupt? Der Sinn und Zweck von Atomwaffen ist Abschreckung, und da nützen einem geheime Atomwaffen natürlich gar nichts. Wie Sie jetzt sehen.«

»Der Sinn und Zweck von Atomwaffen ist Rache«, erwiderte Iwan leiser.

»Das ist hier aber verdammt noch mal keine isländische Saga!«

»Seien Sie sich da nicht so sicher.«

Eine Weile herrschte Schweigen. Im Auto wurde es warm. Pater Grigol kaute so heftig Kaugummi, als geschehe es auf persönlichen Befehl des Erzengels Gabriel.

Schließlich murmelte Ludwig: »Welche Stadt?«

»Wie bitte?«, sagte Iwan.

»Auf welche Stadt sind die Raketen gerichtet?«

»Auf Sotschi.«

»Und die Kraft der Sprengköpfe?«

»Ist ausreichend«, antwortete Pater Grigol, der vor sich hin starrte und nach seiner Bemerkung wieder schwieg und weiterkaute.

Es wurde still.

»Alles dreht sich um Frauke Koch«, meinte Ludwig nach einer Weile. »Alles. Erst plant sie zwei große Terroranschläge und ermordet einen Minister, damit die Russen ins Pankissi-Tal einmarschieren. Aber das reicht ihr nicht, wie ich unserem Gespräch entnehmen konnte. Ihr Wunsch ist eine vollständige Invasion und Besetzung des Landes. Und zu diesem Zweck ist etwas … Unerhörtes nötig.«

»Sie will, dass die Raketen abgeschossen werden«, sagte Fran Bowden mit schwacher Stimme.

Ludwig nickte.

»Ist sie vollkommen verrückt?«, fragte Almond.

»Ja«, antwortete Ludwig. »Zweifellos.«

Iwan sah alle Anwesenden nacheinander an und meinte dann: »Wir müssen sie daran hindern. Manchmal ist ein kleiner Krieg nötig, um einen großen zu verhindern.«

»Was schlagen Sie vor?«, fragte Fran Bowden.

»Die Gefangenen, von denen ich erzählt habe, sind bereit. Sie versprechen, alles für Georgiens Freiheit und weitere Unabhängigkeit zu tun. Um jeden Preis.«

»Nein, so werden wir das nicht lösen«, meinte Ludwig.

»Was soll das heißen?«, hakte der Oligarch ungläubig nach, als habe er seit Jahrzehnten keinen Widerspruch dulden müssen.

»Ich eigne mich nicht zum Truppenführer. Ich mache es wie immer. Allein.«

Iwan sah die anderen an, um sich ihre Unterstützung zu sichern. »Koch verfügt über fünfzehn Mann, das sagen Sie doch selbst! Erfahrene Söldner!«

»Ja. Und gegen die können Ihre fetten alten Bullen auch nichts ausrichten. Die Söldner würden sie bis zum letzten Mann abschlachten.«

»Er hat recht.« Fran Bowden seufzte. »Ich kann zwar nicht behaupten, dass mir der Plan gefällt, aber ich habe auch keinen besseren.«

»Gibt es dort oben einen Flugplatz?«, erkundigte sich Ludwig.

»In Mestia«, antwortete Almond. »Allerdings nur für Propellermaschinen.«

»Ich brauche ein Flugzeug«, sagte Ludwig zu Iwan. »Und dann müssen wir in Erfahrung bringen, wo diese Raketen sind.«

Iwan saß mit gesenktem Kopf da und versuchte, über seine Niederlage hinwegzukommen.

Schließlich nickte er. »Kein Problem.«

»Ich begleite Sie«, erklärte Anri.

»Ich auch«, meinte Grigol.

Ludwig dachte nach. »Ja, warum nicht?«, sagte er schließlich. Dann meinte er: »Sitzt hier zufällig jemand im Auto, der regelmäßig Kontakt zum russischen Außenminister hat?« Niemand antwortete. »Vielleicht … Sie?«, fuhr Ludwig fort und sah den Oligarchen an.

»Ich kann nicht behaupten, dass ich ihn sonderlich gut kenne.«

»Besser als ich vermutlich.«

»Was wollen Sie von ihm?«

»Früher oder später müssen wir mit den Russen reden. Wir müssen ihnen die Gelegenheit geben, ihren Standpunkt zu revidieren … und sich möglicherweise auch aus dem Pankissi-Tal zurückzuziehen.«

»Das kommt mir eher unwahrscheinlich vor«, bemerkte Iwan düster.

»Da bin ich ganz Ihrer Meinung. Aber es kann nicht schaden. Niemand ist an einem richtigen Krieg interessiert. Die Russen können ihn sich verdammt noch mal nicht leisten, nicht im Hinblick auf Dagestan, die Ukraine, Syrien und alles andere, was sie im Augenblick noch am Hals haben. Wir sollten sie vielleicht über die tatsächlichen Verhältnisse aufklären.«

»Na dann«, meinte Fran Bowden. »Ich rede den Georgiern jetzt ins Gewissen, nicht zuletzt dem Premierminister und dem Generalstab. Die Raketen müssen sichergestellt werden, das hat oberste Priorität. Anschließend müssen die Georgier sie verschrotten lassen. Vielleicht als Zugeständnis an die Russen. Damit könnten wir uns aus dem Schlamassel ziehen.«

Iwan verdrehte die Augen und zog seinen Schlips glatt. »Ich glaube nicht, dass ich je so viele Optimisten auf einem Haufen erlebt habe.«

Alle außer Fran Bowden und Almond stiegen aus. Anri und Pater Grigol machten sich auf den Weg Richtung Stadt. Iwan schaute sich um. Vermutlich nach seinem Fahrer. Ludwig legte ihm eine Hand auf die Schulter und sagte:

»Nehmen Sie meinen.«

Dann gab er dem Oligarchen das einzig Wertvolle, das er in diesem Erdenleben noch besaß.

KLONDYKE

Unbekannter Ort
Swanetien, Georgien
Di., 5. Juli 2016
[10:50 MEZ+4]

Walter schlief schlecht. In der fensterlosen kleinen Kammer war es eiskalt. Immer wieder erwachte er davon, dass er trotz mehrerer Decken zitterte.

Erst einige Stunden nachdem er aufgestanden war und vor dem offenen Kamin im Gemeinschaftsraum gefrühstückt hatte, begann er aufzutauen. Mit ein paar Wachen im Schlepptau unternahm er einen Spaziergang. Noch nie zuvor hatte er sich so sehr über die Sonne gefreut.

Gegen elf erschien Frauke Koch und löste die Soldaten an seiner Seite ab.

»Ist es nicht schön hier?«, fragte sie und breitete die Arme aus. »Ich will nie mehr von hier weg.«

Sie standen auf einem grünen, kargen Plateau und hatten in drei Himmelsrichtungen Aussicht auf prachtvolle Gebirge. Ihre weißlich schimmernden Gletscher reflektierten die Sonnenstrahlen, die Umrisse hoben sich als unerbittliche Kontraste vor dem hellblauen Himmel ab, und der Weltraum schien einzig dafür geschaffen, ihre Größe zu unterstreichen.

»Fantastisch«, pflichtete Walter ihr bei. »So einen Nebel habe ich bei strahlendem Sonnenschein noch nie erlebt.«

»Das ist kein Nebel, das sind Wolken. Ich habe übrigens Ihr Buch gelesen. Sehr interessant. Hat Ihr Lektor es bereits gesehen, oder schicken Sie ihm nur fertige Manuskripte?«

Denk nach, ehe du antwortest, ermahnte sich Walter.

Sie standen zwei Meter vom Abgrund entfernt. Frauke Koch war eine alte Frau. Wären sie jetzt allein gewesen … aber auch dann wäre er vielleicht nicht mit ihr fertiggeworden.

»Der Verlag hat verschiedene Versionen erhalten«, meinte er vorsichtig. »Sie sind bislang mit allem sehr einverstanden.«

»Wie schön. Der Text hat mir, wie gesagt, gefallen. Besonders die Kapitel über Ihren Vater. Ich bringe ihm jetzt ein ganz anderes Verständnis entgegen. Die Passagen hingegen, in denen ich selbst vorkomme … Natürlich ist es schmeichelhaft, von der neuen Generation überhaupt wahrgenommen zu werden, aber ich würde es trotzdem zu schätzen wissen, wenn Sie diese Passagen streichen und Ihrem Verlag eine neue Version schicken würden. Sie könnten ja behaupten, dass sich das alles doch nicht belegen lässt.«

Wollte sie ihn für dumm verkaufen? Wenn er bei den Recherchen ums Leben kam, ließ sich sein Buch mit Sicherheit richtig gut verkaufen. Die Verlage liebten so etwas, denn dann mussten alle diesen Unsinn lesen – egal, ob es sich um ein vollständiges Manuskript handelte oder nicht. Die letzte von ihm eingesandte Version würde dann veröffentlicht werden. Posthum. Mit dem allergrößten Respekt vor dem letzten Willen des verstorbenen Autors.

»Damit würde ich ja den Ast absägen, auf dem ich sitze«, meinte er mit einem schrägen Lächeln.

Frauke Koch betrachtete ihn nachdenklich. Nur ihre Nasenflügel verrieten ihre wütende Ungeduld, als sie versuchte, unbemerkt einige Male tief einzuatmen.

»Dieser Ast ist mein Wohlwollen, sonst nichts.«

»Das werde ich verinnerlichen.«

»Sie sind in der Tat umgänglicher als Ihr Vater. Ein kleiner Charmeur. Aber auch ein kleiner Schlappschwanz. Sie sitzen im Dunkeln herum, wo Sie keiner sieht, und fantasieren sich am Computer Sachen zusammen. Sie sind nicht nur das einzige Kind, sondern obendrein auch noch der einzige *Sohn* … Und ich stelle mir vor, dass Sie es gewohnt sind, Ihre Mutti um den Finger zu wickeln.«

»Hätten Sie zufällig eine Zigarette für mich?«

»Nein, zufällig nicht. Wollen Sie unbedingt Ihr Leben verkürzen, Walter?«

»Machen Sie sich keine Sorgen. Normalerweise rauche ich nicht, nur auf Partys.«

Er sah die Ohrfeige zwar kommen, trotzdem haute ihn die Wucht des Schlages beinahe um. Mit einigen Sekunden Verzögerung stellte sich der Schmerz ein, ein Brandmal der Schande. Schockiert blieb er stehen und fasste sich an die Wange wie ein gescholtenes Kind.

»Da Sie offenbar mit konstruktiver Kritik nichts anfangen können«, meinte Frauke Koch freundlicher, »müssen wir die Arbeit wohl einem Redakteur überlassen. Wir haben hier in den Bergen allerdings niemanden, der unsere schöne deutsche Muttersprache zufriedenstellend beherrscht, außer mir natürlich. Was meinen Sie, wäre das was? Vertrauen Sie mir? Ich sage Ihnen, was Sie streichen sollen, und dann reichen wir eine neue Version ein.«

»Sie können mich mal kreuzweise.«

»Ich erwarte keine Liebe, nur Vertrauen in mein Urteilsvermögen. Und … richtig, das Passwort für Ihre Cloud bräuchte ich auch. Auf Ihrer Festplatte fehlen die Back-up-Kopien, also gehe ich davon aus, dass Sie sie in der Cloud ablegen.«

»Miststück«, murmelte Walter.

»Liegt Ihnen diese Sache wirklich so sehr am Herzen? Es wäre doch sehr bedauerlich, wenn in Zukunft nicht-autorisierte Versionen Ihres Textes in Umlauf geraten würden, nicht wahr? Nein, ich plädiere für Ordnung in allen Lebenslagen.«

»Vielleicht habe ich das Passwort ja vergessen?«

Koch lächelte und winkte drei ihrer Söldner heran, die rauchend neben den Autos standen. Sofort traten sie ihre Zigaretten aus und eilten auf sie zu.

Oder besser gesagt auf Walter.

»Irgendwie habe ich das Gefühl, dass wir Ihrer Erinnerung auf die Sprünge helfen können«, murmelte Frauke Koch.

Queen Tamar Airport
Mestia, Swanetien, Georgien
Di., 5. Juli 2016
[14:20 MEZ+4]

Der Flug von Tiflis in den Nordwesten des Landes dauerte nur eine knappe Stunde. Bei strahlendem Wetter schossen sie über schneebedeckte Gipfel hinweg. Fünf Minuten früher als berechnet landeten sie auf dem kleinen Flugplatz. Als sie aus der Maschine stiegen, betraten sie einen neuen Planeten.

Ludwig genoss die kühle Luft. Im Schatten betrug die Temperatur nur fünfzehn Grad und in der intensiven Sonne höchstens fünfundzwanzig. Die klare Höhenluft ließ sich anfangs nur mit gewisser Mühe einatmen. Vor ihm lag das Gebirge im glitzernden Sonnenschein und überschattete alles.

Die fünftausend Meter hohen Gipfel blendeten ihn mit Schnee und Eis. Noch nie hatte Ludwig so hohe Berge gesehen. Sie ließen sich nur mit Superlativen beschreiben: die höchsten, die breitesten, die allumfassendsten. Wenn dies nur ein kleiner Teil der Erde war, dann war ihm der ganze Planet noch nie so riesig vorgekommen wie in diesem Moment. Hier brachte sich das Gewicht des Universums in Erinnerung, die totale Biomasse wirkte größer und die Dimensionen zahlreicher als an anderen Orten der Welt.

Wogender Mischwald kletterte die Bergwände hinauf und ging oberhalb der Baumgrenze in steile, abgegraste Weiden über. Ludwig hätte die Vielzahl von Farbabstufungen von Dunkeloliv bis Limettengrün kaum für möglich gehalten. Ganz hoch oben sah er Kühe und Schafe, die mit Todesverachtung und von ewigem Hunger angetrieben die Hänge erklommen.

Anri sah sich mit der gleichen Faszination um wie Ludwig.

»Unfassbar«, sagte der junge Georgier kopfschüttelnd. »Unfassbar.«

»Entspricht das nicht dem Traum vom Paradies?«, fragte Ludwig den Geistlichen.

»Der Traum Alaskas von Neuseeland«, antwortete der Pater, ohne zu zögern. »Oder vielleicht auch umgekehrt. Für mich ist es vor allem der Traum von … zu Hause.«

»Sind Sie Swane?«, fragte Anri.

»Nein, aber ich bin hier zur Welt gekommen. Wir haben das Gebirge verlassen, als ich fünfzehn war.«

»Sprechen Sie die Sprache?«

»Meine Eltern haben es mir verboten«, erwiderte Grigol. »Sie waren eifrige Parteimitglieder. Aber wenn nötig, kann ich mich natürlich verständlich machen.«

»Wie unterscheidet sie sich von der Sprache im übrigen Georgien?«, fragte Ludwig.

»Sie hat sich seit fünftausend Jahren kaum verändert und ist daher etwas komplizierter.«

Ludwig verzog das Gesicht. »Komplizierter? Ja, warum nicht.«

»Außerdem verfügt sie über achtzehn Vokale, während das Georgische bekanntlich nur fünf hat.«

»Achtzehn.«

»Ja, ganze achtzehn.«

Sie gingen mit ihren Rucksäcken, in denen Waffen und Munition steckten, auf das Tor zu.

»Wann waren Sie zuletzt hier?«, erkundigte sich Ludwig.

»Vor einem halben Jahr. Viel zu lange her.«

»Wir brauchen ein Auto. Kann man hier irgendwo eines mieten?«

Anri und Grigol sahen sich entgeistert an.

»Was ist denn jetzt schon wieder?«, seufzte Ludwig.

»Westler«, meinte Anri. Dann wiederholte er mit zu hoher Piepsstimme: »Kann man hier irgendwo ein Auto mieten?«

Grigol klopfte Ludwig auf die Schulter. »Im Ort wird sich schon was finden.«

*

Eine Brücke führte sie über einen reißenden Fluss, und gegen Viertel vor zwei spazierten sie gemächlich die Hauptstraße entlang. Das Ortsbild prägten die alten Wehrtürme, die bis ins erste Jahrtausend nach Christus zurückreichten und die meisten älteren Häuser zierten. Die breiteren Straßen wurden von neu gebauten kleinen Hotels und Restaurants gesäumt, die in traditionellem Stil aus Feldstein gebaut und mit Türen aus rötlichem Holz versehen waren.

Es gab zwar ziemlich viele Autos, etliche davon mit Allradantrieb, aber nur wenig Verkehr. Vereinzelte Minibusse warteten auf Touristen, die nach Sugdidi oder Kutaissi gebracht werden wollten.

»Klondyke«, bemerkte Ludwig.

»Stimmt, hier in der Gegend hat man einiges an Gold gewaschen«, meinte Grigol. »Einen Moment bitte.«

Der Priester ging auf einen Mann neben einem lila Lada Niva zu. Das gelbe Taxischild auf dem Dach und die Scheiben waren blitzsauber, der Rest des Autos glich einer Kartoffel, die gerade aus der Erde gezogen worden war.

Grigol und der Fahrer wechselten ein paar Worte. Dann winkte der Geistliche Ludwig und Anri herbei.

»Dieser gute Mann ist bereit, uns sein Fahrzeug zu leihen«, verkündete der Priester, »wenn wir irgendeine … Sicherheit hinterlassen könnten.«

»Okay«, erwiderte Ludwig. »Wie viel?«

»Dreihundert Dollar.«

Ludwig betrachtete das Auto, den Fahrer und dann wieder Grigol. »Wie lange dürfen wir es nutzen?«

»Wie lange?« Der Geistliche lächelte. »Bis zum Jüngsten Tag, mein Freund.«

Ludwig zog drei Hundertdollarscheine aus dem Portemonnaie. Der Fahrer, der sich mit seinem neuen Reichtum hoffentlich bald einen weniger stumpfen Rasierapparat gönnen würde, strahlte übers ganze Gesicht, und Ludwig ging auf, dass er soeben offensichtlich sein zweites russisches Auto erstanden hatte. Der Fahrer würde sich bestimmt freuen, falls Ludwig den Wagen zurückbrachte, und ihn auf ein Glas Tschatscha einladen. Die dreihundert Dollar hingegen konnte er getrost abschreiben.

Der Fahrer räumte seine Siebensachen aus dem Auto und überreichte Ludwig mit breitem Grinsen und Handschlag die Schlüssel. Ludwig öffnete die Heckklappe mit Hilfe einer Verriegelung, die sich wie bei seinem neueren Modell in Tiflis hinter dem Fahrersitz befand. In den Kofferraum passten zwei der drei Rucksäcke. Den dritten stellten sie auf die Rückbank neben Anri.

»Und wo wohnen wir?«, fragte Ludwig und ließ den Motor an.

Beim Fahren fiel ihm auf, dass der Wagen, in dem es nach kaltem Rauch und Schnaps roch, keine Servolenkung besaß. Positiv zu vermerken war, dass der Katalysator ausgebaut worden war, was dem Motor ein paar dringend benötigte zusätzliche Pferdestärken verlieh.

»Muss es luxuriös sein?«, erkundigte sich Grigol.

»Nein, es wäre sogar gut, wenn wir nicht weiter auffallen würden. Es geht doch in erster Linie darum, die Anweisungen aus Tiflis abzuwarten.«

»Warmes Wasser?«

»Bitte?« Ludwig bremste abrupt, als von einem Abhang auf der rechten Seite ein paar Kühe in Richtung Fahrbahn trabten.

»Geht es auch ohne warmes Wasser? Ich weiß da eine Jagdhütte, die sich eignen könnte. Wenn wir vorher Proviant besorgen.«

»Klingt gut«, meinte Ludwig. »Den Wellness-Urlaub verschieben wir auf ein anderes Mal.«

Regierungskanzlei
Pavle-Ingorokwa-Straße, Tiflis, Georgien
Di., 5. Juli 2016
[17:55 MEZ+4]

Fran Bowdens Fassungslosigkeit hatte zur Folge, dass sie sich über die ungewohnte Tatsache, warten zu müssen, gar nicht so richtig ärgern konnte. Als die Assistentin des Premierministers nach sage und schreibe fünfundfünfzig Minuten die Flügeltüren öffnete und die neue Botschafterin der einzigen Großmacht hereinbat, hatte sich ihr Erstaunen zu einem zähflüssigen, heißen Verlangen nach Rache hochgekocht.

»Frau Botschafterin«, sagte der bärenhafte Premierminister und umfasste ihre Hände mit seinen beiden Pranken. »Es tut mir aufrichtig leid, dass Sie warten mussten, aber ich sah mich gezwungen, Klarheit in diese ernsten Fragen, die …«

»Sparen Sie sich die Förmlichkeiten, Davit.«

»Gerne, Francesca.«

»Fran.«

Der Premierminister nickte. »Fran, natürlich. Nennen Sie mich doch Dato.«

»Mir würden da noch bedeutend schlimmere Dinge einfallen, um Sie zu bezeichnen. Sobald diese Besprechung beendet ist, setze ich mich mit Washington in Verbindung. Der Präsident und der Außenminister warten auf meinen Anruf.«

»Nehmen Sie bitte Platz«, sagte der Premierminister mit einer Grimasse, die möglicherweise ein entschuldigendes Lächeln darstellen sollte. Er deutete auf einen der vier flaschengrünen Chesterfield-Sessel, die einen niedrigen Tisch umgaben.

Sie nahmen Platz. Dann schenkte der Premierminister höchstpersönlich Wein aus einer Karaffe in zwei Gläser ein. Vermutlich sollte es eine versöhnliche Geste sein, aber zugleich bot sich dadurch die Möglichkeit, ein Gespräch unter vier Augen ohne unliebsame Zuhörer zu führen.

Sie waren sich bereits einmal zuvor bei einer sinnlosen sicherheitspolitischen Konferenz in Rumänien begegnet. Fran Bowden erinnerte sich vage, dass er damals eine Art Handelsminister gewesen war und sich schweigsam im Hintergrund gehalten hatte. Richtiggehend schüchtern war er gewesen. Immer, wenn der ukrainische Vertreter das Wort ergriffen hatte, war er errötet, als hätte ihn die aggressive Rhetorik in Verlegenheit gebracht.

Er genoss jedoch einen guten Ruf, und zwar einen bedeutend besseren als der junge Hitzkopf, den er ein halbes Jahr zuvor abgelöst hatte. Außerdem hatte er eine lange Ausbildung in den USA absolviert, was ja wohl als positiv bewertet werden sollte. Fran Bowden hatte allerdings im Lauf der Jahre festgestellt, dass die Länge des Studiums eines Menschen in direktem Verhältnis zum gesellschaftlichen Nutzen stand, den die Erschießung dieses Individuums mit sich bringen würde.

»Georgien steht vor einer historischen Entscheidung«, begann er jetzt.

Demonstrativ zog Fran Bowden ihr Handy aus der Tasche und checkte ihre Mails. Das beeindruckte den Bärenmann jedoch nicht weiter, und er fuhr fort:

»Im Frühjahr konnten wir ein Vierteljahrhundert Selbstständigkeit feiern. Schwere, düstere Jahre liegen hinter uns, aber auch Jahre großer und deutlicher Fortschritte. Wir gelten inzwischen als das mit Abstand liberalste und stabilste Land des ehemaligen Sowjetblocks. In den letzten Berichten der …«

Fran Bowden knallte ihr Handy auf den Tisch und fauchte: »Wo haben Sie die verdammten Kurzstreckenraketen versteckt?«

»Fran.« Der Premierminister kratzte sich im Nacken, auch das auf typische Bärenart. »So leicht, wie Sie vielleicht glauben, lässt sich diese Frage nicht beantworten.«

»Was soll das heißen, verdammt?«

»Dass …« Jetzt seufzte er sehnsüchtig wie ein Hund, der zu verstehen gibt, dass er den Braten im Ofen nicht vergessen kann. »Dieses Land wird von verschiedenen Gruppierungen und verschiedenen Interessen geprägt, und da sind Zusammenstöße auf Dauer leider unvermeidlich.«

Fran Bowden starrte ihn ausdruckslos an. Also versuchte er es noch einmal:

»Georgien hat mit großer Mühe eine fast unendliche Zahl demokratischer Reformen durchgeführt. Unsere Armee steht selbstverständlich – selbstverständlich! – unter ziviler Kontrolle.«

Er verstummte abrupt, was nichts Gutes verhieß.

Fran Bowden nippte an ihrem Weinglas und sagte: »Und das heißt …«

»Damit meine ich die reguläre Armee. Die Spezialeinheiten hingegen … Bitte, Fran, glauben Sie mir, dass die jüngsten Erkenntnisse auch mich schockiert haben. Ich wusste von nichts. Diese Angelegenheit ist zutiefst betrüblich und außerordentlich peinlich. Wir … und damit meine ich mich, den Rest der Regierung und den Präsidenten … hatten keine Ahnung. Sosehr mich dieses Eingeständnis schmerzt, ist es doch die Wahrheit.«

»Die Antwort auf meine Frage, die ich«, sie schaute auf ihre Armbanduhr, »vor fünf Stunden stellte …«

»… lautet, dass wir keine Ahnung haben. Irgendwo gibt es eine Gruppe jüngerer Offiziere, eine Gruppe verschworener nationalistischer Fanatiker, die dem ehemaligen Präsidenten gelobt haben, sein Geheimnis zu hüten und die Raketen zu beschützen.« Nach einer sehr langen Pause fügte er hinzu: »So lautet zumindest unsere momentane Arbeitshypothese.«

Mit der Miene eines Falken, der auf einen Acker schaut, auf dem keine Beute zu sehen ist, sagte Fran Bowden: »Ihre momentane Arbeitshypothese hat Ihnen doch der Oligarch eingeflüstert, nicht wahr? Meine Güte, Sie haben ja keine Ahnung! Warum rede ich überhaupt mit Ihnen, statt mich direkt an ihn zu wenden? Das ist ja lächerlich.«

»Er ist vielleicht etwas besser informiert, aber ich kann Ihnen versichern, dass er keine Befehle mehr erteilt. Das ist der Regierung vorbehalten.«

»Ein blinder Busfahrer sollte die Ratschläge seiner Passagiere beherzigen.«

»Meinetwegen. Aber eines dürfen Sie nicht vergessen: Iwan und unser ehemaliger Präsident sind mittlerweile Todfeinde. Iwan kann also auch nur Mutmaßungen anstellen. Hinsichtlich der Ereignisse in der Endphase des letzten Regimes tappt er ebenso im Dunkeln wie wir.«

»Vielleicht hätte ich mich ja an den ehemaligen Präsidenten wenden sollen.«

»Von mir aus dürfen Sie ihn gerne im Exil aufsuchen«, erwiderte der Premierminister. »Solange Sie ihn nicht zurückholen«, fügte er noch mit einem säuerlichen Lächeln hinzu.

»Wenn das hier ein Täuschungsmanöver ist, können Sie in Zukunft jede Unterstützung unsererseits vergessen. Dann ist es uns vollkommen egal, ob die Russen Tiflis plattmachen, um Platz für eine Konservenfabrik zu schaffen. Haben Sie mich verstanden?«

»Ich mache Ihnen nichts vor, Fran. Ich kann Ihnen nur erzählen, was ich selber weiß.«

»Darum *erzählt* Ihnen ja auch niemand was!«, schrie sie förmlich. »Begreifen Sie das endlich?«

Der Premierminister heftete seinen Blick auf den Fuß des Weinglases. »Jeder hat seinen Aufgabenbereich.«

»Wie bitte?«

»Wir ... niemand ist allmächtig. Man erledigt seine Aufgaben, so gut es nun einmal geht. Man tut seine Pflicht.«

Fran Bowden schüttelte den Kopf. »Ich muss Ihren Generalstab treffen.«

»Wozu? Wenn die mich belügen können, obwohl ich sie gut kenne, dann dürfte es ihnen bei Außenstehenden doch noch weniger Mühe bereiten, oder?«

»Und wie sieht Ihre Einschätzung aus?« Fran Bowden sah ein, dass der Mann recht hatte, und bemühte sich, die Ruhe wiederzuerlangen. Sie holte tief Luft und präzisierte ihre Frage: »Weiß die Militärführung, wo sich die Raketen befinden?«

»Nein. Höchstens einer der Generäle. Ich glaube, dass sie von dem Programm gehört haben, das schon. Aber niemand ist dieser Frage weiter nachgegangen. Vermutlich würden alle Generäle den Besitz von Kernwaffen befürworten, aber so bleibt es ihnen erspart, offen Stellung zu beziehen. Solange es nur Gerüchte gab, konnten sie, wie soll ich sagen ... im kleinen Kreis damit prahlen. Wenn Sie verstehen, was ich meine.«

»Durchaus.«

»Vermutlich wissen einige der hohen Tiere, wer von den jüngeren Offizieren zu den Verschwörern gehört. Deswegen haben wir die Militärführung jetzt auch unter Bewachung gestellt. Die Sicherheitsbehörde fällt in meine Zuständigkeit, egal was Sie hier heute Abend angedeutet haben.«

»Ausgezeichnet. Wir sind alle müde, Dato. Es sind furchtbare Zeiten.«

»Finden Sie?« Mit einer herzlichen Ironie, die im Westen weitgehend unbekannt war, zog er eine Braue hoch, lächelte bitter und trank einen Schluck Wein.

Fran Bowden, die sich lange genug zurückgehalten hatte, genehmigte sich ebenfalls ein paar ordentliche Schlucke. Dann sagte sie, ohne den Anflug eines Lächelns:

»Als ich fünf Jahre alt war, habe ich zum ersten Mal mit angesehen, wie meine Mutter einem Huhn den Hals umdrehte.« Sie stellte ihr Glas ab. »Damals dachte ich zum ersten Mal, das Leben könnte nicht schlimmer werden.«

DIE BEIDEN TODSÜNDEN

Heschkili
Swanetien, Georgien
Di., 5. Juli 2016
[21:20 MEZ+4]

Kurz vor Einbruch der Dunkelheit war Ludwig mit dem Holzhacken fertig. Er setzte sich auf einen Küchenstuhl und sah Anri dabei zu, wie er das Brennholz ins Haus trug und neben dem Ofen aufstapelte. Die Jagdhütte aus Naturstein bestand aus einem einzigen, etwa zwanzig Quadratmeter großen Raum, in dem es sehr kalt war. Pater Grigol fiel die Aufgabe zu, den Ofen einzuheizen und in Gang zu halten. Mit in Sonnenblumenöl getränktem Küchenkrepp gelang es ihm schließlich, das Feuer zu entfachen. Als er den Geistlichen vor dem alten rostigen Ofen knien sah, fiel Ludwig auf, dass dieser unter seiner schwarzen Kutte Lacoste-Schuhe trug, die einmal weiß gewesen waren.

»Hier gibt es eigentlich alles, was man so braucht«, meinte Grigol und rührte in einem Topf Kartoffelsuppe. »In den Bergen geht es den Menschen gut. Elektrischer Strom ist gratis, Wasser ist gratis, die Müllabfuhr ebenfalls … Klar, die Winter sind hart, aber das macht die Menschen empfänglicher für das Geheimnis des Evangeliums. Manchmal frage ich mich, was ich unten in Kachetien verloren habe. Dort sitzen die Leute in der Hitze herum, trinken Bier und zählen ihre Wassermelonen. Und niemand will sich die Ermahnungen eines alten Geistlichen anhören.«

Anri schüttelte den Kopf. »Insbesondere, wenn der Geistliche auch nur herumsitzt und Bier trinkt.«

»So ein Unsinn. Bier schadet den grauen Zellen. Wenn ich trinke, dann nur Wein.«

Ludwig, der unter Aufbietung aller seiner Kräfte auf den Schnaps verzichtete, öffnete eine weitere der hellblauen Löwenbräu-Dosen, die sie im Ort gekauft hatten.

»Sie auch?«, fragte er Grigol.

»Das wäre dann die Ausnahme, die die Regel bestätigt.«

Ludwig brachte ihm eine Dose und schaute in den Kochtopf. »Sieht lecker aus.«

»Ich tue mein Bestes. Es gibt übrigens einen Witz über die Swanen.«

»Und?«

»Also gut. Wo bist du zur Welt gekommen?, fragt der Swane. Im Krankenhaus, antwortet der Mann aus Tiflis. Wieso das?, fragt der Swane. Warst du krank, oder was?« Er hielt inne, starrte Ludwig an und wiederholte die Pointe noch lauter: *»Warst du krank, oder was?«*

Der Geistliche brach in schallendes Gelächter aus, das in Kreischen überging und schließlich jaulend verebbte. Auch Anri lachte, bis ihm die Tränen kamen.

»Wirklich lustig«, meinte Ludwig und verließ die Hütte.

Auf der Lichtung war es kalt, höchstens fünf oder sechs Grad, und als er an einen Baumstamm pinkelte, dampfte der Urin.

Auf einem Plastiktisch neben der Haustür stand eine grell leuchtende Campinglampe. Ludwig knipste sie aus und betrachtete den Himmel. Neumond war gerade vorbei, und die Mondsichel ließ sich am Nachthimmel kaum ausmachen. Er sah doppelt so viele und doppelt so große Sterne wie sonst. Ob das wohl nur an der fehlenden Lichtverschmutzung lag? War die Atmosphäre hier oben vielleicht dünner?

Er trank einige Schlucke des Tschatschas, den er aus Pauline Hollisters Weinkeller hatte mitgehen lassen. Dann atmete er ein paarmal tief durch. Und trank noch ein paar Schlucke.

Vorsichtig ging er im Dunkeln auf den Abgrund am Rande des Grundstücks zu. Weit dort unten, wo der Nadelwald endete, waren die Lichter von Mestia auszumachen.

Ob er wohl dort ist?, fragte er sich. Halten sie ihn in einem Hotel gefangen? Oder in einem Keller?

Ihn schauderte, und er machte kehrt. Nach der Kälte im Freien wusste er den Ofen ganz besonders zu schätzen. Er setzte sich daneben auf den Boden und schlang seine Arme um die Knie, wie seine Frau es immer vor dem Kamin in Prenzlauer Berg getan hatte.

Auf einmal fühlte er sich zerschlagen und niedergeschmettert. Höchste Zeit, die Gedanken und den Blick zu schärfen.

Dummheit und Zuversicht. Die beiden Todsünden, die ihn hierhergebracht hatten.

»Glauben Sie, dass sie noch lebt?«, fragte er Grigol.

»Pauline? Ja, sofern Frauke Koch sie noch braucht.«

»Und? Braucht sie sie?«

»Tja, Frauke Koch hat wohl immer geglaubt … Wissen Sie, als ich mich querstellte und Pauline von weiteren Begegnungen abriet, haben wahrscheinlich beide geglaubt, dass ich dafür religiöse Gründe hatte. Aber ich mische mich in solche Dinge nicht ein, jedenfalls nicht, wenn es um Leute geht, die sich jenseits des zeugungsfähigen Alters befinden.«

»Solche Dinge …?«, fragte Ludwig. Dann dämmerte es ihm. »Ach so.«

»Ja!«, sagte Grigol mit Nachdruck, presste die Lippen zusammen, als fände er das Thema unerträglich, fuhr dann aber fort: »Sie hatten, wenn überhaupt, ein halbes Jahr und waren bis über beide Ohren verliebt. Noch dazu in Kiew. Pauline war auf Fraukes Einladung hin gekommen. Frauke wollte nämlich Paulines Anteil an Fenris kaufen, die Aktien, die Pauline von ihrem Mann geerbt hatte. Und da nahm alles seinen Anfang. Ich habe die beiden ein paarmal besucht.«

Ludwig schwieg nachdenklich.

»Kiew«, fuhr der Geistliche fort, »kann eine sehr romantische Stadt sein. Habe ich mir sagen lassen. Noch dazu während der Revolution vor einigen Jahren. Stellen Sie sich vor, Sie wären der Liebe Ihres Lebens 1789 während der Französischen Revolution in Paris begegnet!«

»Und wenn die Liebe meines Lebens zufällig Maximilien Robespierre geheißen hätte?«, fragte Ludwig mit dumpfer Stimme.

Die Miene des Priesters hellte sich auf. Er musterte Ludwig aufmerksam. »Richtig.« Er nickte. »Aber es dauerte natürlich eine Weile, bis Pauline diese Belanglosigkeiten auffielen. Wer fragt schon seine große Liebe nach ihren politischen Überzeugungen aus? Viel Zeit verstrich, bis ihr so einiges klar wurde. Und trotzdem brachte sie es nicht über sich, Frauke zu verlassen. Letztlich war es Frauke Koch, die ihre Sachen packte und verschwand. Und zwar am selben Tag, an dem der Präsident der Ukraine aus dem Land floh.«

»Im Februar 2014?«, fragte Ludwig.

»Ja, so um den Dreh. Seither habe ich damit gerechnet, dass sich Pauline das Leben nehmen würde. Aber ich habe mich offenbar getäuscht.«

Ludwig nickte. »Könnte sie Frauke Koch erzählt haben, dass …«

»… dass wir diese Raketen besitzen? Ganz sicher. Schließlich sind wir auch nur Menschen. Pauline hat eine Frau mit einzigartigen Beziehungen hofiert. Natürlich wollte sie auch Eindruck bei ihr schinden. In Herzensdingen werden wir alle zum Teenie.«

»Eine traurige Angelegenheit.«

»Allerdings.«

Anri lauschte dem Gespräch mit größter Verwunderung und versuchte das Gehörte zu verarbeiten. Dann schüttelte er den Kopf und öffnete sich ein Bier. »Da gibt es vieles, was … nur schwer zu verstehen ist.«

Grigol zuckte mit den Achseln. »Vielleicht nicht so viel, wie Sie denken. Sie sollten sich vielleicht mehr mit der Wirklichkeit auseinandersetzen.«

»Ich glaube, ich bin auf einem ganz guten Weg.«

»Und Sie?«, wandte sich der Priester an Ludwig. »Sie haben es jetzt sehr schwer.«

»Mein bester Freund wurde ermordet, und jetzt haben sie meinen Sohn in ihrer Gewalt.«

»Die Lage ist düster«, räumte Grigol ein. »Aber verschieben Sie Ihre Grübeleien auf morgen. Gespenster jagt man am besten bei Tageslicht.«

»Haben Sie eine Vorstellung, wo sie stecken könnten? Frauke Koch, Walter und Pauline Hollister?«

»Nein.«

»Unser einziger Vorteil besteht darin, dass wir so wenige sind. Dadurch fallen wir weniger auf.«

»Vermutlich ist das so. Diese Jagdhütte kennen nur die Eingeweihten, und die schweigen wie ein Grab.«

»Die Eingeweihten?«

»Die die strengstens verbotene Jagd auf Bären und Wölfe betreiben.«

»Sie auch?«

»Nein, das nicht, aber ich habe ihnen den Segen des Herrn erteilt.«

»Zum Wildern?«

»Nein, den Segen dazu, Geld mit einem ehrlichen Beruf zu verdienen, statt sich im Tiefland bei Türken und Arabern zu verdingen, um in Batumi Bruchbuden zu bauen. Außerdem steht es jedermann zu, seine Herden zu schützen.«

Ludwig nickte. »Schade, dass hier keine Bärenfelle herumliegen«, meinte er dann und schaute sich in der spartanischen

Hütte um, in der sie in Decken gehüllt auf dem Boden schlafen mussten.

Dann begab er sich nochmals hinaus in die Einsamkeit unter den Sternen. Er tastete nach seinem Handy in der Brusttasche seines grünen Parkas. Um einen Austausch in die Wege zu leiten, musste er nur Paulines Handynummer wählen und hätte unverzüglich Frauke Kochs Leute am Apparat. Aber das würde man ihm als Schwäche auslegen.

Wieso haben sie noch keine Forderungen gestellt?, fragte er sich. Schließlich müssten sie doch mit mir Kontakt aufnehmen und nicht umgekehrt.

Walters Buch. Dieses verdammte Buch. Der Junge war nicht nur eine Tauschware, sondern musste auch noch eigene Schulden abtragen.

Warum hatte sich Fran Bowden nicht gemeldet?

Ludwig leerte die Dose, knüllte sie zusammen und warf sie in einen nassen Pappkarton, bevor er die nächste aus der Jackentasche zog und sie öffnete. Die Axt lehnte am Hackklotz. Ludwig bildete sich ein, dass ihm die Klinge in der Dunkelheit zublinzelte, als wollte sie ihm etwas sagen.

Wir sind beide nur Werkzeuge.

Werkzeuge. Oder Waffen.

Unbekannter Ort
Swanetien, Georgien
Di., 5. Juli 2016
[23:30 MEZ+4]

»Gut, dass es vorbei ist?«

Walter ließ sich vornüber auf sein Feldbett fallen. Wegen der Finsternis konnte er die Frau nicht sehen, sondern nur ihre Stimme hören. Sie sprach amerikanisches Englisch.

»Bist du eingeknickt?«, setzte sie ihre Befragung fort. »Oder steht dir noch mehr bevor?«

»Ich bin eingeknickt.«

»War es etwas Wichtiges?«

»Ja.«

»Bist du dir sicher? Wirst du in zwanzig Jahren auch noch dieser Meinung sein?«

»Ich bin mir gar nicht sicher, ob ich in zwanzig Jahren noch lebe.«

»Meine Güte, was haben sie mit dir gemacht? Dich an den Generator angeschlossen?«

»Ich möchte nicht darüber sprechen.«

»Mich haben sie an den Generator angeschlossen. Als wir in Armenien waren, haben sie mich mitten in der Nacht aus dem Bett gezerrt und mit kaltem Wasser abgespritzt, dann haben sie ihre verdammten Hunde auf mich gehetzt. Von zwei Fingern haben sie die Nägel abgezogen, aber kleingekriegt haben sie mich nicht. Noch nicht.«

»Dann musst du über sehr wichtige Informationen verfügen.«

»Das versuche ich mir auch einzureden.«

Ihr Feldbett knarrte, als sie sich erhob. Wenige Sekunden später nahm sie neben Walter Platz und strich ihm über sein tropfnasses Haar.

Während der Folter hatte er nicht geweint und würde es auch jetzt nicht tun. Obwohl er den Tränen nahe war.

»Ich heiße Pauline«, sagte sie ruhig.

»Das weiß ich.«

Langsam gewöhnten sich Walters Augen an die Dunkelheit. Jetzt sah er sie. Sie erinnerte ihn auf unklare Weise an ein scheinbar milderes und würdevolleres Raubtier.

Bis sie die Brauen hochzog. Da stand ohne jeden Zweifel fest, dass sie ein Waldkauz war.

»Und wer bist du? Woher weißt du, wer ich bin?« Ihr Tonfall passte nicht recht zu dem Erstaunen, das eben noch in ihrem Gesicht zu lesen gewesen war.

»Ich heiße Walter Licht.«

»Licht? Faszinierend.«

»Da kommt keine Langeweile auf.«

Pauline Hollister erhob sich und ging in der winzigen fensterlosen Kammer auf und ab. Durch die Ritzen der abgeschlossenen Tür drang ein wenig Licht. Ab und zu waren die Schatten der Söldner zu erahnen, die draußen Wache schoben.

»Weiß dein Vater, dass ich noch am Leben bin?«

»Nein.«

»Weiß er, dass Frauke dich gefangen hält?«

»Vermutlich.«

»Kannst du mit ihm kommunizieren?«

»Nein.«

»Bist du dir da ganz sicher?«

Walter dachte nach. Vielleicht, vielleicht …

»Frauke Koch hat meinen Computer«, sagte er dann. »Morgen früh soll ich einige Absätze aus meinem Manuskript streichen und dem Verlag eine neue Version schicken. Vielleicht kann ich meinem Vater eine Mail schicken, wenn gerade niemand hinschaut.«

»Ich könnte Lärm machen«, schlug Pauline Hollister vor. »Während du ihm die Koordinaten übermittelst.«

»Aber ich habe keine Ahnung, wo wir sind.«

»Wo *wir* sind, spielt keine Rolle.«

»Das verstehe ich nicht.«

»Das macht nichts. Ich erkläre es dir später. Wichtig ist, dass es schnell geht. Du machst Folgendes: Du setzt dich an deinen Computer, öffnest das Dokument und beginnst es zu bearbeiten. Lass dir damit Zeit, sagen wir, eine Viertelstunde. Oder zwanzig Minuten. Zwanzig Minuten klingt gut. Du wirst natürlich überwacht, aber kein Mensch besitzt die Fähigkeit, sich länger als eine Viertelstunde auf einen Text zu konzentrieren. Damit niemand Verdacht schöpft, schreibst du deine kurze Botschaft in dein Dokument und kopierst sie dann in den Arbeitsspeicher. Dann löschst du sie wieder. Das nimmt nur wenige Sekunden in Anspruch. Dann redigierst du weiter. Verstanden?«

Walter nickte.

»Gut. Wenn du mit dem Redigieren fertig bist, öffnest du dein Mailprogramm und schreibst eine kurze Nachricht an deinen Verleger. Lass dir viel Zeit, formuliere um, fang von vorne an.«

»Das dürfte mir nicht weiter schwerfallen.«

»Damit beschäftigst du dich, bis ich mit dem Lärm loslege. In diesem Augenblick öffnest du blitzschnell eine Nachricht an deinen Vater, kopierst die bereits fertige Mail aus deinem Arbeitsspeicher hinein und klickst auf Senden. Dann kehrst du zur Mail an deinen Verleger zurück, kopierst einen beliebigen Satz in den Arbeitsspeicher und überschreibst so den vorigen Inhalt. Alle Spuren müssen beseitigt werden. Daher musst du auch die Mail an deinen Vater aus dem Gesendet-Ordner löschen.«

»Du solltest in die Branche meines Vaters wechseln.«

»Da bin ich schon. Hättest du Lust, jetzt gemeinsam mit mir zu beten, Walter?«

»Ich weiß nicht so recht …«

»Wir streben alle auf denselben Punkt im Universum zu. Uns bleibt keine Wahl, alle rasen durch den Kosmos zum gleichen Ort. Spürst du das denn nicht?«

Sie ist genauso verrückt wie Frauke Koch, dachte Walter. Vielleicht sogar verrückter. Oder vielleicht liegt der Fehler bei mir? Was weiß ich schon vom Leben? Was wusste ich, bevor ich hier gelandet bin?

»Nein«, antwortete er zögernd.

»Alles spitzt sich zu, verstehst du? Wir müssen uns wappnen. Morgen findet der Endkampf statt.«

Während diese Worte wie ein Schwarm unruhiger Fledermäuse in der Dunkelheit über seinem Kopf schwirrten, drehte sich Walter Licht zur Wand und bemühte sich, an ein höheres Wesen zu glauben. Was ihm nur in Maßen gelang. Der Schlaf, der sich zu guter Letzt einfand, war lähmend statt erfrischend.

Im Laufe der Nacht träumte er, Hollister sitze neben ihm auf dem Feldbett, streiche ihm über die Stirn und summe das Wiegenlied von der Einsamkeit verstoßener Wölfe.

GRENZÜBERSCHREITENDE INFORMATIONSERFASSUNG

Hilton Batumi
Batumi, Adscharien, Georgien
Mi., 6. Juli 2016
[2:10 MEZ+4]

Im achtzehnten Stockwerk in einer tortenstückförmigen Hotelsuite mit zwei riesigen Panoramafenstern, eines mit Blick auf die Stadt, das andere mit Blick aufs Schwarze Meer, stand Fran Bowden mit verschränkten Armen und betrachtete die gekräuselten Wellen tief unter sich. Iwan saß auf einem schmalen Ledersofa und wandte dem spektakulären Anblick den Rücken zu. Die Uhrzeiger hatten sich an der zweiten nächtlichen Stunde vorbeigeschleppt, und seit mindestens dreißig Minuten war kein Wort gesprochen worden.

»Müsste er nicht endlich hier sein?«, brach Fran Bowden das Schweigen.

»Bald«, sagte Iwan. »Das Boot hat vor zwei Stunden in Abchasien abgelegt. Sie fahren mit gedrosseltem Tempo, obwohl die Küstenwache die Anweisung hat, sie durchzulassen. Jedes Risiko soll vermieden werden.«

Fran Bowden vermutete, dass er dabei an Marinehubschrauber und reguläre Polizeiboote dachte. »Sie machen das sicher nicht zum ersten Mal?«

»Nein, wir treffen uns meistens hier in Georgien. Wenn mich meine politischen Feinde aus Tiflis bei einem Ausflug in ein von den Russen besetztes Gebiet ertappen würden, wäre ich im Nu meine Staatsbürgerschaft und meinen Besitz los. Nein, alle halten es für das Klügste, im Geheimen mit den Russen zu kommunizieren. Solange sie nicht dafür geradestehen müssen. In vielerlei Hinsicht bin ich der Sündenbock dieses Landes. Sie wissen, wo dieser Ausdruck herkommt? Die Juden haben damals eine Ziege in die Wüste getrieben, um …«

»Ich weiß.«

»Na dann.«

Auf See wurde jetzt dreimal kurz und einmal lang geblinkt. Mehrere Minuten vergingen, dann brummte Iwans Handy. Er schaute auf das Display und sagte: »Jetzt geht er an Land.«

»Wo?«

»Wer weiß, vielleicht etwas weiter die Küste hinauf. Ich werde doch nicht über jedes Detail informiert.«

Also warteten sie. Eine halbe Stunde, fünfzig Minuten. Es ging bereits auf drei Uhr zu, als es endlich an der Tür klopfte.

Dienstbotentätigkeiten lagen Fran Bowden fern, also blieb sie einfach stehen und starrte weiterhin in die Ferne.

Mit der aufgesetzten Würde eines Butlers, der wusste, dass er den falschen Beruf gewählt hatte, erhob sich Iwan und öffnete die Tür.

Fran Bowden hörte, dass beide Männer ein paar Worte wechselten. Als die Tür geschlossen wurde, drehte sie sich um und trat auf den russischen Außenminister zu.

»Boris«, sagte sie und streckte die Hand aus.

Er ergriff sie und schüttelte sie ausgiebig. Sein trauriger, eindringlicher Blick wirkte lächerlich – ein theatralisches Ausrufungszeichen in einem labradorfaltigen Gesicht. Dieser Russe würde sich gemäß seinen Anweisungen erstaunt und bescheiden geben.

Ein Typus Russe, den Fran Bowden am liebsten in Natronlauge ertränkt hätte.

»Die jüngsten Ereignisse sind fürchterlich«, sagte er und tätschelte ihre Hand, bis Fran Bowden sie ihm entzog.

»Leider sieht die Zukunft nicht besser aus«, erwiderte sie.

Es war ihre zweite oder dritte Begegnung, so genau wusste sie das auch nicht mehr. Bislang hatten sie kein einziges sinnvolles Gespräch geführt. Es war höchste Zeit, das zu ändern.

»Die Georgier wollen zurückschlagen, Boris. Sie wollen Ihre Bevormundung nicht mehr hinnehmen, und wir werden uns nicht einmischen.«

Der Russe konterte mit dem Lächeln eines mechanischen Blechclowns. »Mein Englisch ist leider nicht so gut. Was haben Sie gesagt?«

»Sie meint die Ghaznavi-Raketen«, sagte Iwan leise. »Zwei Stück auf mobilen Abschussrampen mit eigenem Radar. Zielpunkt Sotschi.«

Fassungslos starrte Fran Bowden den Oligarchen an. Iwan, dem das nicht entging, lächelte kurz und sagte:

»Ich habe sie schließlich bezahlt.«

»Aber das war doch während des vorigen Regimes?«

»Ich bezahle immer, egal was.«

Fran Bowden schüttelte den Kopf.

Der Minister wirkte äußerst erstaunt. »Ghaznavi … ist das etwa israelisch?«

»Ein pakistanisches Fabrikat«, erwiderte Iwan. »Modifizierte chinesische M-11-Raketen.«

»Sie stehen abschussbereit in Swanetien einige Kilometer von der Grenze entfernt«, erklärte Fran Bowden. »Es dürfte Ihnen also schwerfallen, sie abzufangen.«

Dass sie abschussbereit waren, entsprach vielleicht nicht ganz der Wahrheit. Fran Bowden wusste es nicht, aber im Gespräch mit russischen Befehlshabern war es immer ratsam, dick aufzutragen. Aufrichtigkeit und Zaudern führten nur zu blutdürstiger Nervosität.

»Wir können nicht hinnehmen, dass die Sicherheit der russischen Föderation bedroht wird«, fauchte der Minister.

»Wie wahr«, erwiderte Fran Bowden. »Aber glücklicherweise können wir das ändern.«

»Ach?«

Jetzt zeigte der Minister sein wahres Gesicht: das einer Hyäne, die ihrem Opfer gleich an die Kehle springen wird.

»Immer, wenn wir gemeinsam an einem Strang ziehen«, meinte Fran Bowden gefasst, »erreichen wir unser Ziel. Ist Ihnen das noch nicht aufgefallen? Das nationalsozialistische Deutschland, Suez, Kuwait. Vereint sind wir die uneingeschränkten Herrscher dieses Planeten.«

»Schade, dass das nicht öfter der Fall ist.«

»Meine Rede. Aber jetzt bietet sich endlich wieder eine Gelegenheit.«

»Was schlagen Sie vor?«

»Sie räumen das Pankissi-Tal. Dafür garantiere ich Ihnen, dass die Raketen verschrottet werden.«

»Diese Garantie wird nicht ausreichen, fürchte ich.«

»Natürlich nicht. Sie können selbstverständlich auch noch Ihre Inspektoren vorbeischicken. Oder die Raketen selbst verschrotten, wenn Ihnen das lieber ist. Das wäre vielleicht das Beste für alle Beteiligten.«

Vielleicht nicht für *alle*, was natürlich auch Fran Bowden bewusst war, aber für die beiden Länder, auf die es ankam.

»Erst gewährt Georgien lebensgefährlichen Terroristen Unterschlupf, die ungehindert sowohl russische als auch amerikanische Staatsbürger abschlachten«, fauchte der Minister, »und jetzt das. Ich glaube, Sie werden noch Ihr blaues Wunder erleben. Die Zeit ist reif, dieses ungezogene kleine Land, das von verantwortungslosen Schwarzbrennern und Gewohnheitsverbrechern bevölkert wird, ein für alle Mal von der Landkarte zu eliminieren. Es wird in seinen natürlichen Zustand zurückversetzt. Ein nettes, exotisches Reiseziel, wo dann alle praktischerweise Russisch sprechen.«

»Schwein«, sagte Iwan.

Der Minister drehte sich abrupt zu ihm um: »Wie bitte?«

»Arrogantes Schwein«, präzisierte der Oligarch gelassen. »Wie sieht es eigentlich mit Ihren Deutschkenntnissen aus?«

Der verblüffte Russe zuckte mit den Achseln. »Ich habe zehn Jahre in Berlin verbracht.«

»Gut«, erwiderte Iwan. »Dann hören Sie sich das hier an, ehe sie irgendwelche Beschlüsse fassen.«

Er zog das Diktiergerät aus der Tasche, das er von Ludwig Licht erhalten hatte.

Heschkili
Swanetien, Georgien
Mi., 6. Juli 2016
[9:30 MEZ+4]

Die Morgensonne schien wieder jahreszeitgemäß. Die Luft roch nach Nadelhölzern, morschen Baumstümpfen, Pilzen, Moos und dem Laub des Vorjahres. Ludwig stand in Jeans und T-Shirt im Schatten einer Mauer und dachte an die mit Pater Grigol befreundeten Wilderer. Fristeten sie ein hartes und karges Dasein? Ganz sicher. War es besser als seines? Garantiert.

Die Sonne war gleißend hell, und er schloss die Augen. Eine Minute lang stand er einfach nur da und entspannte sich.

Dann wandte er sich wieder dem Hackklotz zu. Als er die Axt hob, vibrierte das Handy in seiner Hosentasche. Er vermutete eine Nachricht von Jack Almond oder Fran Bowden, denn kaum jemand besaß seine Nummer. Doch es war eine Mail. Eine Mail von Walter.

Kiesgrube 2 km N Mazeri heute 16 h.
Alle kommen
WL & PH

»Grigol!«, rief er.

Der Geistliche trat ins Freie.

»Was ist damit gemeint?«, fragte Ludwig und reichte ihm das Handy. »Wo liegt Mazeri?«

»Die Swanen nennen den Ort Mazeer. Ein kleines Dorf in einem Tal einige Dutzend Kilometer von hier. Ein Stück hinter Mestia. Mit dem Auto braucht man dorthin höchstens eine Stunde. Pauline besitzt in der Gegend ein Grundstück, sie hat geplant, ein Hotel zu bauen.«

»Gibt es Nachbarn?«

»Ich war schon viele Jahre nicht mehr in Mazeri. Höchstens ein paar Hotels liegen in der Nähe. Vor langer Zeit hat mir Pauline versprochen, dass ich die Liegenschaft erben würde. Eine wunderschöne Gegend mit Blick auf die Doppelgipfel des Uschba …«

»Und diese Kiesgrube? Was ist mit dieser Kiesgrube?«

»Keine Ahnung. Sie liegt zwei Kilometer nördlich des Dorfes, möglicherweise auf ihrem Grund und Boden. Vielleicht hat sie sie ja an ein Unternehmen verpachtet.«

»Was hat diese Nachricht zu bedeuten?«, überlegte Ludwig laut. »Stammt diese Nachricht überhaupt von Walter? Oder hat Frauke Koch sie von seinem Account gesendet?«

»Walter Licht und Pauline Hollister«, sagte Grigol. »So sind die Initialen ja wohl zu verstehen? Aber was ist mit ›Alle kommen‹ gemeint?«

»Ich muss mit Fran Bowden reden«, erklärte Ludwig. Er ging zum Auto, setzte sich ans Steuer und zog die Tür zu.

»Was ist?«, meldete sich Fran Bowden ungnädig.

Ludwig berichtete von der Nachricht.

»Eine Kiesgrube? Okay, fahren Sie hin und sehen Sie sich um.«

»Das war mein Plan. Aber wie sieht es bei Ihnen aus? Was sagt die Regierung? Was sagt der Generalstab?«

»Sie behaupten, von nichts zu wissen. Dem Premierminister nehme ich das sogar ab. Er hält eine Verschwörung einiger jüngerer Offiziere für möglich.«

»Vielleicht sind die ja mit ›Alle kommen‹ gemeint? Könnte es sich um einen Krisenplan handeln, der jetzt umgesetzt wird, weil die Russen das Pankissi-Tal besetzt haben?«

»Schon möglich. Oder es ist von Frauke Koch und ihrer Mannschaft die Rede.«

»Oder sowohl als auch.«

Er zerbrach sich den Kopf, aber irgendwie gelang es ihm nicht, zum eigentlichen Kern der Sache vorzudringen.

»Jedenfalls haben die Russen von Frauke Koch die Schnauze voll«, unterbrach Fran Bowden seine fruchtlosen Überlegungen. »Dank Ihres kleinen Gesprächsmitschnitts. Das hätten Sie übrigens auch mit mir absprechen können.«

»Tut mir leid. Aber ich denke, unser lieber Oligarch hält Georgien trotz allem die Treue. Ich halte ihn gewissermaßen für loyaler als alle anderen. Und er ist allemal loyaler als Sie.«

»Wie kommen Sie denn darauf? Ist Ihnen nicht aufgefallen, dass er sich ständig umschaut, als wolle er etwas mitgehen lassen?«

»Nein, er ist nur auf der Hut und hält nach Gefahren Ausschau. Er sieht Georgien als seinen eigenen Kinderspielplatz, sein Paradies auf Erden.«

»Wirklich?«

»Ja. Sollten die Russen die Macht übernehmen, was wird dann aus ihm? Dann wäre er einer von Hunderten in einem riesigen Land. Jetzt ist er einzigartig.«

Fran Bowden schwieg eine Weile und sagte dann: »Das klingt recht einleuchtend.«

»Und was haben die Russen jetzt für Pläne?«

»Sie räumen das Pankissi-Tal, sobald wir ihnen die Raketen übergeben.«

»Dann wissen wir wenigstens, worin unser allergrößtes Problem besteht.«

»Genau. Also lösen Sie es.«

»Gerne.«

»Obwohl ich mich frage«, murmelte Fran Bowden, »ob es jetzt

nicht einfacher wäre, die georgische Armee um Hilfe zu bitten. Oder die Spezialeinheiten.«

»Vertrauen Sie denen denn? Ich nicht.«

Letzteres entsprach nicht ganz der Wahrheit, aber Ludwig musste die momentane Situation seines Sohns berücksichtigen. Außerdem wies Fran Bowdens Plan deutliche Mängel auf: Offenbar waren zumindest einige der georgischen Offiziere in das Geheimnis eingeweiht, und ein Hilfegesuch, mit dem sie preisgaben, dass sie die Position der Raketen kannten, konnte eine Kettenreaktion auslösen und das Abfeuern der Raketen zur Folge haben.

»Sie haben recht«, meinte Fran Bowden. »Wir fahren heute nach Swanetien. Das dürfte nicht länger als fünf Stunden dauern.«

Am liebsten hätte Ludwig wie immer protestiert und von den Segnungen der asymmetrischen Kriegsführung gesprochen und von den Gefahren, die damit verbunden waren, auf zu breiter Front vorzurücken. Aber beim Gedanken an Frauke Koch besann er sich eines Besseren.

Ich kann nicht mehr. Ich bin fast am Ende.

Ich brauche Hilfe. So viel Hilfe wie nur möglich.

»Das kommt mir sehr entgegen«, sagte er also.

Er hörte förmlich, wie Fran Bowden Anlauf nahm, ehe sie erwiderte: »Das hat nichts mit Ihnen zu tun, falls Sie das geglaubt haben sollten.«

»Nein, natürlich nicht. Dieser multikulturelle Austausch, an dem ich im Laufe meines Lebens habe teilhaben dürfen, ist außerordentlich lehrreich.«

»Schon gut«, knurrte sie und war offenbar am Ende ihrer Diplomatengeduld. »Was halten Sie von der Nachricht? Ist das eine Falle?«

Ludwig schloss die Augen und dachte nach. Dann öffnete er die Augen wieder und sagte:

»Ich denke, dass sie echt ist.« Er warf einen Blick in den Rückspiegel. Anri kam aus dem Haus, um Brennholz zu holen. »Ich glaube, dass Pauline Hollister noch am Leben ist. Sie werden am selben Ort gefangen gehalten und konnten miteinander sprechen. Irgendwie ist es Walter gelungen, diese Mail zu versenden.«

»Und Pauline Hollisters Rolle in dieser Sache?«

»Sie weiß etwas, was für Frauke Koch wichtig ist. Wo sich die Raketen befinden oder wie man sie abschießt. Die Abschusscodes. Was weiß ich.«

»Wir tappen also im Dunkeln«, fasste Fran Bowden zusammen. »Immer noch. Das macht mir Angst.«

»Eines ist klar: Sie müssen heute Abend das Kommando übernehmen. Ich bin mir nicht sicher, dass ich die richtigen Entscheidungen treffe, wenn Frauke Koch mit Walter erscheint. Sie verstehen doch, was ich meine?«

»Natürlich. Ich verspreche, dass ich mich nicht … von meinen Gefühlen verleiten lasse.«

»Das glaube ich Ihnen sogar.«

Sie legte auf. Ludwig blieb noch eine Weile im Auto sitzen und kehrte dann zu seinem Brennholzstapel zurück.

Die harte Arbeit mit der Axt ging in der dünnen Höhenluft nicht unbedingt leichter von der Hand. Zehn Tage, hieß es, brauche der Körper, um die zusätzlichen roten Blutkörperchen zu bilden, die für die ausreichende Sauerstoffaufnahme nötig waren.

Er konnte nur hoffen, dass die Feinde ebenso geschwächt waren wie er. »Es regnet auch auf den Feind«, hatte ein berühmter österreichischer Gefreiter einmal so treffend gesagt.

Wie besessen arbeitete Ludwig weiter, obwohl er schon längst genug Brennholz gehackt hatte. Vielleicht ließ sich die Bildung der Blutkörperchen beschleunigen? Wenn nicht, dann beruhigte die körperliche Tätigkeit immerhin die Nerven.

Als er keuchend die Axt beiseitewarf, verschwand die Sonne gerade hinter den Wolken. Binnen weniger Sekunden sank die Temperatur, als hätte ein übermütiger Gott ein Loch in die Atmosphäre gestochen und die Drachen des eisigen Weltraums losgelassen.

DIE SCHLACHT UM SWANETIEN

Heschkili
Swanetien, Georgien
Mi., 6. Juli 2016
[13:15 MEZ+4]

Das Sturmgewehr HK417 von Heckler & Koch im Kaliber 7,62 x 51 mm hatte eine geringere Feuergeschwindigkeit und ein kleineres Magazin als das gängigere Modell 416, gab aber mit Zielfernrohr ein ausgezeichnetes Scharfschützengewehr ab.

Mit diesen Worten hatte Ludwig ein Jahr zuvor die EXPLCO vom Kauf dieser Kostbarkeiten überzeugt. Dazu beglückwünschte er sich nun, als er eine große Sporttasche mit drei Exemplaren dieser Waffe sowie insgesamt zwölf Magazine in den Kofferraum des Niva hievte.

Grigol, Anri und er verfügten außerdem über je eine Baby Desert Eagle mit drei Magazinen. Ein stabiles Jagdmesser am Gürtel bildete die dritte und letzte Verteidigungslinie. Mit einem Stück verkohltem Holz aus dem Ofen hatten sie sich die Gesichter geschwärzt, und aus einer alten Truhe hatte Pater Grigol drei Tarnjacken hervorgezaubert.

Das und einige kleine Schlucke Tschatscha verliehen Ludwig das vertraute Gefühl der Unbesiegbarkeit, das ihm unter den herrschenden Umständen sehr willkommen – und außergewöhnlich trügerisch war. Anri stolzierte auf der Lichtung vor dem Haus umher, als wäre er gerade zum Feldmarschall ernannt worden. Ludwig hatte nicht übel Lust, ihn mit ein paar wohlgewählten Worten in die Realität zurückzuholen. Aber was hätte das gebracht? Vielleicht war es ja besser, dass sich der Junge zu der eingebildeten Größe aufplusterte.

Der Geistliche hingegen wirkte bedeutend gelassener. Mit gesenktem Kopf lehnte er am Hackklotz und murmelte immer wieder dieselben Gebete. Seine Thermoskanne enthielt nicht nur Kaffee, sondern – seiner säuerlichen Grimasse beim Schlucken nach zu urteilen – auch Hochprozentiges. Er hatte nichts einzuwenden, als sich Ludwig ebenfalls bediente. Der gute Pater hatte offenbar schon lange erkannt, was sie im Leben verband.

»Dann wären wir so weit«, meinte Ludwig einige Minuten später. »Wenn wir jetzt losfahren, sind wir lange vor dem vereinbarten Zeitpunkt dort und können uns günstige Beobachtungsposten aussuchen und abwarten, was passiert.«

Anri nahm auf der Rückbank Platz und Grigol auf dem Beifahrersitz neben Ludwig.

»Wie geht es Ihnen? Fühlen Sie sich stark?«, fragte der Geistliche, als sie die abschüssige Straße hinunterrollten.

»Durchaus«, erwiderte Anri, noch ehe Ludwig etwas sagen konnte.

Bis Mestia brauchten sie zwanzig Minuten. Die Sonne war nur noch ein diffuser Fleck hinter den schweren Regenwolken. Es herrschte eine unwirkliche Stimmung, als wäre die acht Lichtminuten entfernte glühende Kugel nur eine Laterne hinter einem Vorhang in einem asiatischen Marionettentheater. Ludwig überlegte kurz, ob es wohl den Augen schadete, zu lange in den Mittelpunkt dieses Schauspiels zu starren.

Drei sehr unterschiedliche Berge umrahmten das seit fünftausend Jahren besiedelte Tal, und die dramatische Landschaft wirkte bei diesen Lichtverhältnissen noch düsterer und zerklüfteter als sonst. Von den Hängen mit ihren dumpfen, urzeitlichen Farben, die an ihre Ursprünge im Meeresgrund erinnerten, schien eine Nebelbank nach der anderen aufzusteigen. Zu guter Letzt, als Ludwig die Scheibenwischer einschaltete, ging ihm auf, dass es sich bei dem sie umgebenden Nebel in Wirklichkeit um Wolken handelte.

An der Tankstelle am Ortsrand hatte sich ein gutes Dutzend Wanderer mit Rucksäcken und Zelten versammelt. Sie tauschten Geschichten über bezwungene Gipfel in anderen Weltteilen aus, und einige von ihnen bemühten sich um eine Mitfahrgelegenheit, während sich die anderen nicht zu so etwas herabgelassen hätten.

Aus dem Augenwinkel sah Ludwig, wie sich Pater Grigol bekreuzigte.

»Liegen Ihnen die Touristen so sehr am Herzen?«, fragte Ludwig. Vor einer gelb-schwarzen Bremsschwelle drosselte er das Tempo und kurbelte die Seitenscheibe herunter, weil die Windschutzscheibe beschlug.

»Einige davon sind Bergsteiger, und von denen kommen jedes Jahr welche ums Leben«, erklärte Pater Grigol. »Vielen ist der Tod vorherbestimmt, was an ihrem verzerrten Grinsen und ihrer resignierten Haltung abzulesen ist. Sie leben nur noch in Erwartung des Sturzes und sehnen sich förmlich danach. Das ist wie Gift im Blut. Im Grunde genommen sind sie längst tot.«

Damit war die Unterhaltung beendet.

Unbekannter Ort
Swanetien, Georgien
Mi., 6. Juli 2016
[13:45 MEZ+4]

In seinem Kopf lärmte es ganz fürchterlich – vielleicht der Versuch seines Gehirns, die Furcht zu bezwingen und die Bestien zu bändigen, die in seinem Brustkorb zum Sprung ansetzten.

Interessante Zeiten, interessante Zeiten, mögen wir alle in interessanten Zeiten leben …

Noch nie hatte Walter Licht nackt auf der Erde gelegen, mit Händen und Füßen an die Anhängerkupplungen von zwei Autos gefesselt. Trotz der kalten Erde und dem dichten feuchten Nebel fror er nicht. Er war vollauf damit beschäftigt, sich an jedem einzelnen Herzschlag festzuklammern.

So war es nun einmal. Er konnte sich nicht mehr auf sich selbst verlassen. Das Einzige, was ihm noch Halt gab, war sein vegetatives Nervensystem.

Frauke Koch hob die Hand, und die beiden Fahrer ließen die Motoren an.

»Du hast vieles über dich ergehen lassen, Pauline«, sagte sie zu ihrer ehemaligen Geliebten, die mit einer Pistole im Nacken vor ihr kniete. »Du bist sehr stoisch, wenn du selber leiden musst. Aber wie stark bist du, wenn es jemand anderen trifft?«

Der Mann mit der Pistole hieß Berk und war, wie Walter vermutete, Südafrikaner. Er packte Pauline Hollister mit der Linken am Kragen ihres Rollkragenpullovers und riss sie wie einen ungehorsamen Hund nach hinten.

Frauke Koch war misstrauisch, seit Pauline Hollister am Morgen wie verrückt geschrien hatte, weil angeblich eine Schlange in ihrem Zimmer gewesen war. Die trotzigen Augen der Amerikanerin waren von Blutergüssen umrahmt. Walter hatte von seinem Zimmer aus nur vereinzelte Sequenzen der Tortur mitbekommen.

Mit weiterhin erhobener Hand brüllte Frauke Koch: »Ich frage zum letzten Mal: Wo sind die Raketen? Was habt ihr mit den Raketen gemacht? Wo sind sie?«

Pauline Hollister starrte vor sich hin und schwieg, was Frauke Koch dazu veranlasste, vorsichtig die Hand zu senken. Die beiden Fahrer fuhren ein paar Zentimeter vorwärts. Walter konnte sehen, wie sie sich den Hals verrenkten, um nicht zu früh zu weit zu gehen. Die beiden Seile wurden gestrafft, aber es schmerzte noch nicht. Walter schrie trotzdem.

Hoffentlich wartet sie nicht zu lange, dachte er. Und wer sagt, dass mich Frauke Koch anschließend verschont? Ich habe ihr doch schon alles gegeben!

Seine Panik wuchs – noch nie hatte er solche Panik empfunden. Dieses Problem ließ sich nicht lösen, er war ihm machtlos ausgeliefert, ein vorweggenommener Tod, eine Variante des Lebendig-begraben-Seins. Bei näherem Nachdenken war das immer seine größte Angst gewesen.

Warum hält mein Gehirn nicht endlich das Maul, warum hält es nicht endlich das Maul, dieses verdammte Gehirn hält nie das Maul, es …

»Wo sind sie?«, brüllte Frauke Koch. »Wo sind sie, verdammt noch mal?«

Sie gab den Fahrern ein Zeichen. Dann stiefelte sie auf Pauline Hollister zu, sank auf die Knie, packte ihr Kinn und drückte ihre Lippen mit Daumen und Zeigefinger zusammen.

Doch Pauline Hollister schwieg weiterhin und schaute finster an Frauke Koch vorbei, wie ein Hund, der glaubte, dem Zorn seines Frauchens entgehen zu können, indem er sich möglichst unsichtbar machte.

»Wie du willst«, knurrte Frauke Koch.

Sie richtete sich auf, drehte sich um und riss die Hand nach unten.

»Nein!«, brüllte Pauline Hollister. »Warte.«

Frauke Koch hob die Hand erneut. Die Fahrer warteten ab.

Pauline Hollister holte tief Luft. »Mazeri«, sagte sie.

»Wie bitte?«

»Mazeri! Einige Kilometer nördlich von Mazeri in der Lagerhalle einer Kiesgrube.«

»Wenn du lügst, um Zeit zu schinden …«

Mit gesenktem Blick sagte Pauline Hollister klar und deutlich: »Was soll ich noch mit Zeit, meine Liebe? Die Zeit hat uns hierhergeführt.«

Plötzlich wirkte sie um fünfzehn Jahre gealtert. Frauke Koch ebenfalls. Walter fragte sich, welche fürchterlichen Dramen sich im Laufe der Jahre zwischen diesen beiden aus der Zeit gefallenen Frauen abgespielt haben mochten.

Eine halbe Ewigkeit starrten sich die beiden an. Schließlich riss Frauke Koch sich los, wandte sich an die Fahrer und deutete nach unten. Sofort wurden die Motoren abgestellt.

Walter atmete auf. Vielleicht etwas zu früh, aber das spielte keine Rolle. Im Gegensatz zu Pauline Hollister war er der Zeit keineswegs überdrüssig.

Die beiden Männer, die ihn gefesselt hatten, machten die Seile los. Dann reichten sie ihm eine Decke, in die er sich hüllte.

»Was sollen wir mit ihm machen?«, erkundigte sich einer der beiden Männer bei Frauke Koch.

»Wo ist Menk? Holt ihn.«

Einige Minuten verstrichen. Berk brachte Pauline Hollister ins Haus. Walter, Frauke Koch und einer ihrer Söldner warteten.

Da erschien der Handlanger mit Menk.

Spätestens in diesem Augenblick verlor die Zeit einen Teil ihres Glanzes.

Was sagte die Bibel noch gleich über die Sünden der Väter und über ihre Kinder?

Das ist Mischa Menk, dachte Walter, der einzige Sohn von Pavel Menk, der im Sommer 2011 in Berlin ermordet wurde.

»Ich bin fertig mit ihm«, sagte Frauke Koch zu dem Moldawier. »Brauchst du ihn noch?«

Menk warf Walter einen Blick zu, als sähe er die Erfüllung seiner grausamsten Sexualfantasien unmittelbar vor sich, und sagte: »Und ob.«

Becho
Swanetien, Georgien
Mi., 6. Juli 2016
[14:15 MEZ+4]

Nach einer weiteren halben Stunde, als sie sich nur noch einige hundert Meter über dem Meeresspiegel befanden, bogen sie ab und fuhren ein Tal hinauf. Der unbefestigte Weg war in einem schauderhaften Zustand. In den mit Wasser gefüllten Schlaglöchern badeten Schweine, Ziegen und Kühe ohne Rücksicht auf die übrigen Verkehrsteilnehmer.

»Ist es noch weit?«, fragte Ludwig wie ein übellauniges Kind.

»Jetzt geht es etwa vierhundert Meter bergauf«, lautete die wenig hilfreiche Antwort des Geistlichen.

»Wie lange dauert das?«, erkundigte sich Anri.

»Vielleicht eine Viertelstunde«, antwortete Grigol.

»Immerhin fällt unser Auto nicht weiter auf«, stellte Ludwig fest, als ihnen innerhalb von zehn Minuten der fünfte uralte Niva entgegenkam. »Wir können es überall abstellen.«

Direkt hinter der linken Häuserreihe war ein Fluss zu erahnen. Rechts lag eine wie immer überdimensionierte Schule neben der obligatorischen Polizeiwache in modernem Stil mit großen Fenstern und einer kleinen georgischen Fahne. Es folgten einige Kilometer mit zusammenhängender Bebauung – idyllisch, aber auch ziemlich heruntergekommen. Es war eine alles andere als wohlhabende Gegend mit kleinen Bauernhöfen und Viehhaltung. Vor einer großen Villa, die von einer Mauer umgeben war, fielen Ludwig zwei militärgraue Pick-ups auf. Zwei Fahnen flatterten im Wind, die georgische und vermutlich die der Provinz.

»Was ist das?«, fragte Ludwig.

»Der Posten der Grenzpolizei«, antworteten Anri und Grigol wie aus einem Munde.

»Wo verläuft die Grenze überhaupt?«, wollte Ludwig wissen.

»Wenn Sie sich links vom Uschba halten«, sagte der Geistliche, »gelangen Sie nach einigen Stunden zu einem Wasserfall und von dort mit genügend Ausdauer auf einen Gletscher. Dort verläuft irgendwo die Grenze. Glaube ich jedenfalls. Aber die georgische Grenzkontrolle befindet sich weiter unten, von hier aus gesehen vor dem Wasserfall. Jedenfalls war das früher so. Ich habe nie recht begriffen, wo die Grenze genau verläuft. Sicherlich gibt es Satellitenaufnahmen mit einem theoretischen Grenzverlauf. Es fragt sich nur, ob die Russen und wir dasselbe Foto besitzen und es auf dieselbe Art auslegen.«

Nicht zum ersten Mal hatte Ludwig auf eine einfache Frage an den Georgier eine lange, diffuse Antwort erhalten, die mehr Ungewissheit als Klarheit brachte.

»Na dann«, antwortete er.

Der Nebel oder die Wolken oder beides zusammen hatten sich jetzt so sehr verdichtet, dass Ludwig die Scheinwerfer einschalten und das Tempo drosseln musste. Nachdem sie zehn Minuten lang über Lehm und Kies steil bergauf gefahren waren, überquerten sie eine Brücke. Wenig später ging der Weg in eine doppelt so breite, asphaltierte Straße über.

»Wozu soll das gut sein?«, erkundigte sich Ludwig.

Der Geistliche kratzte sich am Kopf. »Vermutlich haben sie von oben angefangen.«

»Und dann ist ihnen nach der halben Strecke das Geld ausgegangen, oder was?«

»Genau. Und jetzt warten sie ab, bis sich eine neue Firma findet.«

»Früher oder später wird die Straße dann also fertig gebaut.«

»Genau, früher oder später.«

Ludwig schüttelte den Kopf. »Sind Sie diesen Scheiß denn nie leid?«

»Welchen Scheiß?«, fragte Anri.

»Na, diesen hier.«

Pater Grigol kicherte.

»Nein, ganz und gar nicht«, antwortete Anri. »Es ist nämlich unsere Pflicht, gute Laune zu bewahren.«

Ludwig hielt es für ratsam, keine weiteren Einwände vorzubringen. Stattdessen nahm er ungeniert ein paar ordentliche Schlucke aus seinem Flachmann und hielt ihn dann dem Priester und Anri hin.

»In der richtigen Dosierung«, dozierte Ludwig im Geiste Hemingways, »stabilisiert es die Nerven. Kurz gesagt, man schießt besser.«

Seine beiden Gefährten ließen sich nicht zweimal bitten.

Weiter ging es durch die graue Suppe, kreuz und quer über grüne Weiden, auf denen sich vereinzelte Pferde frei zu bewegen schienen. In der Ferne ließen sich die Umrisse des riesigen, unverrückbaren Bergmassivs erahnen.

Und Ludwig Licht wurde bewusst, dass genau dort die Grenze verlief.

*

Am Ende des sich verschmälernden Tales ragten zwei Gipfel auf. Als sich die Wolken einen Augenblick lichteten, sah Ludwig mehrere Wasserfälle unmittelbar oberhalb der Baumgrenze. Darüber ließen sich große weiße Flecken ausmachen, vermutlich der Gletscher, den der Geistliche erwähnt hatte. Kurz darauf versank alles wieder in dampfender, siedender Undurchdringlichkeit.

Vor der Ruine eines ehemaligen Hotels, einen Kilometer vor ihrem Ziel, stellten sie das Auto ab. Sie hoben die Taschen mit den Waffen heraus und machten sich auf den Weg Richtung Norden. Es war halb drei Uhr und regnete Bindfäden. Die Wolken glichen aufgeblasenen Gespenstern, die einige Meter über der Erde schwebten, und einmal war die Sicht so schlecht, dass Pater Grigol über irgendeine Unebenheit stolperte und mit der Stirn auf den Boden schlug.

»Ein Glück, dass wir unsere Pistolen haben«, meinte Ludwig. »Gewehre und Zielfernrohre sind bei diesem Scheißwetter nicht viel wert.«

Grigol wischte sich das Blut aus dem Gesicht. »Die Wolken können jeden Moment aufreißen.«

»Oder auch nicht. Und wo liegt diese Kiesgrube?«

»Ein paar hundert Meter vor uns.«

»Na dann. Finden Sie auch dorthin, wenn wir den Weg verlassen?«

»Vermutlich.«

Also bogen sie ab und gingen querfeldein weiter. Nachdem sie eine leichte Anhöhe überwunden hatten, waren sie vom Weg aus nicht mehr zu sehen. Ludwig hörte den Fluss, noch ehe er ihn sah. Grigol hielt auf das Ufer zu. Wenig später erreichten sie eine seichte Stelle und wateten zum anderen Ufer. Dabei stellte Ludwig fest, dass dies gar nicht der Fluss war, dem sie auf dem Weg hierher gefolgt waren, sondern nur ein Nebenarm.

»Dahinter liegt die Kiesgrube«, sagte Grigol und deutete auf einen Felsen, der etwa die Länge und Breite eines Eisenbahnwaggons hatte, aber doppelt so hoch war.

Anris Miene war im Laufe der letzten halben Stunde umgeschlagen. Verängstigt sah er den Geistlichen an und fragte: »Haben Sie nicht ein paar Gebete auf Lager?«

»Nicht mehr«, meinte Grigol mit dem Tonfall eines Militärarztes, dem schon lange das Morphium ausgegangen ist. »Vermutlich ist es besser, wenn Gott jetzt eine Weile wegschaut.«

Mazeri
Swanetien, Georgien
Mi., 6. Juli 2016
[14:40 MEZ+4]

Der Nebel hatte sich tatsächlich ein wenig gelichtet. Ludwig blieb stehen, nahm ein Gewehr aus der Tasche und robbte den nassen Felsen hinauf, um sich einen Überblick zu verschaffen. Die anderen beiden folgten ihm.

Die Anlage, eine tiefe graue Wunde in der Landschaft, erstreckte sich über die Grenzen von Ludwigs Blickfeld hinaus. Schräg rechts, etwa vierzig Meter in nordöstlicher Richtung, lag eine kleinere Lagerhalle. Das rostrote Wellblechgebäude mit gewölbtem Dach, in dem sicherlich drei Sattelschlepper Platz gefunden hätten, war nicht sonderlich imposant, aber groß genug.

Etwas weiter weg standen einige Radlader, Bagger und drei mit Kies beladene Kipper. Sonst keinerlei Anzeichen menschlichen Lebens. Es war Mittwoch und, soweit Ludwig wusste, kein Feiertag. Die Maschinen waren zu neu und zu teuer, um hier einfach abgestellt worden zu sein.

»Wo sind die Arbeiter?«, fragte er Grigol.

»Genau das habe ich mir auch gerade überlegt.«

Ludwig stellte das Zielfernrohr scharf und betrachtete die Vorderseite der Lagerhalle, die im Wesentlichen aus einem großen

Rolltor bestand. Rechts davon befand sich eine mit Codeschloss versehene kleinere Metalltür, über der eine Überwachungskamera angebracht war.

»Ich habe eine Idee«, meinte der Geistliche. »Falls die Offiziere dort drin sind, haben sie die Raketen noch nicht abgefeuert. Wollen sie nicht, oder können sie nicht? Sind sie sich uneinig? Wer weiß. Vielleicht kann ich ihnen helfen.«

Noch ehe Ludwig eingreifen konnte, hatte Grigol seinen Beobachtungsposten verlassen und sein Gewehr beiseitegestellt und ging auf die Lagerhalle zu.

»Was soll der Unsinn?«, knurrte Ludwig Anri zu. Er wollte Grigol nicht zurückrufen, es war schon schlimm genug, dass sich der Geistliche aus der Deckung gewagt hatte.

»Keine Ahnung«, meinte Anri und strich sich das Regenwasser von der Stirn. »Vielleicht will er sie bekehren?«

»Verdammte Scheiße …«

Inzwischen stand Grigol gestikulierend vor der Kamera des Codeschlosses.

Eine halbe Minute verging.

Dann öffnete ein Mann in Uniform. Soweit Ludwig durch sein Zielfernrohr erkennen konnte, handelte es sich um einen Oberst der Luftwaffe. Er war Anfang fünfzig und trug einen Schnurrbart. Die Schlaflosigkeit hatte dunkle Schatten unter seinen Augen hinterlassen, und auch die Bartstoppeln ließen darauf schließen, dass er nur wenig Ruhe gefunden hatte.

Ein langer Wortwechsel folgte. Nach einer Weile deutete Grigol in Richtung Wildnis. Der Oberst zögerte erst, nickte dann aber und schloss die Tür hinter sich. Er sprach ein paar Worte in das Mikrofon neben der Kamera und folgte dann Grigol zum Versteck.

Ludwig und Anri blieb nichts anderes übrig, als abzuwarten.

Als der Geistliche wieder vor ihnen stand, ergriff er das Wort.

»Darf ich euch Oberst Nikoladze, den Befehlshaber dieses Stützpunkts, vorstellen? Ihr seid Zeugen, wenn ich ihn jetzt von seinem Eid entbinde.«

Einen Moment lang streikte Ludwigs Auffassungsvermögen. Dann dämmerte ihm, dass Grigol für den Oberst eine heilige Autorität war. Er konnte nicht wissen, dass dieser aus dem Nichts erschienene und in dieser Stunde so dringend benötigte Vertreter des Herrn seines Amtes enthoben war.

Der Oberst fiel auf die Knie. Daraufhin redete ihm Grigol ins Gewissen, wobei er mehrmals das Kreuzeszeichen machte. Schließlich legte er dem Mann seine Hand auf die Schulter und wiederholte einen Satz drei Mal.

Als das geschehen war, küsste ihm der Oberst die Hand, erhob sich und umarmte ihn. Sie verharrten eine Weile in dieser Stellung. Schließlich machte sich der sichtbar gerührte und erleichterte Mann los und überreichte Grigol einen Gegenstand, der wie ein etwas zu groß geratener, altmodischer USB-Stick aussah.

Dann kehrte er wortlos zur Halle zurück.

Ludwig starrte Grigol an und fragte: »Wie viele Männer sind denn in der Lagerhalle?«

»Sie sind zu fünft. Jeder hat einen dieser Schlüssel, und mindestens drei müssen gleichzeitig im Einsatz sein, um die Raketen abschießen zu können. Zwei der Offiziere haben sich bislang geweigert. Unser Oberst, der die ausschlaggebende Stimme besitzt, war bislang unentschlossen. Jetzt ist er nicht mehr an seinen Eid gebunden, und die Raketen bleiben am Boden.«

»Aber vier Schlüssel haben sie noch«, gab Ludwig zu bedenken.

»Nicht mehr lange. Die anderen beiden werden uns ihre ebenfalls aushändigen.«

In diesem Augenblick ging die Tür der Lagerhalle wieder auf. Zwei Majore traten in Begleitung ihres Kollegen von der Luftwaffe ins Freie. Kaum waren sie ein paar Schritte gegangen, da brach die Hölle los.

Zwei silberne Mitsubishi-SUVs rasten von zwei Seiten auf die

Lagerhalle zu und hielten vor den Offizieren. Zwei Männer sprangen mit erhobenen Maschinenpistolen aus dem einen der beiden Fahrzeuge. Die drei georgischen Offiziere konnten sich weder wehren noch in Sicherheit bringen und wurden innerhalb weniger Sekunden niedergemäht.

Zwei weitere Männer sprangen mit einem Gefangenen in Handschellen zwischen sich aus demselben Wagen. Im nächsten Augenblick waren sie hinter der Lagerhalle verschwunden.

Die beiden Schützen, die sich immer noch in Ludwigs Schussfeld befanden, gingen in die Hocke und durchsuchten die Leichen. Ludwig, den bislang noch niemand bemerkt hatte, lag flach auf der nassen Erde, genau wie Anri und Grigol. Er entsicherte sein Sturmgewehr und feuerte zwei kontrollierte Salven ab.

Die beiden Männer kippten wie angeschossene Vögel nach hinten. Ludwigs Munition bestand aus Teilmantelgeschossen, die den Opfern tödliche Wunden beibrachten und in den Körpern verblieben.

Währenddessen stiegen mehrere Gestalten aus dem zweiten Fahrzeug und verschwanden hinter der Lagerhalle.

Ludwig betrachtete den ersten SUV durch sein Zielfernrohr und entdeckte einen Kopf. Zweifellos Frauke Kochs roter Haarschopf. Ludwig zielte, feuerte, verfehlte aber sein Ziel, weil sie sich auf den Boden des Wagens fallen ließ, um durch die Beifahrertür zu flüchten. Würde sie rechts oder links von dem Fahrzeug auftauchen? Ludwig tippte auf rechts, aber dort regte sich nichts. Als er seine Waffe auf die linke Seite richtete, sah er gerade noch Frauke Koch wie einen Schatten um die rechte Ecke der Halle herumrobben und verschwinden.

Ihre durchdringende Stimme drang bis zu Ludwig und seinen Gefährten herauf: »Durchsucht sie! Durchsucht die Taschen der Toten!«

Ludwig fragte sich, wie viele Leute sie wohl hatte. Höchstens sieben oder acht, und zwei hatte er bereits getötet.

Wo steckte Walter? Ob sie ihn dabeihatte?

Anfänglich schien niemand Frauke Kochs Befehl befolgen zu wollen – angesichts der Umstände nicht weiter verwunderlich. Dann robbte ein Mann mit an die Brust gedrückter Maschinenpistole heran. Auch er hatte Tarnkleidung an und trug eine wilde Miene zur Schau.

Anri schoss ihm zwischen die Augen, noch ehe Ludwig einen Finger rühren konnte. Der Kopf des Mannes fiel vornüber in den Kies, sodass nur noch die schwarze Baskenmütze zu sehen war.

»Gut gemacht«, meinte Ludwig.

»Dabei mag ich Sotschi eigentlich gar nicht«, lautete Anris verzagte Antwort.

Ludwig warf ihm einen Blick zu, um zu sehen, ob noch alles in Ordnung war.

»Wir schaffen das«, sagte er zu ihm. »Verstanden? Wir schaffen das.«

Anri nickte, zauberte dann aus einer seiner Taschen einen Kaugummi hervor und begann mit imponierender Energie zu kauen. Ohne die drei toten georgischen Offiziere aus dem Blick zu lassen, sagte er: »Ich hoffe, dass Sie mich für einen Orden vorschlagen. Das würde meiner Mutter gefallen.«

»Alle bekommen einen Orden«, sagte Ludwig. »Sonst wäre diese Tätigkeit sinnlos.«

»Sie dürfen keinesfalls diese Schlüssel in die Finger bekommen«, murmelte Grigol aus seinem Versteck.

»Dieser Gedanke ist mir auch schon gekommen.«

Grigol robbte auf Ludwig zu. »Das muss unbedingt verhindert werden.«

»Aber gehört nicht auch ein Code dazu?«, flüsterte Ludwig. »Können die Schlüssel wirklich ohne Zahlencodes verwendet werden?«

»Es gibt einen Hauptcode, also eine Art Generalschlüssel, der sich zusammen mit allen fünf Schlüsseln verwenden lässt.«

»Und?«

»Pauline hat diesen Zahlencode entworfen.«

»Pauline hat diesen Zahlencode entworfen«, wiederholte Ludwig und erinnerte sich mit Entsetzen daran, wie Mischa Menk vor fünf Tagen Pauline Hollisters Notizbuch durchgeblättert hatte. »Das hätten Sie uns vielleicht schon etwas früher erzählen können, oder?«

»Ich musste behutsam vorgehen.«

Dieser verdammte Priester hatte seine eigene Bedeutung bewusst heruntergespielt. Zum ersten Mal fragte sich Ludwig, ob auf ihn überhaupt Verlass war.

»Ich hasse dieses Gewerbe«, bemerkte Ludwig kopfschüttelnd.

»Das ist nichts im Vergleich dazu, wie sehr dieses Gewerbe uns hasst«, erwiderte Grigol.

»Was tun wir jetzt?«, fragte Anri.

»Wir bleiben jetzt ganz ruhig liegen. Unser Vorteil ist, dass sich der Feind zurückgezogen hat. Um an uns ranzukommen, müssen sie ihr Versteck verlassen, und dann haben wir sie.«

»Was wollen Sie damit sagen?«

»Dass wir uns in einer Position befinden, die wir uns zunutze machen müssen. Der Feind ist mit dem nächsten Zug an der Reihe, wenn er an die Schlüssel gelangen will. Wir können also gelassen abwarten.«

Eine dumpfe Stille breitete sich unter den ständig heranrollenden Nebelwolken auf. Mehrere Minuten vergingen.

Dann vibrierte Ludwigs Handy in der Jackentasche. Er legte sein Gewehr beiseite und schaute auf das Display.

Das Gespenst.

»Licht?«, sagte sie, als er dranging.

»Hollister.«

»Gehen die Schüsse auf Ihr Konto?«

»Ja, wir sind zu mehreren.«

»Verstehe. Meine Anweisungen lauten …«

Hier wurde sie von Frauke Kochs rauer Stimme unterbrochen. »Wenn du dich auch nur im Geringsten für das Wohlergehen deines Sohnes interessierst, schlage ich vor, dass du mit erhobenen Händen zu uns runterkommst.«

Sie bluffte. Von Walter gab es keine Spur, da war sich Ludwig ganz sicher, nachdem er die chaotischen Eindrücke von vorhin noch einmal sortiert hatte.

»Was wäre damit gewonnen?«, fragte er.

»Wie bitte?«

»Meine Begleiter wissen nicht einmal, dass ich einen Sohn habe. Außerdem wäre es ihnen auch vollkommen egal.«

»Wie viele Leute hast du dabei?«

Ludwig antwortete nicht.

Walter ist nicht hier, dachte er. Bestenfalls ist ihm die Flucht gelungen. Schlimmstenfalls ist er bereits tot.

»Der Generalschlüssel funktioniert nicht«, behauptete er.

»Was soll der Unsinn?«

»Pauline Hollisters Code wurde schon vor Ewigkeiten ausgetauscht. Und die individuellen Codes … Vielleicht war es ja nicht so schlau, ausgerechnet jene drei Personen zu ermorden, die sozusagen die parlamentarische Mehrheit darstellten.«

»Du lügst.«

Vielleicht log er, vielleicht auch nicht. Aber ganz unwahrscheinlich war dieses Szenario nicht.

Pater Grigol versuchte Ludwig etwas zuzuflüstern. Der hielt das Mikro seines Handys zu und blickte den Geistlichen fragend an.

Dieser hielt ebenfalls sein Handy in der Hand. »Die Kavallerie.«

»Wie bitte?«

»Die Kavallerie ist in fünf Minuten hier. Versuchen Sie, sie hinzuhalten.«

»Woher wissen Sie das?«

»Ich habe meine Quellen.«

Ludwig starrte ihn an. »Iwan?«

»Es besteht eine gewisse Zusammenarbeit.«

»Licht?«, brüllte Frauke Koch von der Lagerhalle herauf.

»Genossin Oberst«, antwortete Ludwig gehorsam.

»Dies ist die letzte Warnung.«

»Na hoffentlich. Langsam nervt es nämlich. Schick doch so lange noch einen armen Teufel vor. Schließlich hat man nicht jeden Tag Gelegenheit, auf lebendige Zielscheiben zu schießen.«

»Glaub bloß nicht, dass du diesen Tag überlebst.«

»Natürlich nicht. Aber da wir wohl niemals freiwillig in Rente gehen werden, wäre das vielleicht ein angemessenes Ende. Vielleicht ist es dir ja noch nicht aufgefallen, aber nach uns kräht kein Hahn mehr. Unsere Zeit ist vorbei.«

»Von wegen! Du hast ja keine Ahnung, wie viel Einfluss ich habe.«

»Doch. Ich habe heute Nacht mit dem Außenminister gesprochen«, log Ludwig. »Was für ein Mann! Du hättest ihn hören sollen. Solche Leute gibt es nur noch in Russland, das kann ich dir sagen. Ein richtiger Goldgräber.«

Frauke Koch schwieg.

Anri stupste Ludwig an, der sein Handy sofort beiseitelegte. Drei Männer stürzten auf einen der beiden SUVs zu. Dann ein Pistolenschuss. Ein Mann fiel vornüber aufs Gesicht. Die anderen beiden flüchteten ins Auto, das daraufhin mit quietschenden Reifen anfuhr.

Das Fahrzeug verschwand im Nebel. Dann war alles still. Ludwig nahm das Telefon wieder zur Hand.

»Offenbar fühlen sich die Leute in deiner Nähe nicht wohl«, bemerkte er.

Eine Weile herrschte Schweigen.

Schließlich sagte Koch: »Komm her.«

Ludwig zögerte. Dann reichte er Anri sein Handy, ließ sein Sturmgewehr liegen und robbte von dem Felsen herunter.

»Was haben Sie vor?«, rief ihm Anri hinterher.

»Zeit schinden.«

Mazeri
Swanetien, Georgien
Mi., 6. Juli 2016
[15:25 MEZ+4]

Ludwig schlich links um die Lagerhalle herum. Ein apokalyptischer Anblick empfing ihn. Der soeben hingerichtete Söldner lag fünf Meter von dem Gebäude entfernt auf dem Bauch. Frauke Koch und Pauline Hollister wirkten wie die letzten Überlebenden, aber schlecht gerüstet für die Zukunft.

Eine verschwitzte Frauke Koch mit struppigem Haar und hyänenwildem Blick stand breitbeinig und mit der Pistole im Anschlag da. Wenige Meter entfernt saß Pauline Hollister mit dem Rücken an der Wand und rauchte. Ihr Gesicht war blutverschmiert, große blaue Flecken bedeckten ihren Hals. Sie sah aus, als wäre sie von einem Güterzug überrollt worden. Der Verband an der einen Hand glich einem nassen roten Handschuh. Ludwig vermutete, dass Frauke Koch all dies in der letzten halben Stunde angerichtet hatte.

»Deine Waffen«, knurrte Frauke Koch.

Ludwig öffnete langsam seine Jacke, nahm vorsichtig mit Daumen und Zeigefinger die Pistole aus dem Holster und zog dann das Magazin heraus und ließ es zu Boden fallen.

»Das Messer auch«, sagte Frauke Koch.

Ludwig zog das Messer aus der Scheide in seinem Stiefel und warf es beiseite.

Jetzt war er gewissermaßen nackt, und die kommenden Sekunden würden die Lage entscheiden.

Frauke Koch räusperte sich. »Der Außenminister.«

Ludwig nickte, atmete auf und sagte dann: »Der Minister ist einer dieser typischen russischen Machthaber. Weißt du, was du in deren Augen bist? Eine verrückte Kampfhündin, genau wie Dugin und seinesgleichen. Plappernde Tollwutopfer. Der Kreml nutzt dich einfach nur aus, um die Ultranationalisten in der Provinz anzustacheln. Nach dem nächsten Wahlbetrug sind diese Bauerntölpel praktische Instrumente. Man verfrachtet sie einfach mit dem Bus nach Moskau, wo sie ein paar vermutlich ebenfalls gekaufte Demonstranten verprügeln dürfen. Das gibt dann guten Stoff fürs Fernsehen.«

Trotzig zuckte Frauke Koch mit den Schultern. Ludwig hatte den Eindruck, dass ihr diese Dinge nicht neu waren.

»Hast du dir tatsächlich eingebildet, dass diese Leute an dich glauben?«, fuhr Ludwig fort. »Die Bonzen in ihren Palästen? Dass sie deine Meinung teilen oder deine Botschaft überhaupt verstehen? Du bist doch nur der Zunder oder eine Art Wodka, die dem Fußvolk in die Kehle geschüttet wird. Goebbels vom Fass. Das Öl versiegt vielleicht eines schönen Tages, aber Leute wie dich wird es immer geben. Da wird nie ein Mangel herrschen.«

»Weil wir recht haben«, zischte Frauke Koch.

»Tja, selbst wenn du recht hättest, glaubst du wirklich, das würde eine Rolle spielen? Weißt du, was der Außenminister über dich sagt? *Sie nimmt sich zu wichtig. Sie begreift nicht, dass es immer nur ums Geschäft geht.*«

Aus dem Augenwinkel nahm Ludwig wahr, wie sich Pauline Hollister regte. Mit neuer Energie drückte sie ihre Zigarette aus und begann der Unterhaltung zu folgen.

Frauke Koch kniff die Augen zusammen. Suchend sah sie sich um.

Jetzt war es an der Zeit, das Messer anzusetzen. Mit leiser Stimme fuhr Ludwig fort: »Russland ist kein neofaschistisches Vorbild, meine Liebe, und keine Bastion gegen den US-Imperialismus, kein letztes Bollwerk im heldenhaften Kampf um unsere europäische Kultur. Russland ist die Mafia mit Fahne und Nationalhymne.«

Nach einigen Sekunden erwiderte Frauke Koch mit der Stimme eines ratlosen Kindes: »Hat er wirklich gesagt, dass es nur ums Geschäft geht?«

»Allerdings.«

»Nur ums Geschäft«, wiederholte sie, als versuche sie, einen neuen Zauberspruch auswendig zu lernen.

Die Zeit zog hier oben in den Bergen andere, kraftlosere Kreise.

Frauke Koch sank zunehmend in sich zusammen, und die Mündung ihrer Waffe zeigte jetzt fast senkrecht zu Boden.

Sie standen drei Meter voneinander entfernt. Ludwig zog seine Pistole aus dem Holster und richtete sie auf ihr Gesicht. Ihre Augen weiteten sich, aber sie machte keinerlei Anstalten, ihre Waffe hochzureißen.

»Du bist ein strategisches Genie«, meinte Ludwig, »aber Taktik ist nicht gerade deine starke Seite.«

»Aber sie ist doch nicht … geladen?«, erwiderte sie verblüfft.

»Die Israelis überlassen nichts dem Zufall. Wurde einmal durchgeladen, dann lässt sie sich auch ohne Magazin abfeuern.«

In seinem Wunschszenario hätte Frauke Koch jetzt ein letztes Mal Widerstand geleistet und die Waffe gehoben. Dann hätte Ludwig sie aus Notwehr erschießen können.

In seinem Wunschszenario.

In einer ganz anderen Welt hallte ein letzter Schuss im Tal der Ewigkeit wider.

Mazeri
Swanetien, Georgien
Mi., 6. Juli 2016
[17:20 MEZ+4]

Die Kavallerie rückte an. Die Soldaten trugen zwar helle georgische Tarnuniformen, trotzdem stimmte da etwas nicht. Es dauerte einen Moment, bis Ludwig mit lächerlicher Deutlichkeit klar wurde, was es war: Die Männer waren viel zu groß, die Hälfte von ihnen schwarz, einige waren Latinos, andere aus Südostasien. Es konnte sich nur um eine ganz besondere Auswahl weit gereister Amerikaner handeln, nämlich die US-Marines.

Die Schar wurde von Fran Bowden, dem Oligarchen Iwan und einem Mann angeführt, in dem Ludwig den russischen Außenminister erkannte. Die Fahrzeuge, georgische Militärjeeps, standen mit glänzenden Verdecks im Nieselregen. Einige Minuten später brausten die Sattelschlepper des Militärs heran.

Ludwig sank mit hinter dem Kopf verschränkten Händen auf die Knie. Als Bowden auf ihn zutrat, wirkte sie nicht unbedingt glücklich, strahlte aber eine gewisse Zufriedenheit aus.

»Jetzt habe ich Sie zum allerletzten Mal unterschätzt«, meinte sie. Ludwig erhob sich, und Fran Bowden schüttelte ihm die Hand.

»Was tut sich?«, fragte er.

Fran Bowden trat auf Frauke Kochs Leiche zu und stieß sie mit der Spitze ihres Stiefels an. Sie war nach hinten geschleudert worden und lag jetzt auf dem Rücken. Ludwig blieb der Anblick der Austrittswunde erspart, und das Blut war bereits im Kies versickert.

»Iwans Leute stürmen in diesem Moment Frauke Kochs Stützpunkt«, erwiderte Fran Bowden. »Unsere Drohnen haben ihn etwa dreißig Kilometer von hier entdeckt.«

»Iwans Leute? Sie werden keine Chance haben.«

Fran Bowden zuckte mit den Achseln und riss sich vom Anblick der Toten los. »Das Kanonenfutter kann uns doch egal sein.«

Ludwig schluckte und warf ihr einen kühlen Blick zu. »Möglicherweise befindet sich mein Sohn dort.«

»Das tut mir leid. Es ist aber zu spät, die Hunde zurückzupfeifen. Wir können nur das Beste hoffen. Vergessen Sie nicht«, fügte sie hinzu, als Ludwig protestieren wollte, »dass Sie mich ausdrücklich dazu aufgefordert haben, den Befehl über diese Operation zu übernehmen.«

»Hol Sie der Teufel.«

»Sie hätten an meiner Stelle doch genauso gehandelt.«

»Nein, an Ihrer Stelle würde ich in diesem Augenblick auf irgendeinem Botschaftsempfang einen Drink schlürfen. Aber Sie genießen diese Scheiße, nicht wahr? Sie können einfach nicht genug davon kriegen.«

Fran Bowden schnaubte verächtlich, lächelte dann aber und legte Ludwig beide Hände auf die Schultern. Nicht unbedingt mütterlich, aber gönnerhaft sagte sie:

»Es ist immer traurig, den Leuten dabei zuzusehen, wie sie sich gegen ihr eigenes Naturell sträuben.«

Wie sehr sich Ludwig auch dagegen wehrte, sie hatte recht. Er schüttelte ihre Hände ab.

»Was soll das Aufgebot?« Er deutete auf die Jeeps, die Lastwagen und den russischen Minister.

»Seine Exzellenz will dabei sein, wenn wir die Raketen verladen und in die Türkei bringen.«

»Wollen die Russen die Raketen denn nicht?«

Fran Bowden warf einen Blick auf Pauline Hollister, die apathisch sitzen geblieben war.

»Nein, sie haben genug damit zu tun, ihr eigenes Arsenal zu unterhalten. Das ist natürlich nicht die offizielle Version. Da ich ihnen die Raketen versprochen hatte, verlangen sie jetzt eine Entschädigung. Einen angemessenen Betrag, wie der Minister sich ausdrückt. Auf ein Schweizer Konto. Ich wette, sein eigenes.«

Die drei Georgier, Iwan, Anri und Grigol, standen etwas abseits und unterhielten sich leise. Worüber, würde Ludwig nie erfahren.

»So bizarr ist die Welt also inzwischen«, bemerkte Ludwig. »Die USA kaufen den Russen in Pakistan hergestellte atomare Kurzstreckenraketen ab.«

»Den Russen lässt sich viel Schlechtes nachsagen, aber man kann wirklich Geschäfte mit ihnen machen.«

»Zweifellos.«

»Und als Teil dieses Deals haben wir uns auf einen gemeinsamen Einsatz im Pankissi-Tal geeinigt. Amerikaner und Russen patrouillieren gemeinsam.«

»Ein wahres Volksfest! Mit mehr Bewachern als Einwohnern.«

»Ja. Meines Wissens haben die Russen die gesuchten Tschetschenen ohnehin bereits liquidiert. Die Spannungen sollten sich also in Grenzen halten. Außerdem sind sie sicherlich nicht daran interessiert, noch mehr Muslime zu verwalten. Nach einem halben Jahr werden sie wieder abziehen und können dabei auch noch das Gesicht wahren.«

Ludwig strich sich das nasse Haar nach hinten.

»Sie muss zum Arzt«, sagte er und deutete auf Pauline Hollister.

Fran Bowden betrachtete ihre Landsmännin erneut, aber diese schüttelte den Kopf.

»Einen Moment bitte«, sagte Ludwig zu Fran Bowden.

Er ging zu den Georgiern hinüber und schüttelte ihnen die Hand. »Ein großartiger Einsatz«, sagte Iwan.

»Unser junger Freund hat einen Orden verdient«, erwiderte Ludwig sofort. »Ohne ihn hätten wir das nie geschafft.«

Anri warf ihm einen dankbaren, aber auch verlegenen Blick zu.

»Ich war Ihnen gegenüber hinsichtlich meiner verschiedenen Tätigkeiten nicht ganz aufrichtig«, räumte Pater Grigol ein.

»Stimmt. Dabei dachte ich, dass Sie die Tschekisten, wie Sie sie nennen, hassen.«

»Tschekisten sind für mich nur die Leute vom Sicherheitsdienst! Wir Nachrichtendienstler sind aus ganz anderem Holz geschnitzt. Aber egal. In letzter Zeit hatte ich Gelegenheit, einige meiner Vorurteile zu revidieren.« Er warf einen raschen Blick auf Anri.

»Und worin besteht Ihre Tätigkeit?«, fragte Ludwig.

»Tja, unsere Systeme sind ja nicht immer so hierarchisch wie die Ihren. Meine Stellung beim Nachrichtendienst würden Sie vermutlich als Berater bezeichnen. In diesem besonderen Fall bin ich vielleicht etwas mehr als das.«

Ludwig nickte. Alles war gesagt.

Er kehrte zu Pauline Hollister zurück. Einige Soldaten waren damit beschäftigt, die Leichen – Frauke Koch, ihre Söldner, die getöteten georgischen Offiziere – in Plastiksäcke mit Reißverschlüssen zu verpacken und auf die Ladefläche eines Lastwagens zu werfen.

Pauline Hollister saß immer noch rauchend auf der Erde. Ihre Miene erinnerte Ludwig an den Gesichtsausdruck seiner Mutter, als sie eines Morgens neben ihrem toten Mann aufgewacht war. Das schlechte Gewissen immenser Erleichterung.

Ich habe die Tendenz, mich in allerletzter Minute zu entscheiden. Das hatte sie bei ihrer ersten Begegnung gesagt. Und sie hatte sich entschieden, ihm zu vertrauen. Darauf, dass er ihr helfen würde.

Anri und Grigol blieben auf Abstand. Fran Bowden sprach mit Iwan, der neben den Jeeps stand.

Hinter der Lagerhalle waren Befehle zu hören. Sekunden später ertönte eine Explosion. Die Soldaten drangen zu ihrer Beute vor.

»Das habe ich so nicht gewollt«, sagte Pauline Hollister und starrte auf ihre Stiefel. »Entschuldigen Sie bitte.«

»Verstehe«, erwiderte Ludwig.

»Nein, das tun Sie eben nicht. Niemand versteht das. Mir ging es nur um die Abschreckung des Feindes. Ich wollte den Russen klarmachen, dass sie dieses Land nie mehr unterdrücken können. Deswegen habe ich ihr von diesen Raketen erzählt, weil ich wusste, dass sie für die Russen arbeitet, und weil ich mir sicher sein konnte, dass sie die Information weiterträgt. Was sie dann aber nicht getan hat, weil sie sich die Raketen selber unter den Nagel reißen wollte. Können Sie sich das vorstellen? Sie wollte die Möglichkeit haben, die Raketen abzufeuern. Alles andere war zweitrangig. Ich hätte es niemals für möglich gehalten, dass sie tatsächlich so verrückt ist. Das totale Gegenteil von Menschlichkeit.«

»Sie dachten, Sie könnten sich eine Psychopathin zunutze machen. Diesen Fehler haben viele vor Ihnen begangen.«

»Aber sie hat auch Fehler gemacht. Der Mann, der sich nach russischen Leichen erkundigte, arbeitete zwar für sie, wusste aber nichts von unserer gemeinsamen Geschichte. So nahm alles seinen Anfang. Mir war klar, nur Frauke konnte hinter so einem perfiden Plan stecken, einem gefakten Terroranschlag mit russischen Opfern. Deswegen bin ich vergangenen Freitag nach Eriwan geflogen, um einen letzten Versuch zu unternehmen, ihre Pläne zu erkunden. Vielleicht war das nicht so klug.«

»Aber es hat funktioniert.«

»Ja, und das ist Ihnen zu verdanken. Ich hatte bei Ihnen gleich so ein Gefühl, kaum war ich in Ihr Auto gestiegen. Ich hatte schon immer die Gabe, Leute richtig einzuschätzen. Vielleicht mit Ausnahme von …« Ratlos starrte sie auf die Stelle, wo eben noch Frauke Koch gelegen hatte. »In Kiew haben wir oft Schach gespielt, und ich habe immer gewonnen. Im Nachhinein frage ich mich, ob sie mich vielleicht gewinnen ließ.«

»Sie haben auch jetzt wieder gewonnen.«

»Es gibt keine Gewinner. Nicht auf diesem Planeten, nicht in dieser höllischen Epoche, in die es uns verschlagen hat. Haben Sie das noch nicht gemerkt?«

Ludwig nickte. Mit einem eisigen Gefühl in der Magengegend stellte er dann die Frage:

»Wo ist Walter? Wo steckt er?«

»Menk hat ihn.«

»Menk? Wieso das denn?«

Pauline Hollister zuckte mit den Achseln. »Frauke hat ihm Walters Buch gezeigt.«

»Und?«

»Offenbar haben Sie seinen Vater ermordet.«

»Wie bitte?«

Es gibt keine Gewinner.

Ludwig Licht hatte sich noch nie als Sieger fühlen dürfen, sondern war immer gerade so über die Runden gekommen. Doch jetzt war ihm eine ganz neue Erfahrung vergönnt.

Die Erfahrung einer vollkommenen Niederlage.

»Aber wie hat Walter davon erfahren?«, fragte er fassungslos.

»Er ist bei der Recherche auf die Schießerei in der syrischen Botschaft in Berlin vor einigen Jahren gestoßen. Offenbar waren Sie daran beteiligt. Als er sich mit der Polizei unterhielt, fiel ihm auf, dass kurz vor der Schießerei in einem Berliner Jachthafen ein Mord verübt worden war.«

Pauline Hollister sprach mit tonloser Stimme, ohne ihn dabei anzusehen. Sie stand noch immer unter Schock.

»Meine Güte!« Ludwig schloss die Augen. »So ein Unglück. Warum musste er da bloß seine Nase hineinstecken?«

»Der Bulle hat wohl erzählt, die einzige Spur sei ein Zeuge gewesen, der ein Auto an einem See gesehen habe. Es zeigte sich, dass er ein falsches Kennzeichen notiert hatte. Möglicherweise hat der Mörder gefälschte Nummernschilder verwendet.«

»Ein Auto …«

»Ja. Einen blauen Range Rover. Walter wusste, dass Sie damals so ein Auto besessen haben. Er stellte weitere Nachforschungen an. Offenbar schuldeten Sie Menks Vater viel Geld. Mehr hat Ihr Sohn nicht herausgefunden. Aber das genügte ihm anscheinend.«

»Wann hat er Ihnen das erzählt?«

»Das steht in seinem Buch. Frauke war gut gelaunt, weil sie mich endlich kleingekriegt hatte. Daher durfte ich das Manuskript an ihrem Computer lesen. Mich hat interessiert, warum Menk Walter entführt hatte.«

Das durfte einfach nicht wahr sein. Ludwig hatte im Laufe seines Lebens viel Mist gebaut und dabei diverse Todsünden begangen, um jetzt an dieser beschissenen … Bagatelle zugrunde zu gehen.

Er wusste nicht einmal mehr, wie Pavel Menk ausgesehen hatte, als er sein Leben ausgelöscht hatte, und zwar ein widerliches, parasitäres Scheißleben. Er war ein Schwein gewesen, ein Arschloch, ein drittklassiger Zuhälter!

»Und Walter? Ist er tot? Was haben sie mit ihm gemacht?«

»Ich habe nur noch gesehen, wie er mit Menk in einen Hubschrauber gestiegen ist. Ich glaube, er war Teil des Honorars, das Frauke an Menk gezahlt hat.«

»Also ist er am Leben.«

»Keine Ahnung. Es tut mir wirklich leid.«

In diesem Moment hätte Ludwig Pauline Hollister erwürgen können. Dann sah er ihren leeren Blick, und ihm wurde klar, dass ihr Inneres einer verwüsteten Landschaft gleichen musste. Sie war ein Wrack. Sie war am Ende.

Er betrachtete ein paar Tannenwipfel, die sich soeben aus dem Nebel lösten. So leise, dass Pauline Hollister ihn vermutlich nicht hören konnte, sagte er:

»Walter lebt.«

Und solange ich lebe, wird er in Gefahr schweben, dachte Ludwig, denn irgendwo wird immer ein verdammter moldawischer Verwandter von Menk lauern.

Er marschierte los. Anri rannte ihm hinterher.

»Wo wollen Sie hin?«, fragte der junge Mann, der sich die Kriegsbemalung abgewaschen hatte und ein Trinkpäckchen mit Strohhalm in der Hand hielt.

»Ich brauche jetzt … wie heißt das so schön … eine kleine Auszeit.«

»Ich verstehe. Die Gedanken ordnen. Das ist immer gut.«

»Glaube ich auch. Ich bin dann mal weg. Niemand soll nach mir suchen, okay? Könnten Sie Fran Bowden das bitte ausrichten?«

»Natürlich. Aber Sie melden sich doch, wenn Sie wieder in Tiflis sind? Dann könnten wir was essen gehen.«

»Das klingt gut.«

Mazeri
Swanetien, Georgien
Mi., 6. Juli 2016
[20:30 MEZ+4]

Bei Anbruch der Dämmerung verzogen sich die Wolken. Die Berge türmten sich in voller Pracht auf, und Ludwig, der ziellos mit dem Gewehr auf dem Rücken herumgeirrt war, hielt plötzlich inne und starrte zu dem zerklüfteten Uschba-Massiv hinauf. Im Westen waren noch blutrote Schimmer der Abendsonne auszumachen.

Da kam der Anruf.

Menks Stimme ging beinahe im Lärm seines Hubschraubers unter. »Wo sind Sie?«

»Am Fuß des Uschba. Ich bin vor einigen Minuten an einem großen verfallenen Betonbau vorbeigegangen. Wenn Sie darauf zuhalten, müssten Sie mich sehen können.«

»Wir sind in ein paar Minuten da. Sobald wir uns nähern, gehen Sie in die Knie und heben die Hände. Ist das klar?«

»Verstanden.«

Die Wartezeit verging schnell. Es gab so vieles, worüber er nachdenken, was er verarbeiten und akzeptieren musste.

Er zog seinen letzten, noch halb vollen Flachmann aus der Tasche, schraubte ihn auf und drehte ihn um. Der Schnaps schoss heraus und wurde gierig von der Wiese aufgesogen.

Das surrende Geräusch von Rotorblättern näherte sich von Süden. Ludwig hatte keine Eile, nach dem Hubschrauber Ausschau zu halten. Er war noch nicht bereit, aber das spielte keine Rolle. Wer war schon jemals bereit? Nichts konnte das Schicksal dazu bringen, auf so etwas Rücksicht zu nehmen.

Schließlich spürte er, wie das fliegende Monstrum die Luft um ihn herum aushöhlte. Als er zu guter Letzt die Augen öffnete, sah er den Hubschrauber in fünfundzwanzig Metern Entfernung ruhelos, aber unbeweglich in der Luft hängen wie ein in der falschen Dimension gefangener Dämon. Dann schwebte er die letzten Meter abwärts und setzte auf.

Ludwig legte sein Gewehr auf die Erde. Er ließ sich auf die Knie sinken und faltete die Hände im Nacken.

Eine Luke wurde geöffnet, und Walter sprang aus dem Hubschrauber, gefolgt von Mischa Menk, der seine Pistole auf ihn richtete. Dann gingen die beiden auf Ludwig zu.

Walters Blick war gehetzt und beschämt zugleich.

»Mach dir keine Sorgen!«, rief Ludwig ihm zu. »Es gibt keinen Grund!«

Ohne Walter eine Sekunde aus den Augen zu lassen, nahm Menk das Sturmgewehr an sich.

Vorsichtig und übertrieben langsam zog Ludwig seine Pistole aus dem Holster und ließ sie zu Boden fallen.

Vielleicht hätte er ja den Trick mit der Kugel im Lauf wiederholen können.

Aber das Leben.

Die Zukunft.

Jetzt gehörten sie jemand anderem.

Menk umzubringen hätte nichts gebracht, denn die Blutfehde würde weitergehen. Die Zukunft gehörte Walter.

»Nimm sie an dich, wenn ich weg bin«, sagte er zu seinem Sohn und nickte in Richtung der Pistole.

»Es tut mir leid«, sagte Walter. »Papa, es tut mir so leid.«

»Nicht nötig.« Ludwig zwang sich zu einem Lächeln. »Jetzt sieh zu, dass dein Buch richtig gut wird.«

»Das Buch ist mir doch scheißegal!«

»Nein, das ist es nicht. Und darum bin ich auch so stolz auf dich.«

»Schluss mit dem Gequatsche«, knurrte Menk und versetzte Walter einen Stoß. »Hau ab, aber dalli, bevor ich es mir anders überlege.«

Walter zögerte.

»Mach schon, verdammt«, sagte Ludwig.

Sein Sohn wollte etwas sagen, aber dann fehlten ihm die Worte. Eine sonnenrote Träne rollte ihm über die Wange. Ludwig wandte ihm den Rücken zu, um Menk von seinem Sohn abzulenken.

Menk signalisierte Ludwig, dass er sich erheben solle. »Kommen Sie mit, Sie alter Drecksack.«

Ludwig stand auf.

»Und jetzt drehen wir eine Runde, Sie und ich«, erklärte Menk. »Los geht's.«

Langsam ging Ludwig auf die offene Klappe zu. Am Steuerknüppel saß ein großer Mann und rauchte.

Ludwig stieg ein. Menk folgte ihm. Sie saßen sich gegenüber und schnallten sich an. Menk zielte auf Ludwigs Beine, als würde er sich keinesfalls damit begnügen, ihn rasch sterben zu lassen.

Der Hubschrauber hob ab, fand in der Luft Halt und schwebte davon.

»Es ist schon lange her, dass ich mich so richtig auf etwas gefreut habe«, brüllte Menk, um den Lärm zu übertönen. »Sie können sich gar nicht vorstellen, wie sehr ich diesen Moment genießen werde.«

Ludwig nickte.

»Das ist eine gute Einstellung«, erwiderte er. »Ich folge Ihrem Beispiel.«

Sie befanden sich auf etwa hundert Meter Höhe.

»Was?«, brüllte Menk.

Ludwig öffnete den Sicherheitsgurt. Unter Aufbietung seiner letzten Kräfte erhob er sich von der Bank, packte den Griff der Luke und öffnete sie. Eiskalte Luft strömte in die Kabine. Der Hubschrauber geriet ins Schwanken, doch der Pilot richtete ihn rasch wieder auf.

Verblüfft starrte Menk seinen Gefangenen an und hob linkisch die Pistole.

»Setzen Sie sich hin!«, brüllte er ins Getöse. »Ich bin mit Ihnen noch nicht fertig!«

»Vielen Dank«, erwiderte Ludwig mit schwacher Stimme. »Aber das übernehme ich lieber selbst.«

Er hatte es schon oft versucht. Jetzt endlich, nach so vielen Jahren, schaffte er es.

Endlich gelang ihm der Absprung.

EPILOG
AUS: WALTER LICHT, DER GEMEINSAME NENNER

Folgendermaßen läuft es ab. Mama gießt mir Kaffee ein, inzwischen ist es ungefähr zwei Uhr nachts, und nimmt dann wieder Platz. Dieses Mal nicht neben mir, sondern gegenüber. Sie legt die Hände auf den Tisch und schließt wie in einer Séance die Augen, als wollte sie einen Geist herbeirufen. Was gar nicht so weit von der Realität entfernt ist.

»Es fällt mir nicht leicht, über ihn zu sprechen«, sagt sie.

»Ich weiß.«

»Weißt du, er hat … Ich kann kaum glauben, was du mir da erzählt hast. Dass ich mich offenbar vollkommen geirrt habe. Wie soll ich denn jetzt noch umdenken können?«

Nach einer geraumen Weile frage ich: »Schläfst du?«

Sie schüttelt den Kopf, weigert sich aber, die Augen zu öffnen. »Nein«, sagt sie, »ich trauere.«

(…)

Es gelingt mir nicht, ein Treffen mit Fran Bowden zu erwirken. Ich werde sie trotzdem sehen.

In den Zeitungen lese ich, dass der neue amerikanische Außenminister auf dem Weg nach Tiflis ist. Die amerikanische Botschafterin wird sich um ihn kümmern. Mit ziemlicher Sicherheit werden sie früher oder später das Aussichtsrestaurant hoch über der Stadt besuchen.

Zwei Tage wird der Außenminister hier sein. Am ersten Abend tut sich nichts am Fuß des Berges, keine Limousinen, keine Leibwächter, nichts. Aber am zweiten Abend gegen sechs trudeln sie mit dem georgischen Präsidenten, dem Premierminister, dem Außenminister und schätzungsweise fünfzig Leibwächtern im Schlepptau ein.

Ich stehe mit einer lächerlich klobigen Systemkamera direkt vor der Absperrung, um wie ein Journalist auszusehen. Vielleicht bin ich das ja auch noch.

Der Februar ist kalt. Es ist der kälteste Winter im Kaukasus seit siebzig Jahren, sagt mein verrückter Vermieter. In der eisigen Luft werden die Finger erst weiß, dann gelblich.

Fran Bowden bildet die Nachhut, weil der Präsident des Gastgeberlandes an der Spitze geht und sie selbst sich nicht in der Mitte befinden will. Als sie an mir vorbeikommt, rufe ich:

»Exzellenz, dürfte ich Sie einige Minuten sprechen?«

Sie hat mich erkannt und bleibt stehen. Nach meinen beharrlichen Anfragen bei der Botschaft wurde ganz bestimmt ermittelt, wer ich eigentlich bin.

»Warum nicht«, erwidert sie, und einer der Wachmänner hebt das Flatterband.

Sie flüstert ihrem Mitarbeiter etwas zu. Dieser wirft mir einen durchdringenden Blick zu und nimmt mir die Kamera ab. Dann geht er weiter und lässt seine Chefin in meiner Gesellschaft zurück.

»Der junge Werther«, sagt Fran Bowden und ist hochzufrieden mit ihrem geistreichen Kommentar.

»Walter.«

»Natürlich, aber das ist nicht so lustig.«

»Ein paar Minuten«, wiederhole ich, »mehr brauche ich nicht.«

»Sie können mit mir nach oben fahren«, sagt sie und deutet mit einem Kopfnicken auf einen leeren Waggon. In dem vorderen, der bereits auf dem Weg in die Höhe ist, sitzen sämtliche Honoratioren.

Wir steigen ein. Einige Leibwächter wollen uns begleiten, aber Fran Bowden wirft ihnen einen so vernichtenden Blick zu, dass sie stehen bleiben.

Mit einem Ruck fährt der Wagen an, und wir bewegen uns langsam aufwärts. Streng genommen ist es keine richtige Seilbahn, sondern eher eine Art Zahnradbahn. Wie eine Raupe klettert das Fahrzeug den steilen Hang hinauf.

»Was wollen Sie von mir?«

»Wie viele Menschen hat mein Vater getötet?«

Diese Frage scheint sie nicht zu überraschen. »Ich habe keine Ahnung.«

Offenbar merkt sie mir meine Enttäuschung an, denn sie fügt hinzu: »Was hatten Sie denn erwartet?«

»Ich weiß es nicht.«

»Wie groß die Zahl auch sein mag, so hat er doch weitaus mehr Menschen das Leben gerettet.«

»Sie meinen in Washington?«

»Ja. Für diesen Einsatz hat er sogar einen Orden bekommen. Und jetzt unlängst im Gebirge. Aber wenn Sie Details brauchen … GT hat ihn am besten gekannt.«

»Aber der ist doch tot.«

»Das stimmt.«

Die Dämmerung bricht herein, und die Lichter der Stadt flimmern millionenfach unter uns wie in einer leichtfüßigen Ballettaufführung. Plötzlich kann man sich diesen Ort unter persischer oder russischer Herrschaft vorstellen, als Hunderttausende von Pferden, Maultieren und Kamelen hier vorbeizogen und die Seidenstraße noch die Hauptschlagader dieses Planeten war.

Wir befinden uns inzwischen auf halber Höhe.

»Er hat 2012 eine Organisation von Neonazis in Pennsylvania infiltriert«, sage ich, »und einem Gefangenen die Kehle durchgeschnitten, um glaubwürdig zu wirken. Können Sie das bestätigen?«

Fran Bowden zuckt mit den Achseln.

»Mit dieser Sache hatte ich nichts zu tun.«

»Aber Sie hatten doch sicher Einblick in die Akten?«

»Allerdings.«

»Hat er dafür diesen amerikanischen Orden erhalten? Er befindet sich inzwischen in meinem Besitz. Sie verstehen sicher meine Neugier.«

»Sie sind neugierig, weil Sie ein Buch schreiben«, bemerkt Bowden. Der Wagen fährt immer langsamer. Mir bleiben nur noch wenige Sekunden, bis sich die Türen öffnen. »Sie wollen aus Ihrer einzigen Errungenschaft, nämlich zufällig der Sohn eines ungewöhnlich tüchtigen Mannes zu sein, Kapital schlagen.«

Mir fällt keine Antwort ein. Darum bin ich auch kein Journalist mehr. Weil ich nur noch über Dinge schreiben kann, die mir wichtig sind.

Abends, als ich wieder in meiner Wohnung in der Altstadt bin, ruft sie mich an. Ich bin gerade dabei, mich zu betrinken. Vielleicht ist Fran Bowden bereits betrunkener als ich.

»Ihr Vater«, nuschelt sie, »war in den achtziger Jahren einer der wichtigsten amerikanischen Spione hinter dem Eisernen Vorhang.«

»Das weiß ich bereits. Darf ich Sie zitieren?«

»Natürlich.«

»Mit Namen?«

Bowden lacht. »Unter einer Bedingung.«

Jetzt kommt es.

Aber egal. Sie hat meinem Buch gerade das Leben gerettet und ist sich dessen sehr wohl bewusst.

»In einer Woche gehe ich in Rente«, fährt sie fort. »Auch ich werde dann ein Buch schreiben, und wenn ich Ihnen jetzt behilflich bin, können Sie mich später unterstützen.«

»Und womit genau?«

»Sie werden mein Ghostwriter. Sie können mir helfen, das Material zu strukturieren.«

»Und das Material taugt auch was?«

»Ja, was glauben Sie?«

»Ich glaube, dass es gut ist.«

»Ich werde meine letzten guten Jahre ohnehin im Gerichtssaal verbringen. Da kommt es auf ein paar Enthüllungen mehr oder weniger auch nicht mehr an. Außerdem lande ich lieber im Gefängnis als mit vertrockneten Nostalgie-Liberalen in Florida.«

Ich kann ihr seliges Lächeln geradezu hören.

(…)

Eine Woche später treffen wir uns in der Bar eines Motels an der Ausfallstraße nach Mzcheta. Wir bleiben vier Tage.

Es ist der Beginn einer langjährigen Zusammenarbeit. Jedenfalls sieht Fran Bowden das so. Ich bin mir da nicht ganz so sicher. Sie rettet nicht nur mein Buch, sondern versieht auch noch jeden Bogen mit einem goldenen Siegel.

Welchen Grund hätte ich, ihr denselben Dienst zu erweisen?

Sie stellt sich vor, dass wir uns ein Jahr lang in Kanada zusammensetzen. Fernab von amerikanischen Behörden könnten wir dann ungestört ar-

beiten. Außerdem könnten wir dort eine ihrer Agentinnen treffen, die untergetaucht ist und offenbar einiges über meinen Vater weiß.

Ich traue meinen Ohren nicht, als ich höre, wie ich lauter hohle Versprechungen abgebe. Und ich glaube kaum, dass sie sich an ihr Versprechen halten wird, mich mit dreißig Prozent an ihren Einnahmen zu beteiligen.

»Wenn ich als Co-Autor auf dem Buchumschlag stehe, begnüge ich mich mit zwanzig Prozent«, erkläre ich.

»Ruhm ist also mehr wert als Geld?«

»Ruhm ist Geld. Auf lange Sicht schon.«

Dann bestellen wir noch zwei Bier, und sie erzählt von einer russischen Abhöranlage bei Havanna, von einem Massaker in einem Sumpf und von einem Ehrenmann, der sich im Meer vor Key West ertränkt hat. Gegen vier Uhr morgens glaube ich allmählich, dass das Ganze tatsächlich etwas werden könnte, aber später liege ich allein in meinem Zimmer und höre mein Herz schreien. Ich habe kaum noch etwas zu geben. Von dem, was mich einmal angespornt hat, ist kaum noch etwas übrig. Manchmal glaube ich, dass man in einem Vakuum durchs Leben treibt und dass die Richtung bereits bei der Geburt vorgegeben ist. Man kann nur beten, dass man nicht vorzeitig untergeht.

Fran Bowden? Ich mag sie nicht, aber ich glaube, dass mein Vater sie mochte.

Ich glaube, mein Vater würde sich freuen, wenn er wüsste, dass ich ihr zu guter Letzt doch noch die Zahl entlocken konnte.

Ich glaube, dass mein Vater stolz auf diese Zahl war.

Und ich glaube, es war ihm lieber, seiner finsteren Geschichte selbst ein Ende zu setzen, als es jemand anderem zu überlassen.

(…)

Das Grab meines Großvaters liegt in … Ach, eigentlich ist das egal. Doch der Verlag will, dass ich ihn erwähne. »Ein wenig Hintergrund hat noch nie geschadet, das Buch kriegt dann eher den Charakter einer Familienchronik und ermöglicht dem Leser vielleicht einen anderen Zugang …«

Zugang.

Das hier ist doch kein Filmepos wie Heimat. *Großvater liegt eben irgendwo begraben. Vielleicht glaubte er ja einige Jahre lang an Hitler, bis im Oktober der erste Schnee in Stalingrad fiel. Danach glaubte er nur noch an den Schnee. Anschließend durfte er nach Hause. Aber es gab nur noch Schnee und Eis in …*

Siehe da. Jetzt wird doch noch Heimat daraus. Ich muss aufhören.

Dieses Buch soll von meinem Vater handeln, nicht von meinem Großvater. Soll er doch liegen, wo er liegt.

Aber in Wahrheit handelt das Buch von mir.

(…)

Mama hat sich hübsch gemacht. Der marineblaue Mantel ist neu, ihr Haar ist frisch blondiert, und irgendwas an ihrer Haut ist anders. War sie in einem Schönheitssalon? Hat sie sich einer chemischen Behandlung unterzogen? Seit ich erwachsen bin, hat sie noch nie so jung ausgesehen. Und nie so mitgenommen.

Wir stehen auf der Adalbertstraße in Kreuzberg, einige Straßenecken nördlich vom Kottbusser Tor.

»Hier hat er gewohnt«, sage ich und deute auf das pistaziengrüne Haus. »Nummer 16.«

»Ich weiß.«

»Du hast doch gesagt, dass du nie hier warst?«

»Das stimmt. Aber ich habe an diese Adresse geschrieben.«

»Warum das?«

»Es ging um Geld.«

»Hättest du ihm nicht eine SMS schicken können?«

»Er hat seine Handynummer häufiger gewechselt als seine Anschrift.«

»Hast du mal seine Kneipe gesehen? Sie liegt nur …«

»Was soll das, Walter?«

»Ach, egal.«

Wir gehen die Kochstraße Richtung Westen. Die Schicht von Pulverschnee verschwindet, sobald man sie betritt, aber in den Baumkronen bleibt die weiße Pracht liegen. Es ist ein ruhiger Sonntag, und noch hat die Sonne nicht aufgegeben. Sie wärmt wie Anfang Oktober, obwohl sich der Frühling nähert.

Ohne eine weitere Erklärung biegt meine Mutter in einen der Parks ab. Sie bleibt bei einer Bank stehen und schiebt den Schnee beiseite. Dann schlägt sie die Handschuhe gegen die Lehne, um den Schnee abzuklopfen. Nachdem sie sich gesetzt hat, klopft sie auf den Platz neben sich, als wolle sie ein Kind zu sich rufen.

»Es war an einem Sonntag wie diesem«, beginnt sie, »in einem Park wie diesem, allerdings auf der anderen Seite.«

Jenseits der Mauer, meint sie. Dann verstummt sie.

»Ja?«, sage ich und nehme ebenfalls Platz.

Wir beobachten zwei spielende Huskywelpen. Der eine beißt wie besessen in das leicht überdimensionierte Geschirr des anderen. Beide geben keinen Laut von sich und wirken sehr zielstrebig, ja beinahe routiniert. Ihr Frauchen steht rauchend neben einem Baum und schaut ihnen gelangweilt zu.

»Dein Vater war wie immer bereits frühmorgens auf Achse, also bin ich allein spazieren gegangen. Wenn ich mich recht erinnere, habe ich mir ein Buch gekauft. Oder in der Bibliothek ausgeliehen. Ja, genau, so war es. Väter und Söhne *von Turgenjew. Gelesen habe ich es übrigens nie. Wenig später setzte ich mich auf eine Bank und starrte vor mich hin. Es begann zu schneien, und ich dachte, ich hätte den Park für mich. Aber wen sehe ich da hundert Meter von mir entfernt? Deinen Vater. Hätte er einfach dagesessen und sich nicht bewegt, hätte ich ihn auf diese Entfernung vermutlich nicht erkannt, aber sein Gang, die Art, wie er sich bewegte … Du weißt schon, man sieht es ja auch sofort, wenn sich ein Ochse in einer Herde von Kühen bewegt.«*

So etwas sehe ich zwar nicht unbedingt, aber ich glaube, ich weiß, was sie meint.

»Oder eine Ziege in einer Schafherde«, ergänze ich dümmlich, aber sie kommentiert diese Bemerkung nicht weiter.

»Er hat mich nicht gesehen oder mich im Schneetreiben zumindest nicht erkannt. Stattdessen sah er sich um, ging auf eine Mülltonne zu und hob den

Deckel hoch. Damals hatten die Mülleimer noch Deckel, wer hätte die Deckel auch stehlen sollen? Rasch befestigte er etwas, ein Paket oder einen Brief, an der Unterseite des Deckels und legte ihn zurück.«

»Einen Bericht für die Amerikaner.«

»Ja, das ist mir inzwischen auch klar. Aber das wusste ich damals nicht. Bei dem Gedanken, dass das maulfaule Stasi-Schwein für die andere Seite arbeiten könnte … hätte ich mich kaputtgelacht. Nein, ich dachte natürlich, dass er eine Affäre hatte.«

»Wirklich?«

»Und ich war so erleichtert, dass ich zu weinen begann.«

»Erleichtert?«

»Ja. Denn ich hatte ja selbst was … mit Erich, und nun waren wir gewissermaßen quitt.«

Sie schluckt.

»Jetzt kommt mir der Gedanke, dass er mich vielleicht doch erkannt hat. Dass er wollte, dass ich ihn sehe. Sonst hätte er doch wohl gewartet, bis der Park leer war?«

Noch am selben Abend fliege ich zurück.

(…)

Der gemeinsame Nenner ist der Alkohol. Ich habe diese Krankheit von meinem Vater übernommen, der sie von seinem eigenen Vater und seinem Großvater geerbt hat. Letzterer ist offenbar bei Bremen neben seinem Pferd in einer Pfütze ertrunken, im Alter von zweiunddreißig Jahren. Jünger als ich jetzt. Ich habe bereits länger gelebt als er.

Der Alkohol, sage ich. Nur eine Gestalt hebt sich von den vielen vergeudeten Schicksalen ab. Mein Vater. Ihm ist es gelungen, etwas aus seinem Leben zu machen, trotz … dieses gemeinsamen Nenners.

Manchmal denke ich, dass der Alkoholismus für ihn von Anfang an ausgemachte Tatsache war und dass sein ganzes Leben darauf hinauslief, dagegen anzukämpfen und sich die Sucht irgendwie nutzbar zu machen. Wenn man ohnehin die meiste Zeit berauscht und betäubt ist, kann man versuchen, das Beste daraus zu machen. In gewisser Weise verlieh der Alkohol meinem Vater übermenschliche Kräfte. Er ermöglichte ihm, ein …

Ich bringe es nicht über mich, das Wort einfach so hinzuschreiben, sondern stelle es zwischen zwei andere: Er war ein Mörder, ein Held und ein Arschloch.

Glauben Sie mir, die Erkenntnis, dass der eigene Vater als Held gelten kann, ist schlimmer als die, dass er ein Mörder ist. Insbesondere wenn seine letzte Heldentat einen selbst betrifft.

Vielleicht kann sich die Trauer ohne eine ordentliche Portion schwarzen Hasses gar nicht richtig entfalten. Vielleicht ist ja das und nichts anderes der gemeinsame Nenner.

An Winterabenden ist das Zimmer dunkel, kalt und zugig, und ich gebe ein Vermögen für Kerzen aus, die ich den Frauen vor der kleinen Kirche in meinem Viertel abkaufe. Auf dem Küchentisch neben dem Laptop liegt die Pistole meines Vaters. Sie gehört jetzt mir. Ich hoffe, sie weist mir den Weg. Die Frage ist nur, wann.

»Ditfurth hat ein erschreckendes Szenario entworfen; eines das bis an die Grenzen des Denkbaren geht. Ein kluger zeitgenössischer Thriller.« Günter Keil, *Abendzeitung*

Berlin im Herbst 2019: Der Ehemann der Kanzlerin wird gekidnappt. Die Entführer stellen unerfüllbare Forderungen. Eine deutsche Regierung lässt sich nicht erpressen. Oder doch? Die Entführer meinen es ernst, senden eine abgetrennte Hand ins Polizeirevier. Der Machtapparat ist in Schockstarre, de Bodt schafft es allerdings, Dr. Süß zu befreien. Aber das Katz-und-Maus-Spiel hat gerade erst angefangen. In Frankreich wird die Gattin des Präsidenten entführt … Kommissar Eugen de Bodt und sein Team stehen vor einer fast unlösbaren Aufgabe.